U0895501

跨度新美文书系

Kuadu Prose Series

跨度新美文书系

Kuadu Prose Series

美女如云

So Many Beauties

刘海生

◎著

中国文史出版社

目　录

我和草原有个约定

春天到来的时候，我就想起我的那片草原。

二月的风正把棉絮般的积雪一丝丝地化尽，埋藏了一冬的黄色的肌肤正裸露出来。沉睡了一冬的枯草已经腐烂，湿润的泥土翻了个身，就是明媚的三月了。

二月睡醒的草原在三月里开始迸发活力。站在草原的一角，就能感觉到整个草原在慢慢地喘息。慢慢地，在升腾的气晕里，草原的呼吸越来越大，整个草原像少妇孕育着生命的肚皮在动，在起伏，在膨胀。袅袅迷蒙的地气在阳光下形成了雨雾，覆盖在草原上。五颜六色的远处的山脉和丘陵，海市蜃楼般地幻化成积满乳汁的喷薄的乳房。轻风不动，鼾声不起，云影沉落。巨大的宁静笼罩在天地之间，撞击和爆炸在草根里发生着。站在草原一角的我能感觉到大地就要裂开的那一瞬间的涌动，天崩地陷的力量集聚在刚化过一寸的地皮上。最早迸出的一地黄花，早在积雪还没化去的时候就完成了生长的积累，一旦最后一粒冰滴成水，花朵就早早地爆开了——好看的迎春花。

这时候我在草原上，就像一只迷路的马，定定地站在那里。四肢固定在草地上，像四根擎天柱。我把我的手抓进草地深处，草根的下面是冰，是没有走远的冬天。织成棉絮般的草根在毛茸茸的陈旧的老根的外套里面开始了生长的旅程。在我看来那只是一粒小米大的嫩绿，还不是一棵草。我用我的手指感觉着翻滚在一星绿色里面的呐喊。我的四肢簌簌地战栗着，天空的温热的阳光在脊背上流淌。四周是天空降落的蓝色的牛仔，好像浓烟般的蓝。我感到草原在摇动，在漂浮，如码头的趸船要脱离海岸，如连接的冰排在开裂。我不知道我会漂向何方。

草原在旋转，旋转。绿色在旋转里面拱动着坚硬的泥土。雨一样的草原的气息在哗哗地下着，下着，如婴儿的襁褓包裹着草原。草原在诞生的睡梦里摇着，慢慢地摇着。

沉浸在这一切的时候，我看到一只瓢虫突然在我打开的电灯周围飞动着。我的屋外还是零下二十多度的严寒，虫子怎么就飞起来了，飞到我的面前来了？对呀，是我家乡的虫子飞动的时刻啊！家乡，那片草原，空蒙而又坚实地，和天贴在一起的草原，我灵魂的居住地。我思念着。一个美丽的女人在她的手机里面不停地播放着一首草原的歌曲，那首《我和草原有个约定》的旋律正高高地在草原的上空飞翔。我好像也生出了翅膀，飞在草原的上空。我是云雀，一只要歌唱的云雀啊！我飞在草原的上空。

草原像个蒸笼般地在太阳的烧烤下冒着热气。我在蒸汽的上升里漂浮，如大海里的一叶舟。我的羽毛拨动着水一样的气，我看到了苏醒的大地正在移动着泥土，小虫在泥卵里探出头来。我拍打着不倦的翅膀，我在叫，长久地叫着。我呼喊着我的伴侣，我追寻着新的生命。在这生机勃发的时候，生命正在出发。草原的温床上已经不是休眠的居所，而成为生命的跳板。

我知道我要繁衍的地方在草原，在草原的那个窝里。那一处开始冒芽的地方就是我选择的筑巢的地方。那是我祖祖辈辈居住的地方，是我和草原的约定。我知道草原在我的鸣叫里面苏醒了，我是飞翔着的报春花。

云雀在春的草原上叫着，它和走动的马一起在草原的怀抱里面生存。那匹老马已经听懂了草原絮语，而那精力旺盛的云雀还在为生育的事情忙碌着。

“我和草原有个约定……”是云雀在唱，还是我的心在唱呢？那片美妙的草原啊！

路过那片草原

关于草原，我已经写过很多的文字了。我故乡的那片草地如伊甸园般在我脑海里萦绕，带给我的想象如清露一样，让我的心总是明镜般光亮着。每次睡觉的时候，在黑夜里我把思绪打开，眼前就会出现那片草地，我就会飞到草地的上空，在上面盘旋。我的入睡和我的梦就是这样连接在一起，我的激动就会贴着草地的茸茸碧草向前滚动，梦境和泪水融化在干裂的碱土地上。

我乘车去省里开会，高速路的两侧是广阔的草原。看着收获的青草码成堆，一堆一堆地摆放在草原上，我的心就莫名其妙地激动起来。我坐在车里，心就一下子飞回了我的草原。虽然距离草地很远，车也在不停地飞驰，可是草地里散发的气息，我闻到了。我甚至闻到了雨季里发霉的干草的气味，蒿子的气味，干草里夹杂的野花表现出的鲜活的样子，干花的那种美丽和动人，是另一种滋味。

草原的秋天是明净的，太阳也十分高远，好像太阳也要远离大地而去，那种留恋的告别，给草原带来了美好回忆般的童话世界。打草机已经停止了收获，打捆机在把干草打成捆。飞扬起的灰尘细腻而轻微，小心地在打捆机的上空飘荡。垛成窝头样子的草堆，花样地摆放着。雨已经把草堆浇得发黑了。那种新鲜的陈旧带来的是浓郁的温馨。我在等待着一只鹰过来。这只鹰在草堆上面飞翔，然后降落在草堆上面，向远方瞭望。于是，大地就更加深远了。我的车飞快地走过草原，但是没有鹰飞过来。我看着蓝色的天空，看着草垛，我感到了一种缺失。我在心里呼唤着鹰，我的思绪里飞出的鹰在草垛的上空滑翔，滑翔，久久地不肯落在草堆上。

我在上学的时候就开始到草原上打草。明亮的钐刀在已经干硬的绿草上飞，草被整齐地切割下来，然后在另一面接着打草，草地上出现了一个草趟子。草趟子上的草斜压在一起，像编织的绳索。大片的草原的草打下来之后，原来平整的草地上，就出现了一条一条的绳索。远远看去，像一条条蟒龙匍匐在草原上。整齐而长长的蟒龙如斑马的花纹，扮靓了秋天的草原。

草干了，就会把草堆成一个一个的草堆，草堆布满了草原。这时候，鸟都走了，只有鹰还在，草堆成了鹰落脚的地方。如果说草原是大海，那么草堆就如礁石，鹰在上面站立，十分的威风。

汽车越走越远，我的心还在那片草原上。我还在想，什么时候鹰会落在那片草堆上呢？

白桦树

在广阔的森林里面，我以为最美的树就是白桦树。它在我的脑海里面，就是婷婷的少女，舞着洁白的裙裾生活在崇山峻岭中，使浩渺无极的林海，有了青春和靓丽。

最早的白桦树是在我的梦里。

在我已经度过的岁月里，我是没有见过生长着的白桦树的。偶尔看到的，也是电影里和生活里谁家的房前屋后的柴草垛上，有着几棵陈旧的白桦树。电影里面的白桦树是美丽的，柴草堆上的白桦树是用来烧火的。我们会在腐朽的树木上面揭开树皮，坚韧的白桦树皮像胶皮一样，表皮如纸，洁白如雪。里面的皮是粉色的，如婴儿的皮肤，软软的。据说白桦树的皮是最古老的纸，我就曾经在上面用铅笔写字，一笔一画地烙印在上面。这些都是孩子时的感觉。

我在平原栽种的树木都是杨树、柳树、榆树，还有松树。杨树的洁净和柳树的婀娜都可以比作女人，但是和白桦树比起来，她们就是另一种女人，如成熟的妇女刻意地表现着自己；榆树也有她的女人之美，而这种美就是乡野间的无拘无束的放荡；松树也有其女人之美，而这种庄重的美就是贵夫人的那种自我陶醉了……

就在今年大雪后的一天里，我在山野间看到了白桦树，感觉到了白桦树的少女之美。

我说白桦树是纯情的少女，因为她洁白如银。在灰暗的山林里面，无论多远，只要有她在，就能看到她闪烁的光芒。白桦树有着少女的纯净，还有着少女的活泼。无论山野多么寂寞，她都淘气地在生长；无论路边多么荒芜，她都挺立着，玩耍着，和过路的人相视而笑。树木多的时候，她们就相拥在一起，成为结伴而行的花季少女；树木少的时候，她就孤影张望，怜香惜玉，成为天涯游子。她们时而在生长着塔头墩子簇拥的沼泽的边缘，如一群从山上跑下来嬉戏的女孩，欢笑着；她们时而钻入山林，洁白的衣裙还露在外面，给人几分天真的诱惑。白桦树，既细如手指，也洁白如玉；既粗如巨椽，也单纯幼稚。树木里面，没有任何一种树有像她这样的皮肤，树木里面也没有任何一种树有像她这样的木质。我说她是少女，因为她无论生长多少年，她的坚硬和宁折不弯的秉性都不会改变，她的肤色都不会改变，她的意志都不会改变。我说她的心永远是年轻的，永远是真诚的，永远是脆弱的，永远是洁白的。

但是，我也看到了她的沧桑。她的主干是洁白的，而她的枝杈是黑色的。洁白的身体上面，生满了细密的枝杈。她在生长的过程中，就把枝杈抛弃了。这种前仆后继义无反顾的精神，我好像看到了凤凰涅槃，听到了生物进化过程中的呼啸声。白桦树上，一条条黑色的枯枝，是生命的呐喊，是激情的燃烧，是风雨的沧桑。

这是我第一次看到这么多的白桦树。我坐在车上，和朋友在车里面说起这令人肃然起敬的树木。我的朋友说，曾经有个女人，想在白桦树下住下，好好写写这种树，这个女人对白桦树有着特殊的感情。可是，我说，白桦树不是女人能够写的。女人写她，写不出她的刚强；女人写她，看不到她的坚韧；女人写她，理解不了她的孤傲；女人写她，化解不了她的嫉妒。白桦树，她喜欢和男性的松树在一起，喜欢和男性的山脉在一起，喜欢和男性的荒凉在一起，喜欢和男性的激流在一起。

她是少女，她要依偎在父性的土地上。

白桦树，少女的树；白桦树，沧桑之旅。

大豆摇铃的时节

在北大荒的原野上，又是一个大豆摇铃的时节。

这是一个梦幻般的时节，一个金色染遍大地的时节，一个北大荒人自豪而充实的时节。当秋阳温热着起伏的豆海，肥绿的叶子已经化作坚硬的豆荚，整齐地排列在挺拔的秸秆上了。刀子般的豆荚一颗一颗地咬住，一串一串地连接着。孕妇般的豆荚一粒一粒地鼓圆，一只一只地炫耀着。簇拥着的大豆地里，静静的，悄悄的，仿佛聆听豆粒在豆荚的子宫里呼吸、欢笑、舞蹈、说话的声音。东北有一个游猎的民族，生了孩子就放在皮袋里，吊在树上，然后去打猎。我以为这大豆的田野，就是那皮袋里吊着的一个一个的婴儿，他们睡着，等着，等着，睡着，期待着妈妈抱在怀里的那一刻。

我在这个季节里，最大的愉快就是行驶在穿过一块块土地的公路上。一会儿下坡，看驮着大豆隆起的丘陵圆润而雄浑，崇高而壮丽；一会儿上坡，看天下尽收眼底，沟壑如皱，树木如画，天高地远，心之欲飞。放眼望去，是成熟的大豆，是开始枯黄的草地，是明净的天空，是遥远的太阳。

我在田野上走过，还有一处景观牢牢地吸引着我——那是水。我曾经把山里的泉水和小溪比作没有方向的河流，这些河流如果有地下的泉眼在流，这时候也是细水。如果没有源头，雨季已过，河床里已经停止了流淌，广阔地夹在丘陵之间的平原上，是一副凄惨的景象。到处是被夏季奔流的河水遗弃的水泡子，它们孤独地散落在一片一片的洼地里，明镜般的眼睛望着秋天的上空。如果是一弯河床，整齐地弯在里面的河水如等待着集结号的士兵，庄严肃穆，一种渺茫的期待笼罩在水面上。我曾经把河床里停留的水泡子比作列车的编组站，一旦洪水流过，它们就会顺流而下。这秋天的河床里的水泡子，完全是逃荒的人流过后，留下的弃儿。如果放眼远望，很远很远的草地的边缘，还能看到一闪一闪的水的光亮，给人心底带来的无奈和对水的不愿被舍弃的挣扎的阵痛就会油然而生。夏天走了，走得那么匆忙，那么无情。

也许正是这水的苍凉，水的孤独，才使我对满山遍野的大豆有着这么多的敬爱。夏天在绿色里走去，秋天在大豆激情的铃声里走来。虚妄过后，就是诚实。当收获的机械开始运行在田野上的时候，豆荚炸裂的爆响，就如喜庆的礼炮滚过无边的原野。小的时候，我阅读着林青的散文《大豆摇铃的时节》的时候，我还在草原上做着孩子的梦，我在一页一页的描述里，分明听到了大豆摇铃的声音。如今我否定了我儿时的虚幻，我听到的是草地上干草在秋风里断裂的声音，因为那声音清脆而哀怨。我现在面对的是比我的草原大很多很多的田野，田野上是比草原上的草多很多很多的大豆，大豆摇铃是比草原上的草轻柔很多很多的声音。大豆摇铃是女孩儿的歌，是摇篮曲；大豆摇铃是婴儿甜甜的梦，梦里的喃喃絮语。她是一束温热的阳光，是扎着红领巾的儿童琅琅的读书声。

大豆摇铃，一个季节结束了；大豆摇铃，一个新的生命开始了。母亲般的田野，在那响亮的动听的摇铃声里陶醉着。我深深地被这片生命的土地感染了。

文　竹

我办公室的窗台上养育了两盆花，一盆是文竹，另一盆也是文竹。

一盆是我最早养育的。当时在一个副场长的屋里，他退下去了，屋里有好几盆花草，他对我说，你要哪盆你就挑。看着花花绿绿的盆景，我也眼花缭乱了。有柳叶桃、君子兰、米兰、吊钟、玻璃翠、鸡冠花等。我就想，一个男性的副场长，对花草这样喜爱，是热爱生活还是爱戴植物？凡是屋里养了花草的人，都经不起寂寞，都喜欢热烈的场面，都有着闲情逸致，都懂得保护自己。我是不喜花草的，我就感到广阔的世界里，没有依靠。

我在他的花卉里看了半天。我知道我不能推诿他的盛情，我们是好朋友。我又不能选择盛开的花卉，我的懒惰会使花儿不能盛开，于是我选了文竹。

不是说我选择了它，我就喜欢它。人的心态是最怪的，最不可定义的。比如说结合的男女不一定有爱情，不在一起的男女不一定没有感情。人性的复杂，决定了社会的复杂。

我看不惯文竹的攀爬，只要有可能，就无休止地发展自己，就像人的欲望一样，永无止境。可是没有这种性格，就不是文竹，就无法在这广阔的世界里引人注意，而且还有人专门喜欢这种攀爬，这种在屋宇里横行的烂漫。今天我之所以把文竹又写进来，是我在几天的假期里，它就把伸长的蔓攀附在窗帘的拉链上，紧紧地抱住，向上不懈地奋斗，把拉链的绳索搅在一起。我弄碎了文竹的蔓，才把窗帘的绳索解脱出来。我佩服它的顽强，佩服它的进步，佩服它的执着。

我不喜欢它的攀爬，在它刚刚吐出嫩嫩的欲望的时候，我就用剪刀把欲望的蔓剪掉。所以，我的文竹都像整齐的篱笆开在盆里，蒸蒸日上，蔚然成林。每当我修剪它的时候，我都被下面坚硬的刺弄伤。这时候，我才知道文竹还有脾气。它用竹节上坚硬的刺守护着自己的贞洁，自己的禀性，自己的内心。苍天保佑着每一个在空间里生存的生命，即使再弱小，也会得到守卫的刀剑。我不为我残杀文竹的个性而羞愧，我为得到我的心里的容忍而自得。其实，文竹在我这里已经没有了自由，没有了成长的条件，没有了把自己展示出来的机遇，可是我并没有感觉到，我以我的好恶来处理着文竹。即使没有看到，让它偷偷地发展了自己，我也会把伸出的蔓剪掉。

后来，机关的女同志在换花盆的时候，见我的花盆已经破旧，已经开裂，就换了一个新的花盆。我说，旧的不要丢，我喜欢。于是，我就有了两盆文竹。一盆是从旧花盆里移栽过来的，一盆是新栽的，我就开始修剪两个花盆。旧花盆里的根须太多，就铲除了几株。新花盆里的根须少，长得就旺，我修剪的次数就多。后来机关的服务员给我剪。我说，绝不能让它长出蔓来，我看了不高兴，但是又不能剪得太短，光秃秃的，看了没有风景。这花盆跟了我多年，和我的政治前途又联系在一起了。旧花盆不要扔，我靠它起家；新花盆不要枯萎，它是前途的象征。我这么一说，服务员也害怕起来，不知如何处理这两盆文竹。

文竹修剪完了，在干硬的主干上留下几朵枝叶，也是很好的风景。文竹细针般的叶子，稠密在一起，也是很好看的。细细的枝子，托着一片云样的叶子，在窗户玻璃射进的阳光里，精神焕发，蓄含了风水，展示了风采，看破了红尘。我这样不断地修剪，我以为它接受了我的选择，就这样风光下去了。可是，就放了几天假，它又把本性释放出来，开始攀爬，真有点儿野火烧不尽的精神。可是我又把它剪掉了。

两盆文竹还在生长。

花与禅

下午要开会交接，中午的时候来了一些人帮助我打扫办公室。书籍太多，我就都装在袋子里，放到仓房里面去。爱书，但是至今也没有个书柜。在平房里住的时候，一个亲戚给做了个书柜，花了七百元钱，但是做出来不结实，书放到里面怕压坏了。后来住到父亲的楼房里去，妻子就把书放在了纸箱里包起来了。到了楼房也没有书柜，书籍都堆在地上。办公室的书，一部分是工具书，一部分是政治理论书，政治理论书里我最喜爱的是小平文选和李瑞环的谈哲学的书，我读过几次。最后的大部分是文学书籍，有名著，有朋友出的书，还有就是流行的一些书籍。最有意思的是雨果的小说《九三年》，一直跟着我，没事就读。谁知道它主宰了我的命运，今天就到九三去工作了。

最后剩下窗台上的两盆花了。大家都知道我不喜欢养花，可是这两盆花是我喜爱的，谁都知道我不会舍弃。其实这两盆花，应该是一盆。后来服务员见到花盆老化了，就又添了一个花盆，把花移了一部分过去。这花也不是什么名贵的花，是只生长绿色叶子的文竹。我曾经为它们写过一篇短文，表达我对这种有着坚强的生存能力和不喜欢张扬的优秀品质的敬爱。我现在依然把它们作为我生活的一部分。过去岁月里，我会在痛苦的时候，把所有的枝叶都剪掉，像冬季的荒原，然后，我就静静地等候着新的绿色，新的绿芽。我像等待春天一样，我在花盆里等待新的轮回。花已经不是花了，花盆已经不是简单的花盆。

我把这两盆花放到我的新办公室里，是很适宜的。因为我的新办公室是在办公楼走廊的北侧，没有阳光照射进来，在阴暗的屋子里，它们会把绿叶开放起来。虽然它们感到委屈，可是它们的生命里会滋生出火一样的力量，把绿意、把爱释放给爱着它的主人。我会在这绿色的呵护里完成着向上的劳动。

我也知道，那些陌生的人看到这么陈旧，几乎还有裂痕的花盆，看到花盆里这么丑陋、这么渺小的植物，一定不理解。他们看着那放在窗台的花盆，心里的感受我是知道的。他们会把很多的疑问放在脑子里，如果有一天实在忍受不住了，看着我的脸，指着花盆问：

这是什么？

我怎么回答呢？是啊，我已经回答过了。

这是——禅。

寻找一种感觉

人的身上有一种感觉是最可贵的，这种感觉甚至能够使人享受一生，或者改变生命的追求。我之所以这样想，是因为那天我请人吃饭，在餐桌上，一个人的话使我陷入了沉思。

她是新调过来的。我说你原先的地方很远而且很荒凉。我以为她会说，到了一个新的地方离城市近了，会很愉快。她会这样说，我从她的眼神看出来了。可是她很有味道地说，我原先那地方很像我大学时的校园。所以，在那里生活我不觉得远，也不觉得荒凉，觉得很好。

是啊，某个地方像脑海里深深烙印的过去，就会永远不忘。我喜欢看乡下的炊烟，小的时候，看到远处飘起的炊烟，我就想我妈妈要做饭了。会做什么饭呢？尤其那烧焦的柴草的味道，我闻到了，就全身心地愉快，仿佛注射了兴奋剂。

人的感觉是一种力量，它在鼓舞着你，支持着你。

前几天我又体验了这种震撼的力量。

江龙说，局里要开劳动模范表彰大会，上面决定让我代表先进集体讲话。江龙是我的学生，他极希望我把讲话稿写好，把话讲好。可是我当时场里的工作太忙，事情太多，来的客人也多。忙，加上喝酒，我的头就疼了。神经像闪电一样在头上闪过，疼痛也跟随着跑遍了各个角落，我一点儿写作的心情也没有。周末休息的时候，还要去看病。有一点儿时间，我就要杀青的长篇小说我还要写完，我陷入一种麻木当中。直到快开会了，我才写出来。上面催稿，我就让宣传部应付了。

那一天到来的时候，我还在麻木当中。中午喝了酒，嗓子干干的。可是，当少先队员致辞的时候，我被孩子们的声音感动了。我回到了我的童年，我想起我在大人面前朗诵的样子。我知道我现在老了。

走上舞台的那一刻到来了，我很沉重地走向主席台，我依然麻木着。主席台上是我熟悉的领导，我深深地鞠躬。我转过身来，又向会场鞠躬。在我弯下腰的那一瞬间，我看到了会场的巨大和空旷，远远的远远的，橘红的座位，弧形的远处的墙壁，瞭望的人群，我一下子回到了我童年的草原，那渺茫的草原的边际，灰蒙蒙的，就是天边。我感到我站在九三丘陵蔓岗的田野上，大地葱茏，广阔无边，我麻木的心立即复苏了。我要站在莽原上呼喊，北大荒啊，我爱你！

我在这一刻里找到了自我，找到了感觉，找到了我人生的价值。我完成了一次意识上的转换。

当我疲惫地躺在党校的招待所里的时候，我想，人是生活在随波逐流里，还是生活在一种体验里呢？在我这个位置上，我曾经观察每一个工作者，我曾经批评那些不尽力的人。但是我的批评一说出来，回答我的就是反抗。谁也不承认自己的缺点，都是那样自负地生活着。我理解了每个人生活的支撑点，就是认为自己永远是对的。但是我很少去想，每个人生活的幸福点是哪里呢？现在我好像突然想到，每个人的幸福来自每个人的感觉。饥饿时闻到的炖肉的香味，会钻进骨头里，而唤起的正是陈旧的感觉。我们在失恋的时候，走在街上，看到的所有漂亮女孩都是我们失去的恋人的样子。其实，那是在寻找着脑海里新鲜的感觉。

当我找到心里这段感觉的时候，我并不高兴。我自己又一次感觉到，之所以会有这样的想法，对于别人，是因为正年轻；对于我，是渐渐地老了。

因为只有思维迟钝的时候，才会像贪婪地啃食着竹笋的熊猫一样，自己啃食着自己的思想。

与美女对话

春节前突然变化的天气和城市出租车的减少，使我在一段时间内坐在办公室里没有走动。正在我感到无聊的时候，一个女人坐在了我的对面。在我的心里，凡是五官生得协调的女人，我都称之为美女。

于是，我们开始对话。

女：天真冷，好多年没有这么冷了。

男：都说天气变暖了，看来是科学家在欺骗大家。天有时候暖和，有时候冷，是正常的。我们一看天暖和几天，就喊天气变暖了，是人类破坏的结果。可是，这么多人，要吃饭哪！

女：那也不能污染哪！你看哪有干净的地方了？喝水水脏，吃的东西里面都是添加剂。我在食品店里买馒头，过去，发面馒头刚出锅，屋里都是小麦香甜的味道，可是现在，是啥味呀？青嘘嘘味，滑石粉增白剂的味，都恶心，那也得买。我想，春节了，做做头，一进理发店，烫头的女人好多，闻到烫头的那玩意儿，我差点儿要吐出来。算了，就这样过年吧。

男：现在追求自然和美都不能统一了。

很多事情是现实养成的。我们机关的灯是节能的灯，声音控制，不亮的时候，一跺脚，灯就亮了，晚上就能听到走廊里面咚咚的跺脚声。那天我和朋友在马路上走，路灯灭了，他也“咚”地跺了一下脚，把脚后跟跺疼了，把我乐得直不起腰。其实这种习惯在生活里会很多。

我的同事去买刮胡刀，结果买到最后是一个不好的。那是刮胡刀一条街，他进来就试，拿起刮胡刀在嘴巴上呼呼地刮，他忘记了自己嘴巴上长了多少胡子。到最后他的胡子没了，刮胡刀在光滑的嘴巴上呼呼地转，他摸一摸，真光滑，就买了。

所以，我们生活里面有很多自己设计的误区。

女：我看你今年又订了很多儿童读物。谁看哪？

男：我呀，我喜欢读儿童的东西。

女：你读过的读物里面，哪个刊物是最好的？

男：也说不出最好的刊物。《读者》发行量很大，我也曾倡导这本刊物可以作为高中生作文速成的教材，但是现在办得不好，风趣幽默和大气的东西少了，文字美的文章也少了。有时候我看一下南方报业集团编的《南方人物周刊》，这本刊物里面思想和文字都很好。

女：你一直认为读什么很重要吗？

男：对。读什么报刊，决定你的品位和思想。矮马是我的朋友，新闻和材料写得好。有一天，我和他说起读《人民日报》来，他说他已经感觉到了。我说一个搞新闻的一定要读《人民日报》，无论是内容和结构，句式和语法，都是我们国家最高水平的。有些人连语法都不懂，写得颠三倒四的。

女：读什么是很重要，能影响一个人的观点和认识。

男：对。我的观点是，多上网上看，多读大报刊。省以下的报刊没有办得太好的，最好不要读。有的报纸除了第一版和副刊是自己的，其余版面都是网上摘的。阅读水平往往是那个地域的文化层次，领导读什么，就能看出领导者的素养。

女：我们的会议和报刊文章，好像千篇一律，都是这样写，这样说的。多少报纸刊物都是一样的，订了也不看，是一种浪费。

男：很多外面的先进的东西在影响我们，比如连战的演讲，就很厚很活；比如海峡两岸研讨会，都会在发言中说上一句“早安”，

"上午好"，很温馨的。奥巴马的就职演说就很有色彩，鼓舞人心的。可是在我们的讲话里面就很死板，让人听了想睡觉。

女：大家习惯了这种八股文，不好改变哪！

男：其实正在改。大的，你看国家的领导人，现在说得多么实际呀，很感染人哪。总书记说"不折腾"，多形象啊！总局的团拜会上书记的讲话也很好。他说，过去的是故事，好像过去没有这样的语言。

女：我们现在的书面语言和现实说话差距太大，我们的干部都不会说话了。

男：干部选举上来的，和考核上来的不一样。如果我们的干部在竞争里面，面对群众演讲，我们的干部说话的素质就上来了。不会说话，就不能把自己的思想告诉给大家，就形成了信息不对称。好马长在腿上，好人长在嘴上。

女：可是我感到很多遗传的因素，会来事儿的会说的，好像是天生的。

男：锻炼也很重要。

女：你一个人在这里，晚上都做什么？

男：看电视。

女：看新闻？

男：新闻都从网上看了，看看电视连续剧。

女：有好电视剧吗？

男：没有。中央一频道的电视剧太公式化，《走西口》编造得令人发指，还是过去高大全那一套，情节也不通，这有损于电视台的形象。《中国往事》这个电视剧很好，可看。我还是喜欢看赵本山的电视剧。可以说赵本山的电视剧是不成熟的，我就喜欢这种不成熟，看着轻松，像看二人转似的。为什么大家喜欢赵本山和范伟，就是因为他们民间的幽默和真实。

女：我喜欢看电视剧《温柔后面的陷阱》，很有教育意义。

男：还可以，就是把女人写得太可怕了。看了之后让人们怀疑一切，丑恶的太多。不过也可以教育一下人，懂得市场经济的残酷。

女：我也不知道这个世界上是男人可怕还是女人可怕。我倒是很怕男人的，占有欲太强。

男：占有欲上，男女都一样。

女：春节你要干什么呀?

男：我想好好地休息一下，这些年来，感到很累。

女：写作吧?

男：不想写了。我看到上海新概念杯大赛上，获奖的学生都怕说自己是文学青年。余秋雨说，文学就是业余的；赵长天也说，文学是提高人们素养的一部分。我感到他们说得很对。业余，也是对生活的一个思考。我就想多睡一会儿，多想想。过了年，就要上班了，生活是美好的。

女：你很烂漫。

男：也许是吧。

与陌生人的对话

一个黄昏，我见到了他。我们坐在一起，开始述说各自的想法。

他：我不喜欢这个季节。到处光秃秃的，没有一点儿色彩，气候也不好，一会儿冷一会儿热，不知道是穿得厚点儿好，还是穿得薄点儿好。有时候，我对这个时段感到很可怕。为什么，孤独，凄凉。如果把这个季节比作人的心态，那就是失恋的心态，失宠的心态。

我：是啊，看来季节的变化也是一件艰难的事。冬天不肯退去，春天终将到来，这样的拼搏给生活在地球上的人带来了麻烦。看来，交替和转化是最艰难的。但是冬天到了终极，再也维持不下去了。要是让给春天，还舍不得。即使是规律的东西，发展起来也不容易。

他：任何事情都不容易，我觉得生活中没有思想，和这个季节差不多。

我：其实，这是个最有思想的季节。四季分明的时候，是没有思想的；这种交替，才是思想的源泉。你喜欢思想吗？

他：是呀，思想是活着的基石，没有思想就是断线的风筝，思想是支起屋宇的脊梁。

我：可是，天下有思想的能有几个，有思想就好吗？我觉得有思想不好。人活得要轻松，要自然，要快乐。思想就是枷锁，思想就是羁绊，思想就是麻烦。

我：可是，有了思想会很累很累。天下凡是有思想的，就作茧自缚，沉迷于自己的思想的圈子里而不能自拔。我认为，所谓的思想让那些喜欢思想的人去做，我们只要有信仰就行了，哪怕信财神天天烧香也行，生活得越简单越好。

他：我还是不赞成你的想法，有思想才有自己。

我：我们这种不同的认识，就是思想，这不很简单了吗？

他：是呀，我也想生活得简单一些。可是面对一个问题，就有不同的看法，这不同的看法，就是思想的反映。人们现在既无可遵循，又不想遵循，这才可怕。

我：有时候就是感觉到很累。这种累，就是现实的复杂和我自己的单纯造成的。

他：是呀。现在热播的《乡村爱情2》，编织的故事是荒唐的，漏洞百出，可是为什么大家愿意看呢，我就愿意看，这是为啥？我想，大家就想轻松一下，笑一笑。看那几个二人转演员耍一下，浑身就轻松了。我们很多电视剧就不是这样，把个丧事渲染得轰轰烈烈，一点儿意义都没有。《闯关东》就写得干净，人物传奇的命运，给人一种力量。所以，我说，要快乐就看《乡村爱情》，要有思想就看《闯关东》。

我：人的思想是有很多种的，所以，你看着好，别人不一定看着好啊。口味的不同，决定了选择的不同，有的人就爱看新闻，有的人就愿意看动物世界。

他：我就爱看动物世界，那是最自然的，可爱的。

我：大千世界，无奇不有。

他：我还愿意看漂亮女人。我看过你写的文章，你描写的女人很多，可是你没有写出女人的漂亮在哪里。所以，我可以断定，你没有足够的对女人的观察。过去写女人，古书上要描写好几页，才把个女人的美写出来，我们的一些文学却写得不细。我要会写，我就能写出女人的美来。

我：这也是你的资本。

他：明眸皓齿，这个成语你知道吧？不知道谁发明的这句话，它是说明女人漂亮不漂亮的关键。女人要好看，一个是眼睛，一个是牙齿。这两个都具备了，就是肤色不好，也美丽。要是具备一个，眼睛好看，这女的漂亮了百分之四十；要是牙齿好看，就具备了百分之六十。所以，女人的牙齿最关键。我们看女人，第一眼看的是嘴，第二眼看的才是眼睛。要是和女人交流，就是只有嘴了。看女人的年纪，看她的脖子，再就是女人的手了。

我：是麻烦。男人的美你知道吗？

他：我当然知道。男人看腰，美男子的腰是什么样的，你知道吗？

我：不知道。

他：男人的一切美都集中在腰上。男人的腰不好，就失去了大半风采。你看很多懂得美的男人都注重自己的腰带，大邱庄当年的老板一条腰带就是一万多元。

见证一个女人的历史

我想告诉朋友的是，我并不是非要写女人。很多人已经厌倦了关于女人的故事，尤其我的一些非常正经的女性朋友，她们仇恨男人的标准就是这个男人好不好色，好色的男人都是坏男人。她们在陶醉于自己的白璧无瑕的时候，忘记了人类原来是人们的好色才繁衍下来的啊。

也许说得多了。

今天中午在肯德基吃了一个汉堡。正吃的时候，突然在窗户的外面出现了一个穿着休闲衣裤的女人。我一眼认出了她，她是我班上的同学。看着她一身藕荷色的休闲衣服，把一个手机贴在耳朵上，不住地说着。她的往前突出的腰部下面叉开的两条腿，让我突然把她和她的父亲联系在一起。她的父亲当年站在水利工地上讲话的时候，就是这样的姿势。那种将军的往前挺的样子，我还是记忆犹新的。他的女儿在她老了的时候，竟然如父亲一样地打着手机。而她那张脸的下巴子上黑色的痣更加清晰了。她的母亲的两腿叉开走路的样子表现在她的身上了。遗传就这样一代一代把同一个家庭的人放在模具里这样地传承着。

她在我的心目中是偶像。她的家庭，她的长相，以及她世故的言谈和狡猾的为人处世，都是令人难忘的。她在上学的时候，班级里最漂亮的男孩儿和她友好地处着朋友。那个男孩向我们夸耀她把她爸爸的中华烟送给他，那种得意是无与伦比的，因为那时都知道中华烟的档次。她和这个漂亮朋友处到毕业，因为这个男生的工作不好，而她的工作好，两个人就分手了。她在新的岗位上又处了一个学习好，也漂亮，也是干部家庭的男朋友。眼看就要发展到结婚的地步，这时候知青里面一个大城市的男人，很快俘虏了她。他们相处了一段时间，这个城里的男人要回城，她只得嫁给了别人。

我不想过多地复述她的故事，我怕我的熟人看出我在写谁。知道了我写谁，就会给这个女人带来伤害。我为什么要伤害一个我心目中完美的偶像呢？但是她的婚姻的经历和不幸的结果，是因为她家庭的地位和她自身的聪明与美丽造成的。很多地位优越的男女都会遇到在择偶上的犹豫不定。而她，在这种犹豫里面选择了一个不幸的婚姻，这就是聪明反被聪明误了。

我就这么仔细地看着她，看着她在大街上打着电话。我在回忆她的同时，也在想着人生里面的事。那么一个漂亮的女人，就变成了如今苍老的样子，大自然也太可怕了。

和三个女人吃饭

老师请学生吃饭是件想不到的事，我的老师就要请我吃饭。我知道吃饭是个形式，真正的目的是要坐在一起说一会儿话，回忆一下过去。同去的还有我的两个女同学，四个人坐在桌子旁，要了四个菜，一个汤，又要了一瓶酒。我们把酒分成四份，大家都没反对。

我的这位老师六十多岁了，但是和教我的时候一样，一点儿都不老。我对老师说，我先前看到你的时候是这样，现在的你还是这样，除了头发花白了，其他都没有发生变化。我的这位老师最早教我生物，她把我们领到果树地里教我们嫁接。她本人来自一座大城市，是嫁接到我们这片荒原上来的。

她生性乐观，见过世面，课也教得好，朋友也多。退休多年了，还在民办的学校里教课。我当教师的时候，和她在一个学校里教过课。那时候她每天都要到我们教研室里去一趟，说些学校里的事，或者喊着女教师去厕所。她愿意把听到的消息再说给别人。她心里放不住事，知道的不说出去，就不舒服。但是她说的事都不重要。她最喜欢帮助别人，谁要是有困难，她就帮助。所以在学校的时候，她当过工会主席。她虽然是大城市里来的，可是穿戴并不好，一年到头都是灰色的的确良上衣，上面堆积了粉笔灰和水渍，她下了课就用沾满白色粉笔灰的手拍打衣服的前襟，不仅拍不干净，还越发不干净了。她的身体不好，腰总是弯着的。但是现在她穿了银灰色的短风衣，背着包，腰就不显得弯了。吃完饭看着她走在前面的背影，感觉到她依然和以前一样年轻。

我的两个女同学在我们上学的时候就很出众。我在脑海里还记得一个女同学天天穿着草绿色女式军装，直到工作后也是这样。另一个一直穿蓝色趟绒上衣，干净而美丽。我不知道我为什么会记住她们的衣着，因为我那个时候还在蒙昧时代，对女性还在羞涩期。看来衣着对男性的影响十分重要。就是现在面对着她们，虽然她们都是时髦服饰，但是我心里还是她们学生时代的服装的颜色。她们现在都很富足。我开玩笑说，我们怎么会让老师请客呢？我的一个女同学在吃饭期间就把钱押到了柜台上。

我是第一次和三个女人就我一个男人在一起吃饭。我们除了吃饭喝酒说些工作上的事，我发现这三个女人都在说自己的家庭和孩子。我的老师在说自己的孙子的事，现在已经要考高中了，重点高中是必须进的，钱也准备好了。在北京的孩子卖掉了房子，把钱存在银行了，用利息租了房子住。她和丈夫感叹现在年轻人做的事让人不可理解。我的老师现在生活也很好，住的一百六十平方米的房子，就老两口儿，房子大，就在大厅里放了一个乒乓球台，两个人没有事打乒乓球。我很羡慕这种老年生活。

我的两个女同学也都到了娶儿媳妇的年纪 ，她们就说起孩子的对象来。她们的孩子都很优秀，所以对我的媳妇格外注意。她们说着未来儿媳的故事，眼睛里放出光泽，她们品评未来儿媳的学历个头儿长相说话穿着和给她们带来的笑料。我看着她们认真的样子，欢乐的样子，计较的样子，正经的样子，严肃的样子。我看着她们年轻而漂亮的样子，我突然想：她们长大了吗？老了吗？要抱孙子了吗？在我的心目中，她们还是我的年轻的同学，爱说爱笑爱穿爱美的同学，现在是要有儿媳妇的人了。她们高兴地讲着未来儿媳妇送月饼寄手机的事，她们没有老，还是我儿时的同学，还是我在学校里爱恋着的同学，尊重着的同学，可是她们真的就要做老婆婆了。哈哈。

世界上因为女人而有了家庭，因为家庭而有了女人。人类的存在，是因为女人的存在。其实男人是这个世界的附属。我面对的是三个知识女性，可是她们依然摆脱不了对家庭幸福感的炫耀。她们的每句话都在家庭的范围里转，感到很温馨。

吃饭很快就要结束了。我看表，已经吃了有三个多小时。

但是大家都很愉快。

原野上的才女们

这片原野紧紧地依偎在大兴安岭脚下。她安静得像母亲怀抱里的婴儿。广阔得如剪下来的一片蓝天，遥远得如在又一个神秘的世界里面。飘飘的白雪，从去年下到今年，又从今年开始下到明年。绿色的庄稼就在雪与雪之间的缝隙里面生长出来，快速地化为果实，然后大地又是一片白雪。当我在这里工作感到寒冷和寂寞的时候，当我感到白雪的单调和冬天的执着的时候，我竟然在那些白雪公主身上发现了新的亮点。

这里和任何地域一样，一半是男人，一半是女人。而在这个女人的群体里面，却有着别的地方少有的一些爱好文学的女人。

她们写诗歌、散文、小说，还写报告文学；她们开博客，上网聊天儿；她们主要是《农垦日报》投稿发稿的主力军。谁也不会想到，在这单调的白色的王国里，她们可以发现美，发现故事，发现人类瞬间的闪光，发现真理。于是一篇篇新闻通讯稿写出来了。有的女人一年要写出上千篇的新闻稿件，几乎每一张农垦报上都有她们的文章。她们还往省里的国家的报刊上投稿，还受著名的编辑约谈，还出书。她们还都是摄影爱好者，经常看见她们胸前挎着一个和她们身材不相称的大的照相机，无论多少人，都会跑上前去，照上几张，样子还十分专业呢！

这里冷么？离城市远么？条件艰苦么？这些写作的才女都没有

感觉到。她们心里想的是文学，写的是别人写不出的文章。虽然她们和所有的女人站在一起，没有区别，也不比那些不会写字的女人漂亮，但是她们会把脖子仰着，把不高的个子挺得身板笔直，活得自信着呢。文字已经在她们的心里建筑起一个美好的春天。春天在她们的心里，花朵就开在心里，她们就永远快乐着。

因为文学，她们对城市并不陌生。她们订了很多高水平的刊物，她们还阅读著名作家的作品，她们有很多大城市里的大作家的朋友，她们还知道大城市里面著名作家的绯闻和缠绵的爱情故事。这些本来很刺激的令人激动的故事，在她们的叙述里面就成为笑话。她们会捂住嘴不停地笑，或者羞红了胖胖的脸蛋，陶醉了一般。那些城里人演绎的男女的游戏离她们很远，远得好像是安徒生童话里发生的。她们不会像城里的女人说那种赤裸裸的性的话题，也不会像乡下的女人那样骂着快乐的脏话。她们纯洁透明得像孩子们垒起的雪娃娃，可是谁把雪娃娃的鼻子安上了红辣椒啊。哈哈。这些女人把烈火般的激情都窝在那红辣椒里面了。

因为文学和写作，她们活得很骄傲，很自在，很高尚。她们觉得自己和这里的人都不一样。她们是才女啊，是有文化的人啊，是在努力地写作，要写出世界名著，写出轰动整个中国的作品来。如果写出一篇新闻报道，她们就等待着发表的消息，等着人们的关注。如果是文学作品，就会得意好几天，逢人就说，写得好累，好累啊！如果文学作品发表了，她们就会激动好几个月，吃好吃的慰劳自己。她们把头发做成大卷，引起人们的注意，或者到小城里低档的美容院去美容。她们知道美容品里兰蔻和雪姬最名贵。但是太贵，那张被北方的冬天浸熬的脸原始着呢，只要有化妆品抹上，就会白白的亮亮的了。她们不喜欢官，也不会低下头去求谁，身边的这些俗人，谁又知道文学文章，知道文章给人带来的幸福和愉快呢？你有做官的快乐，发财的快乐，我有我的文章的快乐还不行吗？这些可爱的女人，对文章已经痴情了呢！

不要以为山坳里就是闭塞，就是无知，就是啥也不知道。她们有自己的隐私，你城里人有吗？那些高楼大厦，男争女斗，见惯了；灯红酒绿，才子佳人，恶心了。就咱这里有新鲜的。看地，大豆玉米小麦；看山，蘑菇猴头都柿；看水，清泉激流小溪；看天，雁鸣流云绿树；看人，男人女人孩子。这些爱好文学的女人，知道城里缺什么，想什么，要什么。她们把原野上的故事告诉城里的作家们，把山里的山货带给作家们，把一脸的纯情暴露给作家们。她们故意傻傻地站在大作家面前，让这些城里人不去注意她们并不漂亮的脸，而是从她们脸上的质朴里想象着远山的幽深和美好。面前这些山里的原野上的傻妮子一下就成了大作家眼里的璞玉。城里人会向她们约稿，会请她们吃饭。她们鬼一样的聪明。吃着饭，她们就给城里人讲原野上的故事。故事讲给你，和你花钱请我吃饭就扯平了。走的时候，那些城里的男人就会色眯眯的了。她们得意着呢。

她们写作，痴迷呀。可是没有陷到里面成了书呆子。她们会生活，会打扮自己。进城买衣服，要好看的，贵的，名牌的，时髦的。每个人都有属于自己最合适的一件衣服，发表作品的时候穿，遇见大场合的时候穿，进城的时候穿，遇见羡慕自己的人的时候穿。她们有的喜欢颜色艳的，有的喜欢颜色素的。穿得都合适着呢。这些小心翼翼的女人，如果在农场居住，来趟小城也要打扮打扮；如果农场远，来趟小城还要烫个头，到浴池清洗一番，田野的泥土啊，缠人着呢。打扮得干干净净的，见了朋友，知道你写过稿，上过报纸的人尊敬你；不是朋友的看见你，就看的是靓丽呢。都说女人活的是感情，其实也活的是俗气，活的是靓丽呢。她们保养自己，喝山里的蜂蜜和蜂王浆，吃家里院子的大葱，营养在脸上膨胀着。有头有脸的官员她们不在意。喝酒，她们也能喝上几杯；提杯，也能说上几句；要是说起天下大事，官员们也赞许地咂嘴呢。其实，她们心里啥都明白，不和谁争，不和谁抢，照顾一下当官的面子，这些她们都会。

要说她们的家庭，都有了儿女，负担大，但是在家里都是她们说了算的。不说了算，哪个男人让你写字啊。她们也胆子大着呢，丈夫好了就哄着，不好就踹了，活得好不独立。咱会写文章，咱怕谁呀！这些遥远遥远的女人，原野的女人，天边的女人啊，会写文章，看把你们美的。

天空有多大

往南走十米，再走十米，往右拐，就是名流理发店。

我就在这里理发。

所说的名流理发师，是一个农村来的小伙子，瘦，高，小脸，牛仔裤，T恤衫。肚子瘪瘪的，腰带卡在胯骨上，肚脐很长，黑色的洞。皮肤在屋里不出去也是田野里晒黑的样子。他在不停地理发。男头五块钱，孩子理发三块钱。价格低，人多。

妻子，矮，胖，圆脸，孩子样地撒娇，好吃廉价的零食。她负责烫头，累，小伙子不让她做头了，让她到外面找个轻巧活儿。几天后找了个卖化妆品的活，清闲得没事。

小伙子一边理发一边对我说，结婚好几年了，今年想要个孩子，不让老婆干累活儿了。他多干点儿，挣点儿钱，回农村的家里生孩子去。

我喜欢在这里理发。这里很温馨。就是一间门市房，里面放了椅子，就理发了。

角落里是个厕所，隔出来有一平方米大。厕所的上面又隔出一个房间，鸽笼子似的，用梯子上去，然后他们爬进去，在里面过夜。

有一天我染发，我一边等时间，一边看着他们住的小屋。下面的厕所就是一个门那么宽，上面的小屋能有多大呢，只能在里面爬着走。我就想着他们爬进去的情景，在里面过夜的情景。两个人睡觉和娱乐就这么大的空间就够了。天下有多大，一个人又能占多少呢？

我喜欢这夫妻俩。男的能干，爽快；女的是那种结实纯朴的漂亮，经看，越看越漂亮。说话也随便，也实在。女的没有去化妆品店上班，男的就让她赶紧给我染发。女的一边说把我累死啊，一边急忙地干着活儿。男的给别人理完发，就忙着把她替下来，给我染发。女的急忙洗手，要去上班。

深秋的一个上午，我再来的时候，这个理发店换了招牌，由“名流”改成了“名剪”了。师傅刚从北京回来，一个派头不小的男人。我说，原来的师傅呢？他说这个店我盘下来了，原来的师傅回家了。我问他为什么不干了，他说我哪知道啊。

我站在街上，看着人流和车流，我想他们夫妻是回到农村去了，他们也许有了孩子，要在农村生产。那遥远的农村在哪里呢？我突然感到天下又很大，大得连个熟悉的人都找不到。

我不知道是否可以说

参加一个会议，来的都是退休之后又工作的老人，最大的已经八十岁了。我被他们的敬业精神所感动。他们的任务是把下一代的年轻人关心照顾好，沿着既定的路线走下去。这个任务很重，因为现在的青少年不仅受到学校的正规教育，还要受到社会和世界的一些观念和文化的影响。要使青少年和这些老者一样，成为可靠的接班人，还是要费一番教育的功夫的。责任重大啊！

早晨吃饭的时候，他们商议好了，本来晚上结束的会议，提前到中午结束，他们下午就可以回家了。

这个决定使老人们都很兴奋，大家开着玩笑，吃着饭。一个老者一边吃着饭，一边和主持会议的老者开着玩笑。说他刚来开会，就想家里的小媳妇了。然后又赞叹道：你看你现在，小媳妇给你照顾得多好。干净利索的，年轻了。

我看着主持人，细一看，他的脸上果然很光滑，还泛出红晕。虽然布满了老年斑，但是确实很年轻，衣服也很干净。我想那个小媳妇照顾得真好啊。

主持人一边得意地吃着饭，一边回应着开他玩笑的老者，说：你还说我呢，你不是一样吗？你的小媳妇不也照顾得很好吗？你都这么大岁数了，没有小媳妇照顾，早就完了吧？你比我还年轻呢！

我们都看着这个老者。他的嘴里是嚼碎的馒头，脸上也很年轻，他这样的高龄脸上却没有老年斑。

主持人接着说：他的小媳妇是医生，看把他照顾得多好。

老者毫不掩饰自己的高兴，说：是医生。我现在就是猪，她是饲养员，她喂我啥我吃啥。大家都笑起来。

找小媳妇已经是一种时髦，没想到他们也在享受这种待遇。昨天看网，读到李宗仁先生和胡蝶的女儿结婚，当时他已经七十六岁，而胡蝶的女儿才二十七岁。可是他们竟然生活得很好。于是我才知道，这种老少配已经很有传统了。

因为在生育上的分工不同，造成了男的老了可以娶小媳妇，女的老了很少娶小男人的现状。当然，也不是绝对的，往往成功的男人有机会这么做。我面前的这些人，过去都是领导，除了有权力和钱财外，在职位上锻炼出来的气质也是他们吸引女性的一个因素。所以，我一直怀疑人类的爱情的存在，因为现实里面很多出现的实例都是没有爱情的。当然我说服不了那些真正的爱情主义者，言论的自由就是这样。

这些老人还在开会。他们要在上午结束会议，好下午返回去。在多年的工作里，这些老人养成了认真的习惯，做什么都很按程序办事，吃饭的时候也是这样。官做得大的，会把菜放到自己专一的盘子里，不影响别人；剩下一口酒也要喝掉，怕浪费了。最有意思的还是把生葱放在开水里泡，然后蘸酱吃。他们相约着，干到八十绝对不干了，乐观之情溢于言表。吃完饭，就要回家了。

多大岁数回家都是幸福的。

男人女人的热议

这几天出差，就没有写什么。

我对人的认识也是最近几年的事。

过去我对于人的认识是高大而肤浅的，以为人在世界上就是学习和工作，因为我们的教育就是这样培育的。

上学的时候，想的是长大了做什么，长大了之后没有做什么怎么办，眼光里对成才的人是无比羡慕和尊重。以为真正的人，就是成大器者，如王侯将相般地活着。于是就经常地为自己的不出息而苦恼，就对那些个比自己还低下的小偷和乞丐等更加看不起了。

后来因为喜欢文学而观察人生，和智者也有过一番讨论，才明白那些不务正业的人也是在追求幸福的生活，只是路径不一样罢了。

我也和大家一样看不起那些在道德上不怎么样的人，如男人的寻花问柳，女人的不正经。过去我会远远地看着这些人，把他们当另类看着，以为他们在破坏着这个世界。可是有一天，和这些人熟悉了，我就突然发现他们的仁慈和宽厚，他们的那些缺点我就忘记了。

最近常常有人和我说起某个人的不好，说这个男人好色，给女人发勾引的短信；说那个女人不好，跟谁都上床。

我和他们一样看不起这样的人。可是我突然想到，这些人在做这样的事，也是自己的本能吧，也是在满足自己的需要吧。这样的人可恨吗？我就想不明白了。

我开始读中医的书。中医说，世界上的男女就是为了传宗接代的。

我大吃一惊。

这个理论让我难以接受。

几个荒唐的劝告

人的本性是好为人师，所以有一个青年人在我身边的时候，我就会以自己的主观意愿把自己的想法告诉给他们。我也不知道这是误导还是堕落，但是我知道每个听我劝告的青年都不会相信，因为我自己都感到我说的是错误言论。我也知道，喜欢教育别人是老的开始。

且看：

劝告一：不要向模范人物学习。我所说的模范人物有多种，有精英式的，有成功式的，有奋斗式的，有劳动式的，有聪明式的，等等，很多。你可以知道他们，佩服他们，但是不要学习他们。因为每个人都有差异，要成为某个成功的人士，是一种折磨。是给自己定下了一个永远不能实现又要实现的目标，使你的一生都会在挣扎之中。但是我支持向雷锋学习。

劝告二：不读励志的书刊。那种对人的向上的呼唤的文章，可能连作者都不知道如何去做。看了那些连篇累牍的夸夸其谈，会把你的心压得很重，使你总想当官发财，使你总想天上掉馅儿饼，使你总有一种和什么人一样的幻想。所以，要读书，就读轻松幽默的，快乐智慧的。

劝告三：热爱家庭，关心朋友，寻找快乐。不要把工作和学习当作头等大事。我现在才理解毛泽东主席对青年的要求中，为什么把健康列为第一，看来老人家早把世界看透了。所以，像外国人那样，工作期间就把工作做好，休息期间就把身体放松。工作的上进是没有尽头的，学习是永无止境的，你只有把自己喜欢的做好就够了。

劝告四：不要看领导的脸生活。许多人在工作岗位上，对领导很当回事，一切都看领导的意图做事。喜则喜之，怒则恐之，没了自身的主见，最后会被淘汰。尤其现在领导水平不高的情况下，青年很可能失去自我，耽误美好的人生。

劝告五：自己想做什么就做。不要把生活看得很坏，因为生活的本身是美好的，好与坏是你的自我感觉。想了就做，才能实现人生的价值。为什么科技的发明在国外，而中国的几千年的历史科技发明却很少，就是人们自己掌握的自由度的问题。我们常常是看上面让我们做什么，不是自己想干什么，所以，就没有创造力。

劝告六：不要担心给领导写材料写讲话稿。开会，写材料，是职业特色。好像领导干活儿就表现在开会上，落实就表现在写材料上了。既然写讲话和材料是特色了，就好写了。就是三大块，上面怎么说，领导怎么想，下一步怎么做，拼起来就行了。如果是赶时髦的领导，就找点儿现代最响亮的句子和格式。格式就是那种对仗的句式，递进的句式，念起来就会有力量。如果领导感觉自己很高深，就加进几句古文，如："郡县稳，天下安，思之不做为惰。"这种材料小学毕业和没文化的人写得最好。

劝告七：还是多干活，少说话。不要以为领导好，或者对你好，就忘乎所以。伴君如伴虎。领导对你好的时候，不喜；领导对你不好的时候，不悲。天有阴晴，月有圆缺。你的年纪小，官场的变化快，鹿死谁手，不见分晓。但是在一个职位上不要停留太久，因为现在讲究年轻化。三十五岁和四十五岁是两道上下的杠，一定要把这两个年龄段里面的事做好。

劝告八：不要相信那些畅销书。我看你喜欢读书，而且一说什么书好你就马上买回来读。不要随风。从"中国说不"，到"中国不高兴"，这些书都是机会主义。其实"中国"根本没有那样。这种拿“中国”说事来赚钱，是很不好的。应该限制使用中国这个词做标题和名称。就连大学都不应该用，什么中国某某大学，好像带着这俩字就是唯一或最高的了。年轻人要有这种辨别能力，不要被忽悠。

劝告九：千万不要相信什么劝告之类的谎言，包括本劝告。走自己的路是对的，这些话你不要认真。我在别的场合也说过，是老生常谈，听听罢了。每个人都有自己的路要走，都有自己最后的经验。无论成与败，经验都会留在每个人的心里。而社会的发展，是不以某个人的意志为转移的，想想就算了。

绝对隐私之暴露途径

每个人的隐私是需要保护的。正因为每个人都有自己的隐私，人们活得才自我，才丰富，才自恋。人不为了隐私活着，但是活着就会有隐私。有的人的隐私很神秘，甚至和生命相联系，但是暴露出来给大家看，也许很不值得作为隐私。有的人隐私很重要，但是自己却没有作为大事看，外人看了却十分惊讶。所以，所谓的隐私是一个人自尊的积累，面子的范围，心灵角落里经营的另一个自我。如果概括出来一句话：隐私是一个人不想让外人知道的对自己十分重要的事。

我不知道我概括得是否准确。但是我知道，凡是人都有自己秘密的地方，这个秘密就是隐私。而我们每个人在保护着自己的隐私的同时，也在努力探知别人的隐私。所以，人群里就形成了一个链条，这个链条是首尾相连的。即：我保护我自己的隐私，但是我想知道别人的隐私；别人保护自己的隐私，但是却在寻找你的隐私。正是这样，人们才活得津津有味。

个人隐私泄露的途径也很多。

一、自己说出去的；

二、写信写出去的；

三、日记被别人看到；

四、被别人猜测出去的；

五、被朋友出卖了；

……

我想说的是最后一个途径，是现代化之后，手机泄露自己的隐私。手机提供了通信的方便，也为隐私提供了保护。明明在酒店里喝酒，却用手机说自己在上班；明明就在你的隔壁，却用手机说自己旅游在天涯海角。人们正开始对手机的功能进行质询。其实手机最可怕的是短消息，这些短信是泄露隐私的重要途径。很多夫妻反目，朋友疏离，短信都起到了罪魁祸首的作用。

手机的短信将改变我们的生活。短信的出现，使我们的生活既简单又复杂，既传统又现代，既明朗又暧昧。如果一个男人或者女人在工作期间或者吃饭期间忙着发送短信，那一定是在处理着隐私；如果一个女人或者男人在闲暇不停地发送着短信，那一定是在无聊里做着甜蜜的事业；如果无论是男人或者女人贪恋上短信，那一定是短信带来的兴奋已经如毒品般地侵蚀了自己而不能自拔。

手机是一把双刃剑，我很喜欢手机这种双刃剑的功能。世界上没有秘密，秘密只是一定时间里的游戏。隐私在自己是隐私，在别人是故事。伟人们之所以是伟人，只不过是有分寸地把自己的隐私筛选之后告诉给世人。当有一天没有政治需要时，再把剩下的隐私解密出来，还原成平民。在平民来说，如今手机握在手上，就像拿着一颗不定时炸弹，随时都有可能爆炸，把自己的隐私爆料出来。我也曾经丢失过手机，但是那时候我还不会发短信。手机里有很多朋友的号码，有男的也有女的。我怕手机丢失之后把号码也丢了，或者给朋友惹麻烦，我把他们在手机里都用其他的字代替。鲁迅说，有人描写一个男人躺在那里，两腿分开，如一个“大”字。鲁迅说，这个不准确，应该是个“太”字。于是我就把我们写作的好朋友男的用“太”字代替他们的号码，女的就用大字代替她们的号码。比较近的人我就用他们名字的最后一个字。这样即使手机被别人看到，也不知道是谁的，保护了朋友的隐私。

人有尊严是因为保护了自己的隐私。如果大家都不穿衣服，这个世界就坍塌了。也正是因为穿上了衣服，才使人们之间开始好奇起来。

节日期间，著名的喜剧之王入院，医院以保护患者之隐私而拒绝记者的采访，而记者却不顾患者的病痛而进行猜测，于是写上了如上的话。

哲学在生活的最里面

我是学不懂哲学的，我所理解的哲学是把简单的事往复杂里想。把简单的事往复杂里想，于是得出的结论就是哲理，如果把这些想法归纳一下，就是哲学。所以哲学也不深奥，深奥的是自己看不懂自己，深奥的是自己看不起自己。就像有人从锅里盛米饭，其实上下都是一样的米，可是我们非要往里面挖，以为下面的更好吃，挖到下面也是一样的米。锅巴也是米，但是锅巴已经有了哲学的味道。

再如酒，都说喝酒不好，对身体不好，对大脑不好，甚至把最狠的话都说出来，叫酒后无德。但是酒却如江河般地流淌，淹没了人们的思想。于是人的话就成了哲学里面最费解的语言。喝酒不好，却用酒来招待最好的客人；喝酒不好，却把最好的酒送给最知心的朋友；喝酒不好，却把吃饭叫作酒会，把请人吃饭叫作喝酒。在宴席上，把一杯一杯的酒敬给上级、领导、长者、客人。人家不喝，就站着敬，弓着腰敬，说破了嘴皮子敬，人家喝下去了，才高兴。好像让客人喝一杯酒，完成了一件巨大的任务，取得了一个重大的成功。谁说酒不好呢！

在哲学的意义上说，酒是世界上最好的东西；在生活的意义上说，没有酒不成席，不成席还吃什么饭，不吃饭还了得啊？所以怎么去说这个酒呢？哲学能够解决。那就是大家认可的，就是对的。是对的，就也许是好的或最好的，但是绝对不是坏的。谁说酒不好呢？是医学说酒不好，但是搞医学的却都喝酒。喝酒的是谁呢？主要是男人。男人几乎都喝酒，女人不喝酒。所以说酒不好的是女人。女人是爱，正是爱才毁了女人。女人爱丈夫，丈夫喝酒使她们同情不满，使她们得不到关爱，所以她们不敢恨丈夫，就恨酒。我们看到，除了医学在谴责酒，剩下的就是女人了。可是男人喝的酒是女人买的，吃的菜是女人做的，酒就没有了真正的敌人。

酒并不是生活的唯一。人们还要在社会上露脸。中国人有的是方法满足人们的自尊心。比如把当官的放在台子上，让大家看，这是高人一等吧？现在有了电视，坐在台子上就更露脸了。那个台子的名称也好，叫主席台。坐在主席台上，还要分出眉眼高低来，中间的是最大的，边上的是最小的。电视上有时候屏幕小，转播的时候就会把边上的挡住，所以人们看着主席台，说是主席台上坐了几个人，会查数的一数总是少两个，边上的被屏幕挡住了。可是坐在上面的边上的人还不知道，正襟危坐，不敢言笑，连水都不喝，怕影响了形象。坐的很累，看的也很糊涂。

每年都有一次民主测评，就是让职工给干部画票，票上面分好、中、差。什么是好，什么是中，什么是差，那是人心里的事。在这个中庸的社会里，一般都会给干部画在好的那个格子里。可是有一个干部有一票是差，就会睡不着觉。那些都画差的票，有一票是画好的干部反而会很得意。都差的知道大家有意见，心里也无奈；都好的有一票画差的就睡不着觉，在广阔的人群里面筛选那个画他差票的人。几乎都搜索遍了，也不知道哪一个。都像，又都不像，第二天见了谁都有了感觉。就为了那一票，心理失去了承受能力，也就是一根稻草压垮了一头骆驼。这也许是生活里最伟大的哲学了。

哲学是存在于生活里面的。有了哲学才有了人们的思考，有了思考才有了烦恼，有了烦恼才有了痛苦，有了痛苦才有了追求，有了追求才有了解放，有了解放才有了幸福。幸福是哲学之本。

猪流感以及古代杂感

题目起得乱七八糟的。

禽流感之后是猪流感，家里就这么点儿动物，都流感了。再有就是马流感、驴流感，还有什么流感我就不知道了。人类在消灭自己的时候，先从身边的随从开始了。

猪八戒知道自己流感了会怎么样呢？还娶媳妇吗？还去和师父取经吗？那个孙猴子也不流感，猪八戒气着呢！

我今天看到加拿大人把猪传染上猪流感，看到了猪的可怜。

猪的另一种可怜是自己的。猪是让人类来食用的，于是它不仅把身上长满了肉，还把耳朵长那么大，可以让人吃；把嘴巴长那么大，可以让人吃；把四条腿长那么多的肉，可以让人吃。人们吃了它，还说猪流感。

电视里古代的电视剧那么多，天天看古代的电视剧，就会有想法。这种想法虽然天真，也有采纳的必要。

古代的剧目虽然有记载，但是许多是剧作者编写的。尤其编写的皇上的英明，让人感觉古代的皇帝既英明又爱民，所以古代就传承了五千年。

编写古代的作者可以做皇帝。

古代的官员。我们现在现代化了，穿西服，和世界上的任何国家没有区别。我想建议要继承古代的传统，先从服装开始。

我们也穿官服，头戴花翎，脚蹬朝靴，头戴红顶子官帽，分出几品来。现在我们的官员看不出谁的官大。车嘛，几乎都是一样的，小官可能坐好车；房子嘛，也区分不出来，有钱就买好房子。说话做事也不好区分，往往是坐在主席台上，中间的最大。都是西服，看不出等级来。比如农场，也是县团级，和真正的县就有差别。我记得一个场长和市长在一起，市长是师级，我认识的这个场长归部队管。场长对市长说，我们是独立团，也是师级，于是市长就热情起来。

让每个官员都穿上官服，哈哈，会是什么样子呢？我想复古。

自由·爱情·家庭·事业

在电视里看一个访谈节目，被采访的人是演员夏雨。我喜欢的女演员不多，喜欢的男演员就更少，然而夏雨是我喜欢的。有一次看他演的电影，就是一个恋爱的故事，挺没有意思的。因为闲着没事，就在无聊里看下去。主演是夏雨，他被他爱恋的女人领回家，他以为女朋友要在她的家里为他献身。结果他恋着的女朋友和一群伙伴从厨房里出来，端着生日蛋糕为他过生日的时候，他正尴尬地脱光了，坐在沙发上等待着另一个结果。那种场面让我记住了夏雨。

于是在这个采访的节目里，我看着夏雨在主持人的问话里，看到了另一个夏雨。

主持人问：在事业、家庭、爱情、自由里，你怎样排列？

夏雨：自由，爱情，家庭，事业。

主持人：你做个男人，想做个什么样的呢？

夏雨：孔子。

主持人：做个女人呢？是不是想做个撒切尔夫人？

夏雨：不，我想做个美女，像貂蝉那样的……

一个谈话节目，要说自己心里的话很不容易。尤其现在，人们习惯了说一些大话或者空话，不愿意在大庭广众之下袒露自己的思想。明明对会议反感，还要说开得好；明明对领导有意见，还要说领导的英明；明明喜欢吃天下最好的食品，却说粗粮好吃。天下被弄得不知道什么是对的了。

当然，明星是明星的事，而在现实里面又是另一回事。所谓的隐私吧，也就是把不想说的放在心里，把想说的说出来；把应该说的说给大家，把不应该说的说给家人；把口号说给世界，把怀疑留在心底。生活就这么流淌着，人也越活越舒服了。人们正在从一种固有的思想和模式里脱离出来，建设美好的生活。

人们对自由的追求越来越强烈。而自由是什么呢？人们也许不清楚。但是，我知道，在一种摸索和成熟里，人们会寻找到自己，也会更爱强大的祖国。

爱情是男女之间的生育游戏。我不相信它会有，也不会相信爱情的永恒。但是，有总比没有强，要不男女在一起就没有了理由。

我就是喜欢家庭。家庭是社会的细胞。

事业，是闲着没事的时候做的消遣。

也就是这样吧。

退休以后

生命可以分作三段，即幼年、中年、老年。

因为人的幼年和老年是生命中最单纯和天真的时候。如果说幼年是无知，那么老年就是更无知了。如果说幼年的无知是因为出生后还没有知识，那么老年的无知是因为以前太有知识了。这两个年龄段的无知都是人生的极致。

让我思考这些问题的是因为我在这一段的时间里接待一些退休的人，和他们生活在一起，就十分简单和快乐。我很痛苦地想，人原来会这么轮回着，从大人再蜕变成小孩儿吗？我真的不知道。

他们讲述起两个领导干部退休之后的事。一个开始学习书法，一个开始画牡丹，两个人的成绩都很优秀。他们在大学里学习，年纪小的给年纪大的到公共汽车上占座。以前他们可是都有专车的。当年在位的时候，两个人是上下级，上级到下级那里检查工作，两个人就会喝酒。他们都很能喝，谁也不服谁。喝多了，就去唱歌。上级爱唱《滚滚长江东逝水》，下级爱唱《小白杨》《为了谁》。今天他们都退休了，虽然级别上有差距，但是都没有了权力，都是平等的了。他们学会了写字，就到原来的单位去题字。画画就难了，只有过节的时候送给朋友。他们没有了上学之后毕业找工作的事，他们学习得很认真，和在工作时候一样。他们会不会想，再来一次人生，一定不做官而做一个艺术家呢？我想不会的。做官人的骨头里都是自尊和自傲，他们仰惯了的脖子岂能低下来呢？据说要他们参加大会，他们还要坐头一排，如果不坐，就要罢会，雄风不减当年。

我说的是那些高级别的官员。级别低的，就是另一种生活。他们跑步，读书，看电视里的《新闻联播》。他们喜欢偏方，研究养生之道。如果谁有了一个养生的方法就会立即被别人学习。一个人用刷子刷身体，已经刷了十几年，身体精瘦，但是就是不得病。于是人们开始追问，问他刷子是什么刷子，毛是什么的，怎么刷，刷几次。大家纷纷效仿。谁戴了一块降血压的手表，大家就会去问效果，但是又嫌价格贵。于是就有人告诉那些不愿意买手表的人自己的偏方：每天用面起子洗脚，坚持一段就会好。但是有的人连面起子都舍不得，于是就会连连地摇头，说：没用，没有用啊。

到了这个年纪，人的心态真的就变了？他们好像离开了社会，开始了另一种生活，那就是与生命赛跑。他们要做的，是用什么方法把生命抻长，再抻长。究竟生命有多长，天有多高，命就会有多长；心有多远，命就有多远的路程。

我们怎么改变老年人的想法？我想没有。据美国的一个研究机构对 2050 年中国老年人的预测，那时候中国大约有四亿三千八百万老人。平均每 1.8 人养活一个老人。

我想，这还不够。

我想要是都老了就好了。

遏制欲望

人活在世界上，要么放纵欲望，要么遏制欲望。

在外面考察，是最舒心的日子。虽然很紧张，但是没有负担。路远就在车上睡觉，路近就看了一个点再看一个点，到了晚上就是在一起吃饭喝酒。虽然注意控制酒的用量，利用大家还不熟悉，就说自己不会喝酒，或者只喝了一点儿就喊着喝多了。多了，不让人家再往杯里面倒酒，偷偷地把矿泉水倒在里面，占个便宜。可是不喝酒，也不能干坐着呀，于是就吃。我记得也没有吃多少，回来就又胖了一圈。苦难。

本来喜欢吃肉，这时候就是见了肉也不能吃。喜欢吃饭，一碗又一碗，可是这时候，不能多吃了，都胖成什么样了？去年穿的衣服还很肥大，今天穿上就系不上扣子了。看着人家在商场里转，见到什么样的衣服都可以试一试。我要是试，就得先问一句，有我穿的码吗？没有就算了。如果遇到小心眼儿的服务员，就说有，然后拿出一件穿上去紧紧巴巴的衣服，她在那里鼓励你买了吧，这不是很好吗？我这人不抗劝，真的买了，回家就是好几天睡不着觉。

于是，我就理解了，人在世界上存在，是有条件的；人活得快乐，是有要求的。你想美丽？你就得吃苦。如果是女人，现在以瘦为美，那么就要节食，无论你多么有钱，多么富有，但是你吃饭的时候，只准喝汤，吃一口蔬菜，然后就是永无止境地吃黄瓜。这样就可以把你的钱都用在穿衣服上面。饥饿是美丽的基础。如果是男人，那么就要遏制自己的占有欲。男人最大的心愿就是寻找最美丽的女人，可是美丽的女人在接受男人的时候是有条件的。达不到这个条件，男人就得遏制自己的欲望。

我也说不清楚这个世界属于谁。我们都喜欢树木在生长时的自由，枝杈在空气里舒展，绿叶在天空里放纵地呼吸。而人要放在一个用道德和法律的笼子里，放在周围也是同样的人的目光和不同的看法里面，放在羞耻和面子里面。还有大庭广众，还有做人上人的理想，还有战胜别人，还有自我的炫耀。这些理由都要你遏制欲望。

像我这样，多吃一口，就有肥胖等着惩罚；少穿一件衣服，就有寒冷等着惩罚；多看女人一眼，就有纪律等着惩罚；多说一句话，就有错误等着惩罚；放声地唱一句，就有跑调等着惩罚；懒惰地休息一下，就有肮脏等着惩罚；寻找一份自己的空间，就有社会等着惩罚；想和富有者看齐，就有金钱等着惩罚；想学会开车，就有愚笨等着惩罚；想自由地飞翔，就有翅膀等着惩罚。

欲望在心里，生活在现实里；理想在想象里，幸福在梦里。

一个人遏制住欲望，就在社会里面成功了一多半；一个人实现了欲望，其实是社会遏制住了你另一半的欲望。人之所以飞不上天空，不是没有翅膀，而是没有心情；人之所以不能够比汽车跑得快，不是人的力量不如汽车，是人的欲望拖累了人的双脚。所以，人的欲望决定了人永远在地上生活。我们知道，大雁或者任何鸟儿飞起来的时候，有两个先决条件，一是大雁或者鸟儿的骨头里面是空的；二是大雁或者鸟儿在起飞前，要把肚子里面的积存都排泄掉。这些，人是做不到的。人类有着强烈的占有欲望，所以，骨头不会是空的；人自私，所以肚子里永远不能是空的。人比鸟或者大雁聪明知道这一切，但是不能改变自己。欲望像绳索一样，把人绑缚住了。

要解开这绳索，就要遏制欲望。

但是谁又能解开这绳索呢？

洗　　牌

任何一位领导者都希望在自己管理的领域做出成绩来。这些领导的惯常手法是抓紧工作，治理人员，整肃纪律，严格要求。每个领导者都觉得上一任给自己留下的是烂摊子，就会从内心里生发出一种“待从头收拾旧山河”的伟大使命感。那种紧锣密鼓的行动，大刀阔斧的力度，壮士断腕的决心，令人佩服。

可是，好心并不一定好报，领导者要有智慧和方法，才能达到效果。我虽然赞赏庄子的无为而治的办法，可是我更推崇在无为之中制造一个框架，“看似无时想还有”的治理。

昨天晚上打扑克，谁先出局谁先洗牌。一大片的纸牌，要归拢成完整的方块，就要在桌子上撴一撴，散乱的牌就会自动地往整齐的方向运动。这时候手要是抓紧了，纸牌恢复原状就费劲，恢复得也慢；要是用手拢住，让牌不跑出手指的范围，轻轻地一捏，然后一撴，纸牌会很快地方方正正恢复原状。我就想，一切都在宽松的环境里面实现理想，一切不都会很好吗？当然，洗牌的方法很多。但是洗成功的都是刚柔相济。文武之道，一张一弛啊。

这种洗牌的方法，主动者是洗牌人，被动者也是洗牌人。撴一撴，是一种震动，是一种要求，是一种管理。自由地找回自己的位置，是纸牌的主动。纸牌在纷纭的拥挤的空间里寻找的时候，如果环境是宽松的，就会心情舒畅地主动地快速地恢复到常态。

洗牌者就是领导者，就要把洗牌当作一种管理办法。

我们的领导者在实施领导的时候，面对被管理者，常常把他们看得水平很低，更有甚者把他们看作木偶，以为自己是提线的人。你随我动，心随我走，意随我行。像穿衣服一样把人们穿在身上，胸前的是知己，背后的是疏远者。而真正挡风的却是背后，最容易脏的是胸前。这样面对大家，时间长了，就会出现都是你指挥的干部，却有远近之分，好坏之分。然后大家看出来了，就是和你近的会溜须，会奉承；而远的就泄气，就没有了奋斗的精神。这样，领导者就难以把队伍带起来，工作就完不成。进而以为大家不配合，唯一的办法就是减人。其实，人都是一样的，是领导者没有洗好牌。

再就是道貌岸然的管理。虽然也好像在洗牌，但是把牌抓得太紧，谁也没有自主意识，也不敢想，更不敢做。我说啥你就听啥，一切都是我说了算，洗出的牌很不规则。还有就是太放松，下属不知道干什么，放任自己。

我们承认世界上有聪明者，有半聪明者，有不聪明者。差距存在，但是不大，区别是经验的积累和运用。没有做牵头领导的不一定不能牵头，牵头的领导者，不一定比谁高明。会洗牌的领导者，常常利用别人的优势，弥补自己的劣势，用自己的优势统治别人的劣势。我认识一个机务队长技术并不好，就是会说。机车出了故障，找他，他会马上知道机务队里谁会处理故障。所以，工人们对他很服气。我们常常争论是外行领导内行还是内行领导外行，其实这是一个简单的问题。一个称职的领导者，什么都可以领导。因为领导不是干具体的活儿，而是在指挥手下的人群，达到物尽其用，人尽其才。但是最可怕的是水平不高的内行来领导内行，肯定会出现问题，造成事业的失败。

我喜欢把受过传统教育的人们比作午餐肉罐头。即使把盖子打开了，里面的思维也形成了，就是把整个罐头的铁皮都拿掉，思维也是定型的。怎么办？就看领导者的思想怎么对待，用什么方法去熔化这种固定的模式。如果领导者也是午餐肉罐头，就更可怕。

洗牌，把牌洗到极致，是领导者的水平。

快乐地上课

最近党校要办一个副处级干部培训班。校长让我讲一课。我有些犹豫。用葛优的一句话，现在队伍难带啊，谁还听你讲课呢？要是听的话，也因为你的职位在那里，不听还不行。就是听了，谁能够听进去呢？现在什么都在透明，政策也公开，还有什么可听的？我在这样想着，校长也不走。他说，你讲讲文化吧。好像我写了几篇文章就成了文化人了。我说你安排吧，有时间我就讲一讲。事情就这么过去了。

要开课的前一天，我才知道校长真的安排了我。开始是开学第二天我讲，因为一个领导出差，把我安排在开学的第一课，我于是就紧张起来。这种紧张一是我还没有准备，怕太匆忙讲不好；二是我许久没有讲课，不知道怎么讲，怕大家失望；三是我具备讲课的条件吗？校长把课程安排给我拿来了，我讲的题目是"干部的文化修养"。果然和文化联系在一起了。

于是我开始准备。我开始依赖网络，以为网上会有这方面的内容，我找了半天也没有找到。我以为我笨，就安排一个大学生给我找，他也没有找到。我的一个网友知道了这个消息，说，这很容易，网上就有。我就委托这位网友找。最后这位网友也没有找到。万般无奈之下，就只有自己写了。我拿起笔，开始写，写了一篇就写不动了。好久没有在纸上写字，运笔的能力也在下降。过去看的一些材料有的记录下来，有的就放弃了。现在用起来，就很遗憾了。正是书到用时方恨少啊。

写不下去，还要讲课，中午还有客人要陪，我感到很沉重。我想就放开讲吧。但是基层的领导们来了，眼巴巴地看着你，你乱讲，也对不起他们呀。这样想了许久，我把大学生找来，让他记录我说，然后汇成备课笔记。我讲了一段，发现他也记录不下来。他说我打字比记录快。我说，你就打字，我说。其实我也想直接打字，可是这几天的疲累，使我力不从心。

于是，大学生打字，我开始了我的讲课。

我面对的学员都是基层来的干部，实践经验丰富，也有一定的思想基础。我想我给他们讲纯理论的东西，把问题上升到一定的高度，他们不能接受，我也很费力气，最后都不满意。我还是要通俗易懂地讲，联系生活地讲才好。党校给我出的题目很大，他们以为我会写文章就能讲文化。大家也会把文化当作高深的东西来看。我首先要把这个问题解决。

首先我写作的文化和我要讲的干部的文化是不同的概念。很多大作家大艺术家不一定就是有文化。只能说他们是文化工作者。有的人文章写得好，品德却不好，这也是没有文化。所以我讲的文化，是每个人的素质和文明程度的表现。是大文化，是人生伴随的文化。这一点弄清楚了，就好办了，课也就好讲了，大家也能够接受了。

我在说明我讲的文化的同时，从四个方面来论述我要讲的文化。我用了最简单的词句，来让大家接受。大家要知道怎么有文化，就要做到这样几个方面：

一、讲文明，懂礼貌；

二、讲孝顺，重感情；

三、讲政策，重修养；

四、讲包容，重民生。

在这四个方面，我开始纵横驰骋。从古到今，从国内到国外，从领袖到百姓，从教育到生产，从书本到实践。让大家感到，一个领导者的风范和素质，就是文化的底蕴所决定的。

在课堂上我没有提倡记笔记。因为我知道，大家埋头记笔记，一、他们也不常写字，肯定记不下来；二、我讲得快，他们也无法记录；三、记录影响课堂的气氛，讲的和听的不能够默契，产生的效果不好。我把需要记的几段李叔同的话，和几个经典语录写在黑板上，让大家抄下去。其他就不用记录了。

讲课期间，我喜欢大家望着我的情景。大家的肯定和鼓励支持的眼光，大家兴奋的神色，大家理解和体会的样子，同样激励我讲下去。

讲课者把心交给大家，和大家沟通，是最幸福的事。

在提高文化素养的读书方面，大家希望我能说读什么书。我的观点是不要读理论书籍，那些理论书籍让正处级以上的干部去读，如果非要读的话，就读一读小平同志的书。要读书就快乐阅读，想看什么就看什么，写得有意思，愿意看就读。因为我知道大家工作很忙，也不是搞专业理论的，读那些理论书就是一种折磨。我也不知道我讲得对不对，但是我就这样把课程讲下来了。看着大家很愉快的样子，我知道这个上午我们是一起在不痛苦里面过去的。

下课！

减肥与负担

活在这个世界上，如果把什么都当回事，就是给自己增加了负担。负担是自己和自己过不去，也是生活和自己过不去。负担本来是没有的，但是因为人会思考，有一颗不停运转的大脑，负担也就随之而来了。所谓的负担，就是压在脑海里的一根压垮毛驴的最后的稻草；所谓负担，就是人的无法解脱和意念游走到了胡同里转不回来身。学会了把负担放下，就学会了生活；学会了坐在负担的座椅上娱乐，就驾驭了生活。

我就不行。

本来身体的不健康就使我的心理负担加重了，工作的时候不能摆脱不健康而自由地做事，大家聚在一起还要以病人的样子看着大家快乐，于是心里的负担就变成了压力。当然，也有自己舒服的事。因为身体的不健康，突然就瘦了很多，过去大腹便便的样子，突然有了轻便的感觉。那一天江龙来了，我约他吃饭。他来到饭店，问老板，领导来了没有。老板不认识我，就说不知道。江龙就说，一个大胖子，肚子挺大的。老板说没有看到。江龙来到饭店的包间里，看到我，大声地说，你不是在这儿嘛，老板还说没有看到。他又细细地打量我的身体，看着我瘦了的样子，惊呼道，老板是不认识你呀，你都瘦了，肚子也下去了，我还找她说那个胖的呢！

说我瘦了，我当然很高兴。这种因为不健康而消瘦，是我另一种收获。过去的肥胖是以下原因造成的。

喝酒。我喝酒不是那种享受型的，而是面子矮，心软，在别人那里喝酒，让我喝酒我就不好意思；在我这里喝酒，怕人家喝不好，自己就带头喝。酒到肚子里，辣得不行，就拼命地吃菜；喝了吃，吃了喝，循环起来，肚子就会越来越大。于是，酒不停，胖就不止。

好吃。天下的人就是这两个本事，食与色。凡是人们认为是好吃的东西，我就喜欢吃，没有不吃的食物，所以就容易发胖。另外我还特别节省，不管家里还是外面，吃饭的时候见食物剩得多，我就心疼，非把食物吃光不可。特别是盘子里的油汤，拌饭蘸馒头吃；如果锅里也剩下油汤，我就会把米饭和馒头放在锅里，烙一下吃。在我的面前没有好吃和不好吃，只有多少之分。

遗传，我的父母都胖。

肥胖的开始。我肥胖是有原因的。开始我不胖，大家那时候看我不胖，而我的父母亲属都胖，认为我是家里的另类。我三十岁之前最高体重是一百四十斤。我的身高是一米七五，是合格的体重。我爱好体育运动，跑跳，篮球乒乓球，都玩。学校跳高第二名保持到高中毕业，篮球一直是冠军队后卫，跑赛二百米第一名，大家以为我会如此瘦而运动下去。

办公室的对桌得了甲型肝炎。我也急忙化验，也是甲型肝炎。当时妻子在医院，医生护士都是朋友，于是开始推糖，家里营养不断。一周后，院长看我病情如何，见我脸胖得如打了激素似的，一问才知道，每天我到医院来推糖。院长是中国著名医科大学毕业的专家，他大呼让我赶快停止推糖。说我的病情很轻，啥也不用，一周就好了。但是肥胖从此就出现了。

我的肥胖也同时被人们接受了，谁也没有非议。用大家的话说，我就是喝凉水都长肉。而我对肥胖也没有反感，胖胖的在大家面前走过去，很威风很有气度的样子。领导把我的肥胖当作了成熟，这样一个胖胖的很有领导样子的人怎么会不是干部呢？于是，我从一个教师，一个办公室的科员，开始走进官场。我所得意的是，因为肥胖，无论站在哪里，人家都会一眼认出我是领导。所以，肥胖是领导特色之一。

当然，我今天瘦下来，我也是高兴的。既然瘦了，我就要保持住。就是这种保持给我带来了新的负担。我不敢参加各种宴会，怕看见诱人的食物使我失去忍耐力，再肥胖起来。我不敢放开吃饭，有一天吃饱了，很快就长了分量。我看到肉，看到蛋，就忍耐着不吃。每天都要称重，每天都会有上下的浮动。在无奈的情况下陪客人，我就喝水。水喝多了，肚子就大。我看到突出在腰带外面的肚子，圆得像皮球，我就会吓一跳：难道又胖了吗？

减肥，自我改造

虽然这次减肥是一个意外，但是我减肥的理由早就有了。

理由一：随着年纪的增长，肥胖会带来很多的病。很多的病在肥胖中已经开始滋生，如果我再肥胖下去，就是疾病的开始和加重。我原先对肥胖的解释是，肥胖在疾病到来的时候有抵抗力，就是老百姓说的抗折腾。现在我对肥胖的解释是，真的病了，我这么沉，老婆也背不动啊。

理由二：一次大家从一个铁栅栏的空隙里钻过去，都过去了，我钻的时候，头过去了，腿过去了，肚子却过不去，只得从远处的门进去，我十分地狼狈。

理由三：一件很值钱很好的衣服，穿上后扣子却系不上。这件衣服是参加一个活动发的，没有花钱，而且样式和颜色都很好，穿不上就可惜了。我和家人去商场，要买到一件合适的衣服都很困难。所以把肥胖减下去，好穿衣服。

理由四：我肥胖的时候，我有肥胖的理由，上帝让我们吃好，我没有辜负，我吃了，我胖了。不像很多人，吃了，也不胖，这是对食物最大的侮辱。现在我瘦了，我的理由也就随着身体的变化而变化吧。

其实，按照高标准严要求，我根本就没有减肥。用我妻子的话说，二百斤还瘦啊？

我有二百斤吗？

不想了，想就有负担。

减肥成果大揭秘

减肥是一件艰苦而又麻烦的事。

环肥燕瘦，自古传承。但是减肥我一直认为是对人类自己的摧残，是自我愿望的扼杀，是对上帝给予我们的身体的不公平，是美好生活的叛逆。

可是我在疾病之后的某一天，因为消瘦的出现而开始减肥。我的减肥是要控制我已有的重量，不能再增加上去。实践的过程我感到很麻烦。

比如每天吃多少为宜，没有标准。吃得少了，饿；吃得多了，胖。有时候控制自己在酒桌上的欲望，时间久了就有些厌食。一想到好吃的肉就恶心，是猪肉就会想到猪圈，是牛肉就会想到牛的不干净。过去爱吃狗肉，现在就是狗肉端上来，也一口不吃。鱼还行，可是有那么多的鱼刺，也不想吃了。

可是拍拍肚子，依然很大。

减肥的人喜欢天天过秤。我也有电子秤，天天到上面去看一看数字，体重在一公斤上下变化。于是我就在早晨过秤，这时候会轻一些，心里就很高兴。吃早餐的时候就会再少吃，再少吃，想到明天早晨会更轻，也许掉下一公斤以下。

餐桌上看到别人大口地吃肉，吃那一块一块的排骨、牛排、羊排，再看看人家的身体，也不胖，真是羡慕啊。有一次在火车上看到一个女人的大腿粗得像牛腰一样，我就松了一口气，我这么胖不算胖啊。那种暗喜也就几分钟，进入我眼帘的都是瘦的，干瘦的，浑身没有一块肉的，我就泄气。还要减肥啊。

继续天天地过秤。

重量在急剧下降。比过去少了两公斤以上，真是大喜。想一想，这几天没有怎么吃东西，很少吃东西，是少吃的结果。有一天重量又反弹回来，马上找原因。是昨天晚上多吃了两块肉吗？下次不吃了。可是过了两天，重量又回到两公斤以下了，心里就很得意。

这种纪录一直保持着，保持的时间越长我越得意，我没有怀疑我已经减肥了。有时心里也想，肚子还这么大，怎么会把重量减少这么多呢？

妻子说，电子秤坏了吧？

我说没坏。新秤怎么会坏呢？我也不希望它坏。

我依然天天早晚过秤，重量越来越下降，我也担心起来，为什么下降得这么迅速啊？有些害怕，同时也为这样的成果而高兴。

有一天，妻子把秤翻过来，把里面的电池盖打开，发现里面的两个电池其中的一个脱离了位置。妻子把电池还原之后，又把秤翻转回来，然后让我站上去。

我站在上面。

秤上的数字又恢复到我原来的重量上。我根本没有减肥成功，电子秤和我开了个玩笑。

揭开这个秘密之后，我减肥的心情又沉重起来。

但是，我还是要天天过秤。

背心裤衩心理障碍及其他

从小穿背心穿习惯了，就有笑话出现。本来天气炎热，穿一件凉爽的T恤，可是人们见我满头大汗，就会笑我，因为里面还有一件棉背心。从去年开始我在夏天穿T恤的时候放弃穿背心。这样虽然凉快了，但是出差就要麻烦。住在宾馆里的时候，要脱去T恤睡觉。没有了里面的背心，就要光着上身，于是就有一种裸露的展览的感觉，肚子也会冰凉的，盖着被子热，不盖被子又不舒服，好像空荡荡地睡在大众的目光之下，翻来覆去睡不着觉。

于是我就会想，背心是谁发明的？有了外衣还要背心做什么呢？进而我又会想到，那么裤衩也是多余的了。因为我们外面有长裤子，一件长裤子不行，就再穿一件，何必要在里面穿上一条裤衩呢？

人们为什么要想办法制造很多多余的东西呢？这就是人们的心理障碍吧。人们信奉多余就是占有，占有就是富足，富足就是高贵，高贵就是与众不同，与众不同就是出类拔萃。

正是有了这样的想法，人类才会进步吧。

比如博客，我喜欢翻开别人的博客去浏览。对于那些文章和装饰都很美的博客，我会留恋很久。但是也会遇到麻烦。有的博客里的音乐一旦响起来，我会感到有一群蜜蜂嗡嗡地飞过来。我就会急忙把蜜蜂的箱子关上。一边读着别人的博客，一边想那个做博客的人的蜜蜂被我关在里面，心里就有一种得意。博客的经营者很懂得人们的心理。博客就是一个家园，经营者为这个家庭的主人提供了很多装饰道具，供大家选择。这种最大满足人们心理的做法，正是适应人们心理障碍的需要。

由简入繁，是社会的进步；由繁入简，是人们思想的进步。由于人们对美的追求，也会把简单做成烦琐。从建筑物也能看出来。古代的，国外的，无论楼房和庙宇，都极尽装潢。但是近代就简洁起来。据说网络扫黄，会把艺术品中裸体的穿上衣服。这也未尝不可，因为人类是从光着身子开始走向服装遮体的，穿衣服是合理的。但是要追问艺术为什么要裸体，那也是在寻找着一种本真吧。既然人体本身是美的，是吸引异性的，是艺术，那么无论我们穿着衣服走多远，走多少个世纪，人类终究会还原的。现在的服装设计师正是朝着这个方向走着，裤子越来越短，名之为七分裤；裙子越来越短，名之为在追求真理；上衣也把肚脐留在了衣服的外面。这样看，背心和裤衩将是人类遮蔽自己的最后的终结。

今年没有穿裤衩

每年这个季节是穿短裤的时候了。今年在这里生活，气温低，到现在还穿着线裤，早晨上班，短袖衣服露出的胳膊在空气里还很凉。

其实在五月的时候也暖和过。太阳一旦照射在这里，就会看到那些急迫的女人穿上了裙子，展示着两条大腿在路上走，我很可怜她们。这么冷的地方，压抑了她们的美好的向往。女人的美丽只有穿上裙子才能展示出来。

后来就一直阴雨。太阳出来了，她们就急忙穿上裙子，阴雨天里，就像孔雀开屏之后又合上一样，她们都穿上严肃的衣着。

我在每年的这个季节里是最愉快的。可以穿得很少，到浴池洗浴很简单就脱完了衣服，穿的时候也很快；在家里就是一条短裤，舒服地伸展着腰身。打开窗户，是暖暖的风，吹进来，在皮肤上滚动。如果在夜晚走在路上，我就会只穿着短裤，轻松地走，像在温热的水里游。绿树散发着叶片的气息，有几分苦涩，有几分甘草般的甜蜜，呼吸着，好像在饮着一杯浓茶。

小时候我在这样的季节就没有穿过长裤。那时是家里做的裤衩。粗布，一段皮筋，就成了。如果系在腰里的皮筋长，裤衩在跑动里就会滑下来。我会一边提着，一边跑。

我最好的一条短裤是在上海买的。那是我第一次去上海。想给父亲买一件礼物，就在街上买了一条裤衩。我的父亲很胖，我怕裤衩小，穿不上。卖裤衩的就用尺子给我量。那时候我还不知道上海人很坏，给我量裤衩的女人骗了我。回到家里，我的父亲穿不上。那是一件很精致的短裤，于是我就穿在了身上。

这条短裤我每年的夏季都穿，一直穿到了今天。可是今天我就不能够穿了。这种阴冷的天气影响了庄稼的生长，也影响了我们正常的衣着。

我每次走过一段旷野的时候，就会向远方瞭望。那绿色的田野的上空，飘荡的是秋天的凉意，很低的气息在庄稼的绿叶上浮动，天空的云朵好像睡着了一般。可是到了下午，云朵醒来的时候，就会飘到一起，然后变黑，商量了一下，雨就下来了。有时急，瓢泼的一般；有时缓，也是雨丝如注。我很想写写这里的雨，那种壮汉般的雨，没有温柔的时候。下来就如飞来的箭雨，纷纷地射落在地上，地上的泥土就会痛苦得沉默起来。雨后就是接连的冷，沉重的凉意封锁了一切。

我不知道哪一天会脱去线裤，轻松地享受夏天的狂放。谁也不知道的。因为今年的低温和阴雨是历年都没有的。

我只能叹息，今年是不能穿裤衩了。

今天开始穿棉裤

今天是什么日子，是我穿上棉裤的日子。

早晨穿上棉裤，没有感到热，也没有感到冷。今天开大会，坐在会场上，听着领导讲话，想着自己已经穿上棉裤了，外面的阳光依然温暖而灿烂，如果中午热起来，岂不是白穿棉裤了么。于是我就希望天立即寒冷起来，大家都穿得很薄，在冷风里瑟瑟地抖动，嘴里说着，天气真冷啊。我呢，站在冷风里，没有一点儿感觉，我穿上棉裤了呀！

天气还是没有冷下来，我心里就很急，以为这棉裤是白穿了。

我也不知道是什么心理。记得当年挤公共汽车，上去了就恨不得车子立即开起来。今天穿上棉裤了，就盼着天气冷起来。可是天气还没有冷，只是早晚冷一些。但是为了适应早晚的寒冷，我就要穿上棉裤，熬过中午的炎热。

其实我不愿意穿棉裤有很多的道理。但是在这样变换的天气里，穿上棉裤要比不穿强。我喜欢春捂秋冻的道理，但还是在冬天到来的时候，忍耐不住寒冷，身体的各个部位都出现了反应，有时候连走路都十分困难。今年幸亏买了一双厚皮鞋，虽然像美国的悍马吉普，但是穿起来暖和，脚上还会出汗。一说起汗来我就想起那天吃饭，我被一群美女包围着，于是我就闻到一种汗脚的味道，我以为是我的鞋厚，脚出汗了，爆发的味道。但是我的脚一直是清洁的，干净得如洗过的萝卜，不会有这种难以接受的味道。我甚至把脚从鞋里拿出来看，都很清爽。我在寻找了很久之后，才发现是美女的化妆品的味道。化妆品在酒气里演变成这种味道，使我很吃惊。当然我很快原谅了她们，因为她们也太漂亮了。

穿上棉裤，我就十分得意。在阳光里走的时候，我就有了对于阳光之后的预防。即使天不冷，我的这种棉裤里面是竹炭纤维的，有着南方竹子的凉爽，我好像在竹荫里行走，我不会热的。

可是我为我这么早地迎来冬天而感到不舒服。我现在穿上棉裤，等到明年的五月一日之后才能脱下去，在这漫长里面，我都是躲在冬天的后面，小心地生活。我感到了我的渺小，有一种狗熊在树洞里的感觉。我热爱夏天，但是夏天短得如一阵风，如飘过的一缕云，太快了。而把喜欢的夏天盼来的时候，一年也就要过去了。为了那么短暂的时光，要付出很多的心思，也许真的很多余吧。可是要没有那么一点点儿的追求，还有什么意思呢。也许人生的爱都是很少的，为了这很少的一点儿心愿，要付出那么多的克服和等待。等待到了，也就转眼过去了。我当前的任务是如何学会穿着棉裤像过夏天那样快乐，穿着棉裤像没有穿棉裤那样没有笨拙和痛苦，穿着棉裤像穿着背心那样轻松和自然。

我穿上棉裤，向冬天走去。我的心里，正在走向春天。

出行日记

棉裤已经穿上好几天了，天气反而热起来，那我也决不能脱下去了。很多在这里生活的人们，已经习惯了，就是冬天也穿着毛裤和单鞋。一方水土一方人，习惯成自然。我好像也开始习惯了，也许就在明年开始我就不用穿棉裤了。我惧怕寒冷不是从这里开始的，小的时候在冰雪里玩，寒冷已经灌输在身体里了。

这几天去农场，田野正开始收割大豆。我们比喻的金黄色的田野，现在都是黑色的。成熟的大豆秸秆已经发黑，是土地的颜色。小户人家把大豆用镰刀割下来，拉回家去，垛在场院上；而农场都是大机械，在田野里收获着，很快就收获完了。秋天的原野是美丽的。初秋的绚丽，仲秋的繁华，晚秋的萧疏，为整个秋天谱写出丰富的华彩乐章。我乘车在路上行走，那些漂亮的树叶已经脱落，还在树上的叶子也已经干枯。秋天已经远去了。

前几天和文友们总结了九三人的故事，对九三有那么多的文学爱好者而感到高兴。在这广阔的大地上，如果没有文学，大地就没有灵魂。看到他们在办公室里收获着田野，那种波澜壮阔都留在了纸张里，这才是永恒。

妇女骂街及其他

随着社会的进步，北方正有两项传统的文化遗产正在消失。就像赵本山拯救二人转一样，这两项文化遗产也十分重要。它们代表了北方原始文化和人文地理，是北方人群不可或缺的重要组成部分，也是北方人群豪放幽默的一个侧面，就像菜里面需要有盐一样，北方人群也离不开这种民间文化。为保护这两项文化，建议申报世界文化遗产，以得到更好的保护。

其一：乡村里的妇女骂街

也许人们一听，觉得骂街怎么会是文化？如果你到乡村里听到两个妇女的骂街，就会体会到，乡村妇女的骂街是怎样的一种高难的文化。

这种骂街可以把世界上最丑最恶心最脏最磕碜最让人没有面子的东西都展现在你的面前，而且要连贯，押韵，节奏感极强。被骂的就会非常痛苦。在对方骂完以后，被骂的要还击，但是和对方还不重复，还要压倒对方，于是最精彩的骂人就变成了非凡的艺术。在对骂之中，要压住对方，谁都不换气，这种一气呵成，连著名的女高音都显得逊色。

尤其是对骂完了，脸不红，气不喘，谁都没事一样。没过几个钟头，又在一起的时候，都忘了刚才的对骂，成了好邻居。

其二：车老板子的哨

过去赶马车，赶车的老板子，走南闯北，见多识广，争强好胜，路见不平，超人一等。于是，就有了车老板子的哨。所谓的哨，就是比谁能说，谁的嘴皮子厉害。说的过程中，不伤害老人，不揭对方的短处。就是满嘴跑马车，天南海北地说，要快，顺口，合理，要有见识，要压住对方。我在刚工作的时候，我的师傅就是赶马车出身。有一次在我的要求下，表演了一番。虽然我没有记住一句，但是我已经佩服得五体投地了。当然，一般赶马车的，还有勾引女人的功夫，这里就不细说了。

我在大学学习的时候，我的汉语言老师，就是东北人，深懂车老板子这一套，而且还能模仿很多的车老板子对话。比如，两个马车对面相遇，谁也不相让，于是：

甲：你干哈？

乙：你干哈？

甲：我没干哈你干哈？

乙：你没干哈我干哈？

甲：你不干哈还干哈？

乙：是你干哈我才干哈。

甲：我没干哈你干哈我才干哈。

……

长城是怎么保存下来的

看到一则新闻，沈阳的夏宫被爆破拆除了。对于夏宫，我还是有记忆的。当年我所在的单位归沈阳军区管。夏天到沈阳开经济工作会议，领导们说我们在基层很辛苦，会议期间带领我们到夏宫去玩。那是我第一次看到这么辉煌或者这么大的地方。里面有游泳池，有各种嬉戏的地方，还有一个高高的拐了很多弯的管子，出口在水里。人爬到屋顶，钻进管子里，然后滑下来。看到男女半裸着从管子里出来，十分兴奋的样子，我鼓足了几次勇气，也没有敢做。大厅里竖着高大的椰树，我们坐在下面休息。这是我看到的最高级的娱乐中心了。我后来也去过多处这样的中心，都不如夏宫好，可是它被炸掉了。

炸掉了就炸掉了吧。

这样的事在很多的地方经常发生，很多建筑没有理由地就拆掉了。后来我听教授讲课，说拆了再建，会拉动 GDP 的增长，原来把这种浪费也归纳到合理的方面去了。我就想，中国人真的富了，富得如当年美国的资本家往大海里倒牛奶了。

我生活在乡下，我不知道城里的人是否都住上了高楼，但是我知道，乡下很多的农民的房子还是土坯房，有的还难以遮蔽风雨。如果这种浪费的钱给了农民，会是什么样子呢？钱从下边生，在上边转的现实使基层的疾苦不能得到解决。张维迎提出的分钱理论虽然荒诞，但是我还是觉得可行。如果每个中国人分到一万元钱，或者给农民盖房子，社会不就和谐了吗？

我没有机会出国，但是我听到出国的人说起外国来，就会提到国外的建筑。他们说一个国家几十年前去是这样的房屋，以后还是这样的房屋。建起来的很少扒掉。我们的国情和国外不一样，历史短，房屋破旧，扒了也就扒了。可是刚建起来没有多久的楼房也要扒，似乎不太合理。

我不知道我们国家的历史是如何计算的。如果从秦始皇算起，就是长城了，长城现在依旧蜿蜒在山峦里。我不知道哪段是秦长城，哪段是明长城，我更不知道是怎么保护下来的。还有故宫，又是怎样留下来的呢？如果从我们经常说的新中国成立算起，今年是六十年。这么短的时间里，我们的每座城市和乡村，都留下什么建筑了呢？记得有人和我讲起一个中学来，教学楼是五十年代建的，风格是前苏联设计的。厚厚的墙壁，宽阔的走廊，冬暖夏凉，是学生们热爱的地方。上级领导来的时候，说这教学楼太旧了，我给你批钱，建新的。当时是现场办公，说到做到。校长幸亏有学问，校长说这里培养出多少好学生啊，只要把房盖修一修就行。很多人说校长傻，但是学生都爱他们的校长，因为他们深深地爱着这座教学楼。

一个建筑也许很简单，但是却代表了当地的文化，代表了当地风情。我们现在到任何一个城市都找不到特色，就是我们的人没有了特色。一个在当地生活着的领导人，如果是一个开明的有文化的人，那里就会有与别处不一样的风景。

我走过的很多农村的城镇就缺少一种风格，那种田园的风格。现在正在做的是把都市的东西搬过来，建起来，让远来的人们看到一个和大城市一样的小城。建筑应该是自由的意识的表现，谁也设计不出来的。

新中国的历史虽然短，但是也建起了很多有特色的建筑。无论建筑好看还是不好看，存在就是硬道理。有历史的建筑才是有特色的建筑。据说这座小城里还留着日本开拓团时期的房屋，我不知道它该不该留下。但是我知道这里记录着一段历史，应该见证着过去。

今天我看到一个八十五岁的老人登上长城的照片，我很激动。我在佩服他的体力和毅力之外，我在想，长城和一位老人在一起，老人就年轻了。而谁又知道这座长城是怎样保护下来的呢？因为它早已失去了作用，放在这里已经没有用了。

我就想啊，留下的和失去的里面有着多少的哲学要思考呢？

习惯了，但仍然可笑

我感到每个人都像木偶一样生活着。

每个人又不相信自己是木偶。一旦发现虚伪的面纱被揭开，就有看破红尘的想法。于是大彻大悟，信心就没有了；要么就埋在幻想里面，挣扎着。

我最喜欢的是安徒生的《皇帝的新衣》，我不是说那个光着身子的皇帝可怜，我是可怜那个发现皇帝没有穿衣服的孩子，他聪明的发现有什么作用呢？还不如大家那样欣赏着光着屁股的皇帝，看着他在众人面前满怀信心地走下去。

其实，生活里面这样没有穿衣服的人很多，尤其是皇帝们，几乎都在光着身子，给大家看。大家要是看透了，皇帝就会发怒；要是没有看透，皇帝就赏赐他们。

比如，我们在会议上会说很多话，真话并不多，但是，大家就附和着说，把假话给渲染得比真话还要真话。

皇帝远远地走过来，本来你就躲闪不及了，可是你对皇帝说，我在此恭候您多时了。皇帝说，天黑了；你会看着太阳说，是呀，黑了，黑了，你指着太阳说，这不，月亮都出来了。于是，皇帝走过去，你在后面看是光着屁股的皇帝的后背，竟然像黄袍一样闪出光芒了。哈哈，你会成功地大笑起来。

皇帝天天光着屁股，习惯了，谁都习惯了，皇帝就是没有光屁股。

下班喝酒的时候，本来是最轻松的，可是大家会把祝酒词说成工作报告，把欢送和迎接朋友的酒宴的祝酒词变成对朋友的一生的鉴定。于是，人们发现生活变得累了。本来是吃饭的，可是要一个一个地提酒，提酒还要说很多的溢美之词，直到尊贵的客人把酒喝下去，才完成了一件大事。

柔软的沙发是供人们休息的，但是要是摆在酒桌的四周，吃起饭来就不容易了。本来做出的菜是供人吃的，但是，摆出花样就成了观赏；本来农民是种地的，却要很多不种地的人看着他们，怕他们走错了路；本来人是平等的，可是要选出一些人来教育另一部分人。

但是，习惯了，皇帝要是穿上衣服，人们就会不认识。记得许多年前在北大学习，教我的老师讲了这样一件事。他说，加入世界贸易组织之后，一个银行的行长找到他，请教他加入世界贸易组织以后，我们银行要做些什么呢？这位老师说，那就把你的柜台降低，让顾客也坐着和你们的工作人员一样就行了。我担心连这一点都难以做到的。是呀，我们过去到银行办事，银行的柜台高高的，我们把脖子伸过去，才能办。都说顾客是上帝，银行为人民服务，但是谁也没有注意到这种巨大的反差。现在很多都变过来了，我当然很敬佩这位老师。不仅是银行，超市不也出现了吗？我们以前到商店买东西，柜台高耸，服务员的态度还不好，买东西买一肚子气。现在是超市了，要什么随便拿，也没看超市被抢。我们喊了这么多年的为人民服务，我们怎么就没有想到呢？

当然也有辩证的地方。一个老师说，我们的银行和国外的不一样，国外的是私有的，像我们现在银行这么多呆死坏账，国外早倒闭了。这次金融风暴，我们的银行又多亏了是国有的，连国外的银行都急着变成国有的呢。

世间的道理谁能说清呢？

文明小议

礼仪代表着社会的文明和进步。

当我看到远古时代的人们见面之后，双臂举于前，两手相抱，行见面礼的时候，我不知道这种仪式的规范性，但是我感觉这是最文明的举止。双方保持一定的距离，互相礼拜，然后开始进入正题。现在已经没有这种礼仪了。如果是最好的，为什么会消失呢?

现在流行的是握手。握手是有亲切感和拉近距离感，也很随意，方便。我一直没有对此怀疑过。曾经北大的学生讨论握手和性接触的区别，也没有把握手归入堕落的方面去，握手依然继续着。可是我却注意到和女性握手时，一些女性很警惕，只把她的指尖给你握，手掌却不让你捏，这样的女人多是有洁癖的。在她们的感觉里，手是最脏的，尤其男人的手，在和她握手的前一分钟，不知道那只手在做什么，也许刚刚从厕所出来，或者刚刚抓挠完身体的某个部位。总之，握手带来的是沟通，也带来了一些令人想象的东西。

拥抱是国外的事。我们历来是男女授受不亲，岂能拥抱? 但是从心理上说，无论男人还是女人，都有渴望被人拥抱的和拥抱别人的心理，肌体的接触是异性的愉悦。我感觉在冬天里拥抱还行，夏天就不方便。尤其现在女人都穿得很薄，如果拥抱在一起就有伤风化。

两张脸贴在一起也很好。男人那粗糙的脸和女人化妆后的脸贴在一起，一方经受着磨砺，一方经受着细腻，在芳香的化妆品的气氛里，完成互相的问候和敬意。但是这种礼仪很少，因为人的头都是仰着的，把头伸过去，还不如握手方便。

接吻不是礼仪，而是爱情里面的事。我们常在古装戏里看到男女的接吻，很不舒服。在我们的印象里，接吻是外国人的事，中国人是不这么烂漫的。其实中国人也会这么做，但是都是偷着的，国外的人都是明着的。研究表明，男女的接吻可以提高肌体的免疫力，对健康有好处。所以，国外的人就很强壮，和接吻是有联系的。

我觉得，随着文明的进步，人们见面之后，点点头互致问候就可以了，如果要表达到激动的极致，还可以贴贴脸。握手可以取消，拥抱可以取消，接吻好像取消不了，因为那是男女接触的最文明的表现。

礼仪是文明的表现。我们作为一个文明大国，应该对见面的礼仪进行规范，然后作为条例进行贯彻。我们过去喜欢见面就问“吃了吗?”但是经过三十年的经济发展，一方面大家已经有饭吃了，另一方面各种传媒连篇累牍地批判这三个字，现在已经没有人见面敢问吃了吗，就是想说也是点点头努努嘴把意思表达出来。要是改变握手的习俗，也要用三十年的时间来进行批判。说握手的危害，如细菌说，淫秽说，卫生说，动物说，劳作说，直说到手是天下之大敌，是万恶之源，让人伸出手就脸红，就不好意思，就不文明，就可怕，使大家的手都藏起来，见面就点点头，既文明又治好了颈椎病。

至于谁偶尔握了手，那他就会自责，就会发现自己的落后，回到家里不住地打自己的手，看着自己的手，在眼睛里化成一团雾。然后是不停地洗，洗去上面留存的所有一切，直到把皮肤洗得如绸缎般的光滑，才放心地睡去。天啊，这双手，除了吃饭拿餐具，劳动拿锄头，写字敲键盘，再也不要把它作为礼仪的代表了。像狗熊那样握手，那样拍着对方，那样举在胸前，那样猥亵地动着。还手以本来之面目吧!

没有了握手的举动，贴脸的风俗就会兴盛起来。最好不要和男人贴脸，那种大葱大蒜牙齿嘴唇气管的味道和垃圾场一样，还是和女人贴脸，那种温柔柔软软腻，那种清香香甜甜蜜，会让简单的礼仪变得神圣起来。

新的文明从点头开始，贴脸结束。

此文之伟大的设想保留版权，只可阅读，在没有许可的情况下，不得使用。

世界是由平凡人支撑的

党刊的一名记者来了，晚上陪他吃饭。二十几岁的青年，很能写，不仅写通讯，而且时评写得也很好，是一个很有思想和文化的记者。他的家乡是山东，很有些山东人的豪爽。我们都用茶杯，我喝的是水，他喝的是酒。可是我们一起举杯的时候，他很轻松地把一茶杯酒喝下去了。我问他，你喝的是水吗？他说是酒。原来他这么有酒量。

陪他的还有局里一些喜欢写稿子的人。能和省里来的记者一起吃饭，当然是一件高兴的事。这些人也经常地在党刊上发表文章。因为写文章，使得这些人的精神世界都很充实，给他们的生活也平添了许多快乐。他们还与这位记者兴奋地谈了很多，都是如何写，怎么写，以及需要什么样的稿子。

我很受启发。

我想起刚来这里的时候，住在武装部。武装部有个参谋和我在一起吃饭。他很忙碌，每天到弹药库值班，回来得早就帮厨。他的爱人在距离这里三百公里的城市，他有时也要回到城市去团聚，他也在犹豫。如果再提拔两级，就可以带家属了。但是家属的户口已经落户到城里，再到这边远的地方来，就有些不舒服。我也很同情他。他也很木讷，也许是内心的一种自足，或者是自傲，他不喜欢和我及我们说话。春天的时候，他突然就不来了。武装部的领导告诉我，他调到上面去了。我问为什么呢，领导告诉我，他经常写稿子，上面缺一个这样的人，就把他调上去了。后来我才知道，他经常写一些稿子，大的刊物都刊登过。如果比起有才华的武装部的领导，自然有天壤之别。我认识的这个武装部的领导是给军职领导写材料的，材料写得好。可是让他给报刊写那种小稿，或者文章，他是不会写的。但是这个参谋就会写，发表对他也是一件高兴和得意的事。所以，他就有机会调到上面去。他在我面前的那种隔膜的态度，正是他以为我不会写而他会写并且能发表文章的那种人的骄傲。我终于理解了我主动和他说话他反而不想多说的原因。他认为我们之间是有差别的，这种差别使他进了省城而我还留在这里。我接受这种差别，我知道那些报纸和刊物的存在是因为有了这些人才办起来的。

所以我越发地对那些业余的作者佩服起来。他们用自己的写作，不厌其小而不为，把基层的故事写到报刊上，丰富人们的生活。其实，写作没有贵贱，没有大小，没有高低，存在就是合理的，支撑着大众文化的是那些平凡而勤奋的人。那涓涓溪流，那滴滴水珠，正汇聚成了河流，在人们的视觉里，在人们的思想里流淌。

世界本来就是平凡的，即使有多少人觉得自己不平凡，都改变不了这种现实。

人的弱点

把大家召集起来开会，就要有会议内容。现在的会议一般是很民主的，先让大家说，然后是领导说，领导里面说的时候就要复杂一些。先是一般的领导说，再就是比一般领导大点儿的说，最后是最大的领导说。程序就是这样。

人和动物最大的区别可能就是在说话上了，人的思想是通过语言表现出来的。所以，无论一个人多么高深，多么会隐蔽自己，只要一说话，就什么都暴露了。但是，人不说话又不行。不仅说话，憋得久了还会唱歌。我想，唱歌是人说话的最高境界。发明唱歌的人，是把说话研究到极致的人。这歌声要么是无处表达而爆发出来的，要么是话说得太多走投无路而顺口溜出来的。

人的优点是说话，弱点也是说话。会议就是说话的集大成者，是说话的专题。你说我说大家都说，一旦说起来，就如瀑布。飞流直下三千尺，无遮无拦满天涯。于是开会就会有说话的时间约定，每人说话不许超过多少分钟。这种约定一是怕说多了影响吃饭，二是说多了没有领导说话的机会，三是说多了会议会延长，四是说多了就会有很多的废话，五是说多了不能突出中心。即使有这么多的约束，但是还是会有人要把话说完，把自己要说的说出来，说话者往往把最后要说的当作最重要的，不说就没有了意思。有最能说者，直到把会场的人说得没有几个人了，还在说。当说者感谢最后的几位听众时，发现他们已经睡着了。

人的弱点不仅是说不完，人的最大的弱点是希望自己说而别人听着。所以每次会议，那些在前面说的都不重要，重要的是最后说的那个。他在急迫里等待着大家都说完了，然后自己说。凡是能在会议上说的人都不是一般的人，都是经过了多少次会议训练的成手。说起来都会滔滔不绝。说话的人都以自己为中心，希望赢得听众的注意，而最后领导要说啥那是他的事。所以，会议的说话就是脱缰的野马。

其实我自己最怕的是喝酒之后的说话。酒精烧红了脸，烧毁了意识，烧掉了自我，于是就会放开地说。如果是领导，就把一桌的人当作听众，把自己的想法告诉他们。世界本来是安定的，因为酒话而翻腾起来。世界本来是不怕折腾的，因为酒话而把自己折腾没了。酒桌上的大智者是一言不发，无论喝多少酒，都没有话说。就是真的说出一句来，也是惊雷般的响。有一人喝完酒之后出席大会，坐在主席台上，不觉睡去。轮到他说话了，主持人见他正睡觉，就推他一下，让他讲话。他看着主持人，说道：上菜！然后接着睡去。这个笑话已经说过多少次了，昨天大家又说起来，仍然很令人笑。但是，我却觉得它好。如果无论什么场合，都只说两三个字，天下岂不太平了。如果我喝多了，说的时候加上一个字，说道：上菜了！我想，即使大家都笑起来，也比说多了失误好。

人的弱点，就是把话说多了。人的最大的弱点是知道弱点而无法克制。于是我就在这里再写一次，以对我昨天喝完之后，又约家乡人喝酒而又说话不绝的教育。

演绎历史

夜里没有睡好，在想博物馆的事。

博物馆对于我是一件很陌生的事。但是和几位博物馆方面的有识之士参观了九三博物馆之后，突然就对博物馆有了兴趣。

盛世修志。在到处都在编写史志的同时，修建博物馆的热潮也在兴起。修志自古至今都有，而建博物馆在我们国家的历史不长。如果说修建博物馆是国家文明的表现，那么国外的文明程度要比我们高。我们古代好像没有博物馆。可是我细细一想，古代也有博物馆，那就是墓葬。古代历朝历代留下的陵墓都是一座内容丰富的博物馆。我们的考古，其实就是在挖掘古代的博物馆。

于是我们就明白了我们现在急于建立博物馆的目的了。历史这么快地发展，变革这么迅速地淘汰过去，历史的尘埃会在时间的灰尘里迅疾地埋没那些值得记忆的东西。如果不把历史上存在的东西在一个屋宇里寄存起来，我们的以后，我们的以以后，那些要知道现在的人们怎么办呢？没有可以挖掘的陵墓，没有可以考证的物品，我们的后来人很可能把现在当作了洪荒时代，鸟兽存而人在刀耕火种。如果钢铁没有销蚀，挖出的马犁杖，驴车的轱辘，后人们如果认真地研究就会误导。

前几天我陪着北京来的一家人到博物馆参观，看到一个袜底板，那个孩子就不知道是什么，孩子的母亲也不知道是什么。我们还知道。这种形状像脚一样的木头做的东西，是那个艰苦年代妇女用来缝补袜子的。把袜子套在这个木制的脚上，把袜子撑开，袜子上的窟窿就呈现出来，然后就可以一针一线地缝补了。还有一种纺麻绳的锤子，是骨头做的，骨头中间穿着一截铁丝钩，就可以在上面拧麻绳了。这些孩子们不会知道，现在的袜子就是坏了也不会去缝补，麻绳已经是机器制造了。但是我们这个农业国在那个贫穷的时代，确实在用着我们的智慧生存着。

当然我们的博物馆也不能因为我们的艰苦而告诫今天要怎么做，后天要如何。我们把历史上发生的人和事放在这里，展现一段鲜活的经历。它和文字史是同行的。

我们现在的博物馆常常很平庸，很多的博物馆办成了物品寄存室或者空洞的说教的地方。也确实，没有突出的事件和大的人物，或者其他的有价值的陈列物，一个博物馆很难做好。但是我们要正确认识博物馆，理解博物馆的真谛。一个好的博物馆，也许不是展示多少名人和地位高的人，也不是创造了多少奇迹。它应该首先要真实，每件物品都能述说一段故事。我不敢去说国家博物馆的渊博和庄重，我不敢说战争博物馆的壮烈和激动；我更不敢说发达国家的博物馆的辉煌和豪华，我只想说，一个地方的博物馆，应该是一本书，一本用实物和照片，现代科技和文字叙述的书。这本书在演绎着历史，这本书里那些散发着灰暗气息的物品在编导者的策划下，化腐朽为神奇，成为历史的缩影。

我不喜欢博物馆里过多地用艺术制作来展现过去的生活，我喜欢照相的真实和物品的真实，用语言的表述来达到博物馆的目的。封存一段历史也许没有太多的意义，但是我们往往夸张了这段意义。尤其领导者喜欢把自己封存在里面，想在此永恒，其实是不可能的。物是人非，历史是历史，永恒的是时间。

笨鸡蛋、笨鸡及其心情

我一直想笨鸡蛋和工厂化生产的鸡蛋是否有区别。后来在电视台举办的科普节目里看到一个实验，证明笨鸡蛋和工厂化养鸡下的鸡蛋营养是一样的。如果有区别的话，就是笨鸡蛋里面有甲壳素，工厂化养的鸡下的蛋没有甲壳素。有的工厂化养鸡的为了解决甲壳素的问题，就给鸡吃苍蝇，这样鸡就有甲壳素了，这样的鸡蛋就很值钱。

这件事在我的心里一直耿耿于怀，我还是不相信这件事。可是专家们用现代化的仪器都给予了证明，在铁的事实面前，我也不好解释了。但是我还是愿意吃笨鸡蛋。

慢慢地，我产生了这样的想法。

工厂化养的鸡和笨鸡是绝对不一样的。工厂化养的鸡，都是母鸡，没有公鸡，这些母鸡一定孤独，精神上会产生偏颇的想法，她把这些病态融进鸡蛋里，鸡蛋能好吗？工厂化养的鸡拥挤不堪，在一个房间里，见不到阳光，在这样的心情里面，鸡蛋里就失去了很多的元素。所以，工厂化养鸡，下的蛋是没有个性和内涵的。

笨鸡就不一样了。她熬过严寒的冬天，有了健壮的身体。她在春天的阳光下到草地上散步，心情愉悦，下出的蛋一定凝聚了阳光和草地，是透明的，是形象化的心情。她们还有涨红了脸的公鸡陪伴着，爱情不缺失；有圆满的性生活，有嫉妒争夺，有温暖和依偎，有家庭和忙碌，有竞争和友爱，有跳跃和翻滚，有放纵和沉思，有观望和寂静，有梦想和现实，有休息和罢工，有人权和反抗，有忠诚和欺骗，有选择和追求，有私奔和偷情，有思想和逻辑……

在这样的环境里，这样的心情里，下出的蛋，工厂化养鸡下的蛋能与之相比吗？我们的实验用的是仪器，但是没有一个仪器能化验出心情来，没有一个专家看到了生存环境对鸡的影响。忽视了环境和心情，不考虑把存在的因素放在里面，就是不完整的。

都说乡村苦，苦难的乡村里，有笨鸡陪伴着，使贫弱的农民没有失去健康和力量。那早春里小母鸡下出的处女蛋，还有着力量和挣扎留下的血迹在蛋壳上，孩子和老人吃下去，会补上精神；老母鸡下出的蛋，大而浑圆，微红的蛋壳上闪着光泽，人们恨不得连蛋壳都吃下去。乡下的女人们生育后主要的营养就是鸡蛋。大人胖了，小孩壮得像牛犊。在乡下，出去办事，串亲戚，都带着鸡蛋。吃下几个鸡蛋，浑身就充满了力量。疲惫，沮丧，艰难，苦闷，都在这几个鸡蛋里消化掉了。我认识一个男人，他给坐月子的老婆煮鸡蛋，老婆不爱吃，他就吃。他可以一连吃二十个笨鸡蛋，还非常舒服，工厂化的鸡蛋他一个就够了。

我小的时候，就和家里养的鸡在一起，我家的窗户下面，是鸡窝。我喜欢那些下蛋的母鸡，而仇恨高高地扬着脖子的欺压着母鸡的公鸡。他在欺压着这些母鸡的同时，把自己的骄傲和自私都表露出来了。但是因为公鸡的工作使母鸡的鸡蛋变成了种蛋，提高了鸡蛋的价值。母鸡在窝里下蛋，十分安详，像怀孕的等待生产的女人。等到母鸡把蛋下完，她们高叫着的时候，我会把鸡刚下的蛋握在手里，暖暖的余温感动着我。我看不惯那些妇女怕母鸡把鸡蛋下到外面，天天早晨堵住鸡窝，抓住母鸡，一个一个地摸，看母鸡的肚子里有蛋没有。这种侮辱性的做法侵害了鸡的隐私。所以，我家养的鸡，就是丢蛋，我也绝不去摸鸡的肚子。我最高兴的是把鸡蛋捡回来，交给母亲，然后看着母亲把金黄的鸡蛋哗哗地打碎。无论在锅里还是装到碗里，我都激动着。金灿灿的鸡蛋，像鲜花一样，在我的生活里开放。

吃不完的咸菜

如果问中国人最爱吃什么，回答是咸菜。

我没有能力把中国所有的咸菜都写在这里。我只能说，中国人什么东西都可以腌成咸菜。大到一条鲸鱼，小到一粒韭菜花，都可以用盐腌成咸菜。我和我的同事们出差，住在大宾馆里，早餐都十分豪华，中西餐都有。可是我的同事们都忙着寻找咸菜。无论早餐多么好，但是因为咸菜不好，就没有对早餐赞许。即使到了国外，我们聪明而自私的朋友，也不会忘记带咸菜。看那些大包小裹里鼓鼓囊囊的，打开都是咸菜。看着欧美风情，吃着祖国的咸菜，一颗赤子之心，都腌渍得永不变色。

作为我的家庭来说，从南到北，风俗习惯都被打乱了。东北的三大菜系，酸菜，大酱，大馇子（我把它也归为菜里），我们家都不喜欢。不会腌酸菜，腌了就烂；不会炒酸菜，一炒就难吃；不会做酱，做了就发霉；不吃大馇子，煮不烂。但是咸菜还是要腌的。我们腌的咸菜都是专为腌咸菜而生长的作物，就是那种叫补瘤科的块茎的植物，样子像甜菜，秋天把叶子削掉，洗干净，腌上。有会腌的，腌咸之后，再把它泡在酱油里。那样咸菜红里透白，白里镶红，切成细丝，摆在桌子上，很有食欲。吃着馒头，把补瘤科咸菜咬在嘴里，发出咯咯吱吱的响声，如果人多，这种老鼠咀嚼食物般细碎的声音一起响起来，很是好听。

那些会过日子的，还会把一些植物的叶子腌成咸菜。萝卜缨子，芥菜缨子，等等，都可以腌。我们家里的院子里曾经种过一株姜不辣，秋天地里会结出一堆果实，样子和姜很像。我们把它腌成咸菜。我当时正在齐齐哈尔教育学院读书。那时候还分粗粮和细粮。我在一个工厂里吃饭，换的粮票都是粗粮的。要吃细粮做的饼和馒头都要到街里去买。于是我就在家里带咸菜，到街上买馒头。咸菜是父亲用姜不辣做的，加了肉丝和熟豆油，很香。同学们吃了我的咸菜，都说我们家的咸菜好。其实我们家很少腌咸菜。即使吃咸菜也要和炒菜一样放足了作料。那种咸菜已经没有了咸菜的意义，分明是一道菜肴了。

一直到后来也没有做咸菜的习惯。如果非说有咸菜的话，就是我会腌鸭蛋。我腌出的鸭蛋很好吃，我会每天早餐吃上一个。但是因为胆固醇高，就不敢再吃了。

我知道任何食品的来源和经济都有联系。由于我们农业国的历史，由于我们的农业要受到天灾的影响，我们就要有咸菜作为生活的重要组成部分。在那种饥饿的年代，人们恨不得把空气都腌咸了吃到肚子里，还有什么不可以腌呢？那一年在上海考察，很多人对商场里腌咸的猪肉不理解。因为现在鲜猪肉都很方便了，上海人为什么还要吃腌渍的猪肉。我也不理解，也许是天气热的原因。要是追溯起来，应该是地域过去艰难生活遗留下的传统。那个没有冷冻技术的时代，造就了南方人的腊肉和腌肉，身体的细胞里有了这种基因，怎么会因为鲜肉的丰富而忘记呢？记得我在草原上生活的时候，母亲就会把多余的猪肉腌上，留给一个夏季作为生活的食品。

我虽然不喜欢吃咸菜，但是我愿意看那种丰富多彩的朝鲜咸菜。也愿意看那些吃着咸菜的国人幸福的样子。一个咸菜，培育了一个民族。

猪肉皮炖豆角

回顾我过去的工作，其中之一我还很得意，那就是场里的饮食。食堂里做的饭香，客人们愿意吃，吃后都啧啧称赞。调到场里工作的人员和分配来的大学生，不管多瘦，吃上一个月都会胖起来。有肥胖基础的，吃了之后都横着长，脸如气球般地要炸开了。开始有的人以为是这里的水土的事，后来承认是伙食好。做饭的人懂得人的心理，知道大家爱吃香的，就把菜做得香起来。猪肉都是原汁原味炖，大鹅是㸆干了把大鹅本身的油㸆出来直到㸆得满屋子都是香味的时候，才端上桌子。羊汤是白水煮熟，纯净地喝羊的鲜味。有爱吃猪肠子的，就把猪肠子最肥的地方切成片，蘸着盐吃，咬在嘴里顿时香得昏迷过去。做饭的看到大家爱吃肉片，就把肉皮积攒起来炖豆角。往往是豆角还在，肉皮已经没有了。记得李嘉诚公司的一个老板是斯坦福大学毕业的，每年盈利额都是几十亿元。我接待他的时候有些紧张。人家是山珍海味吃绝了的，到我这儿吃什么呢？吃饭之前他对我说，出于礼貌，他只喝一杯酒。我说行。我心里暗自高兴。我知道他说的一杯酒，是历史意义上的杯子，牛眼睛那么大。他没有来过我们东北，我们的酒杯都是茶杯，都在二三两以上的容量。果然，把茶杯上酒之后，他惊呆了。我说，你不是说喝一杯吗？就这一杯。他只得点头同意。食堂那天也做了羊，但是最好的一道菜是红烧猪蹄。一个个大大的笨猪的猪蹄烀得稀烂，再加色红烧，既好吃，又好看。整个的猪蹄用筷子是夹不上来的，再说他受西方的教育，筷子用不好，他就两只手抱着猪蹄啃。啃了一个猪蹄，喝了一杯酒，他十分高兴。接着他又敬我一杯，因为菜好吃，他又多喝了一杯。五十多度的酒，他喝了近一斤，才兴奋地离开。那个猪蹄深深地烙印在他的心里。

我曾经对别人说，吃是人的最大的本能，不会吃的人就不懂得生活。人生下来，其他都是后天才有的，只有吃是与生俱来的，谁也不会否认。我在场里接待的时候，谁要来我首先考虑安排吃什么。至于汇报工作，我就想得不多。我的一个大校作家朋友来看我，上面陪同的人以为他会听我的汇报。他来到会议室里看到摆的牌牌，就不高兴了。没坐一会儿，说，我们吃饭吧。吃饭期间，他就复述我的《远去的马群》里的情节，问我那一对男女是如何滚到马肚子底下快乐的。我不知道他会看得如此细腻，把我要表现的细节都牢记心里了。

我把人的吃的本能写这么多，不是我在这里要表达的。在吃的认识上，什么好吃都有着统一的认识。你说鲍鱼好吃，是名贵的，但是很多人不一定爱吃；你说鱼翅好吃，如果不是稀少也没什么意思。但是我说猪肉皮炖豆角好吃，大家认可的就多。这种平民的饭菜有着特定的味道和香气。好吃的东西里面是没有功利和自尊的。这就和我说的乡情一样，没有这种经历的人是不会有体会的。

我在写我的乡愁的时候，我开始的题目是“我要回家”，我觉得写出来会伤感，也会给我现在一起工作的人一个误解，以为我不爱这个地方，他们都住了几辈子了，我怎么说这里不好呢？有句歌词说，谁不说俺家乡好。家乡对这里的人是好，对我就是异乡。独在异乡为异客，每逢佳节倍思亲。就是这种感情。我一直想流露一下，但是又不敢。我这种压抑在我所写的文章里就要转弯抹角地掩饰。但是我的妻子很快就看出来了，她会流泪。我的一个同样在异处的学生也感觉到了，他欲哭不能。他把短信发给我，我说你是第二个读懂的。他说会有第三个。昨天他告诉了我第三个是谁，我急忙看了这个朋友的留言。在那一段段富有哲理的留言里，我又读到了一个天涯游子美好的心地。这种感情也许只有我们这些在旅途上奔走的人才能在我这些磕磕绊绊的文字里读出来，哪怕是一个字，都能读得泪如雨下。而我的另一个朋友，虽然一直在读着我的文字，但是却没有读懂。因为这个朋友没有独走四方的经历。就如我的比方一样，没有吃过猪肉皮炖豆角的人是找不到那种感觉的。而他要是吃了，也会说好。

我们常常把感情这种东西藏得很深，常常把一种中性的或者革命的感情表露出来，这样好像人才健康。就像我接待客人来的时候，客人就会说，不要做什么，吃点儿就行啊。我做了，客人也会吃得很高兴。当然我做的都是家常的东西。如果我们的客人说，我就喜欢吃猪蹄，你做两个就行了。这有多好。我们喜欢把自己的爱好掩盖住，把人性掩盖住，把另一副面孔给人们看，这也许是一种需要。就像我喜欢说我的故乡好一样，在这里我就要隐晦一些，要不我这七尺男儿多愁善感，就不好。

就如猪肉皮炖豆角好吃一样，没有吃过的就找不到感觉，吃过的一说就会流出口水。所以我无论怎么写，读出来的就读出来了，读不出来的就等待着吧。

人的心里都有那么一丝感觉，碰撞不到一起就不会生出火花。

煮　鱼

周末的时候，朋友送来一条鱼。这是一条胖头鱼，很大，有七八斤的样子。朋友告诉我，这鱼是他刚打上来的，还活着呢。他一说鱼还活着，我就细心地看了一下。鱼不呼吸，也看不出活着来。我就准备把鱼鳞收拾干净，然后冻起来，以后再吃。

胖头鱼的鳞细密而紧，收拾起来特别麻烦。如果放在那里晾一会儿，鱼鳞就会干，刮起来就更麻烦。趁着鱼身上水乎乎的，我就把鱼放在厨房的台子上，开始刮鳞。我用剪子刮的时候，鱼艰难地拍动着尾巴，打在案板上，啪啪地响。鱼是活的，我刮鳞的时候就有了几分残忍。胖头鱼和鲤鱼不一样，鲤鱼会弓起身体，用力地挣扎，劲头像小猪，按都按不住。胖头鱼只是间或拍拍尾巴，巨大的身体没有一丝反应，我心里的不安也因此轻了很多。因为鱼鳞很难刮，飞溅的鱼鳞沾得到处都是。这条大鱼一面是黑色的，一面是金黄色的。我把鱼鳞刮完之后，把鱼的内脏清除干净。然后把鱼切成段，冻起来。切开的鱼肉神经还在跳动。这么鲜活的鱼，我就忍不住想吃了。鱼头下面带着一段身子，没有大的塑料袋可以装下，我就放进大勺，在锅里炖。可是鱼大，大勺只能装下一半，我把鱼从锅里拿出来，想剁成小块。但是弄了一会儿，办不到。这时我想到了不锈钢锅。锅很大，我把鱼放进去，正好。我过去做鱼都要煎一下，用油一煎，没有了腥味。可是用这种做饭的锅，就无法用油煎了。我在锅里放上水，放了一点儿食用油，我怕鱼腥，作料就放得多，料酒和白糖、醋也放得多。于是大火炖起来，很快就有了香味，汤也是乳白色的。这种活鱼做出来，汤和鱼都很好吃。中午吃饭的时候，我怕鱼拿出来会碎，就把锅放在凳子上，在锅里直接吃。这种原始的吃法使我想到了在哈拉海时到鱼房子吃鱼的情景。鱼在锅里炖熟了，就围着锅台吃。我做的鱼很香，一边吃着鱼，我还喝了两碗鱼汤，已经瘦下来的身体也许因为这条鱼而肥胖起来。

这就是我的为难之处。不想胖，还想吃，我就发现这个世界是一个约束的世界。人追求着自由，但是自由是有范围的。东西好吃，但是肚子有限；活着幸福，但是生命有限；权力可爱，但是年龄有限；官场甜蜜，但是机遇有限；性爱快乐，但是精力有限；人在这种放纵自己之中，也在这种有限的网络里周游，如鱼游得再远，也离不开水一样。

其实很多事都是琐碎的，这种琐碎的链条连接起来，就会达到一个默契，反映出同一个思想来。我们喜欢去看名人的思想。其实真正的思想在民间。老百姓的谚语就是历史的总结。谁记住了老百姓的谚语，谁就真正地理解了生活，也就掌握了自己的命运。

煮鱼会煮出想法，也许很牵强。但是这种清水煮的鱼确实很香。

吃啥补啥

我知道人们活在世界上是很辛苦的。小的时候，有父母的恩爱就没有了自己。大了，男人从找媳妇，女人从找丈夫开始，生活就不容易了。都说爱情是婚姻的基础，那是骗人的，谁能保证自己的婚姻会因为爱情而幸福呢？所以，就是男女走到一起，为社会的存在贡献自己的力量，生出的儿女成为人类永不灭绝的传人。

我就想，单独地活着，就是以吃为主；男女活着，就是以生育为主。就如一株庄稼，从地里面生长出来，在生长的过程里面，结籽吐穗，等籽粒成熟的时候，庄稼就到了寿命，开始枯黄了。新的果实一部分贡献给了社会，一部分成为新生命的基础。这样的周而复始，没有结穗的庄稼，就成为秸秆，依然是这样一个生长的过程。

谁都懂得这些，但是谁又不懂得。

庄稼到秋天一定要收获的，然后成为秸秆。但是作为人就要想很多，以为在秋天的收获里面继续开始重新生长。这种生长就是给自己制造着新的科学和依赖。

于是，就有了新的机遇。

人们开始用吃的东西来强身健体。比如说，吃地瓜比什么都好的科学就出来了，排毒的理论就出来了，喝弱碱水的理论就出来了，吃蔬菜的理论就出来了。我们过去生活的疾苦是尽人皆知的，好不容易能吃上肉了，又说吃肉不好了。可是哪个专家也没有少吃肉，吃不上肉的还是穷者。理论越来越多，但是各种病并没有减少。吃素的越来越多，可是各种肉类照样涨价。吃补品的越来越多，身体的质量却越来越差。所以，饮食的科学至今仍然是个难解的谜。如果饮食能够说清楚了，人类的长寿也就能够做到了。

我相信过吃啥补啥，每次吃饭我都会想想身体需要补啥。如果吃排骨，我就专门挑有脆骨的地方吃，因为我的牙不好，掉了好几个，我想吃脆骨，也许能长出新的牙齿来。我这样咀嚼脆骨已经好多年了，可是并没有长出新牙。但是，我不泄气，我还在吃着脆骨，希望会有一天出现奇迹。

吃啥补啥。

蘑菇下山

有一天晚上，雷声滚滚，之后就大雨滂沱。雨点打在玻璃上，像落下来的石子。我放弃熟睡，倾听着。在我这一段记忆里，虽然今年的雨很勤，但是好像没有响过雷，更没有响过今夜这样的炸雷，悬在天空的礼炮一样地鸣响，带给沉睡中的人们的是一种恐惧。当然我更不会想到，这惊雷震撼后的山野，是纷纷拱出地面的蘑菇。

是的，很多人对我说，漫山遍野的蘑菇是这炸雷赶出来的。这忧郁的土地在低温和冷雨里度过这个夏季，那满腔激情就从这生着翅膀的蘑菇里放飞出来。蘑菇，是大地激情的歌。

雨后的早晨，我在我家的窗口向外望去，就有人屡屡行行地向山里走。还有车，那种和蘑菇一样的面的，拉着人进山了。妻子说，那是进山捡蘑菇的。我们一起羡慕地望着，心也跟他们进山了。

丘陵漫岗般的山野，有着无限的诱惑。绿色的枝叶，潮湿的空气，发霉的枯叶散发出的甜韵的味道，神秘的寂静，密林的悠远，洗刷着干燥的心灵。当我们发现路边停着的车辆、摩托、面包、客货、夏利、自行车，我们终于控制不住自己，进山采蘑菇去了。我们看到很多的人影在榛柴棵子里闪动，我们也钻进去。湿润的枯叶里到处是蘑菇。俊秀的挺立的大蘑菇三五成群，如戴着斗笠的傣族姑娘站在街头等着对歌；从地里刚出来的，雨伞还没有张开，耷拉着的边缘遮蔽着那张沉思的脸；在泥土里探出头来的，如兔子的眼睛，小心地张望着。我以为这是蘑菇的集会，树根下，蒿草里，开阔处，旮旯小巷中，一帮一群，一伙一堆，站着的气魄，蹲着的顽皮，躺着的自在，趴着的微醉，跑着的急促，熙熙攘攘，一幅《清明上河图》。

中午或者傍晚，采蘑菇回家了。路上人背肩扛的，车拉人坐的，最是那飞驰的摩托，男人开着，女人在后面坐着。丝袋子里鼓鼓囊囊的蘑菇绑在摩托的两侧，奔驰起来的风吹起了女人的头发，如一面胜利的旗帜在晚霞里飘着。

第二天，家家门前的空地上就开始晒蘑菇了。晒干的蘑菇用线穿起来，挂在墙壁上，张贴着过去的岁月。蘑菇的种类很多，我说不清楚。但是我们捡的蘑菇很小，灰色的，拿回来我们就在饭店里炒了吃，山野的清香还没有丢失，就被服务员端到我们的面前了。妻子后来发现，我们采的蘑菇不如市场上卖的蘑菇好。那些大大方方的蘑菇吸引了我们。我们把蘑菇买回来，焯熟，在冰箱里冻起来。保存蘑菇的办法很多，不仅可以晾干，还可以趁鲜用盐腌上，冬天吃的时候和新鲜的蘑菇一样。

这个时候的小城里，到处弥漫着蘑菇的气息。采蘑菇的采蘑菇，晒蘑菇的晒蘑菇，饭店里大勺叮当响着，也少不了鲜蘑菇这道菜。我昨天上班，在广场上看到谁家把蘑菇晒到了广场的一角，我是头一次看到这样的蘑菇，金黄金黄的，蘑菇腿泛着白光。蘑菇还不大，正是学生的样子，散落在那里一小片，如校园里孩子们在课间休息，正玩耍在操场上。

啤酒烤肉串及闲聊

住在九三的党校里，参加培训，这是一个学习和休息的机会。老师们讲得很好，大家听了思维变得开阔起来。有些道理大家心里都知道，但是没有认识得这样深刻。比如我们感到乏味的各种报告，现在越来越务实。党的报告要给人们幸福的生活，政府的报告要让环境不再恶化，让人听了很振奋。

学习之后的事就是吃饭。在党校里吃饭还好，虽然饭菜简单，但是吃得舒服，吃得饱。大家都怕喝酒。可是我们到这里来还算客人，本地的朋友不招待就感到失礼。于是，吃过饭之后，已经很晚了，我们就要幸福地在被窝里睡着了。可是朋友的电话就来了，约我们去坐坐。大家知道，这是到饭店吃烤肉串、喝啤酒。这已经是九三的饮食文化了。在广阔的田野上建立起来的这座小城镇，夜晚的文化生活很少，只有去吃烤肉串才是夜生活的唯一选择。我刚认识九三的时候，就和我的好朋友们去烤肉串。记得那个饭店是搭建出来的二楼，地是木板的，踩上去有些晃。朋友说，不要紧，塌不下去，喝了啤酒就不晃了。我在齐齐哈尔也经常吃烤肉串，但是九三的烤肉串要比齐市的小，价格也便宜。有一次江龙吃了肉串回来，给我带回来几串，我看着又小又凉的肉串，就没有吃。江龙觉得扔了可惜，早晨起来几口就把肉串吃光了。我在惊讶他的食量的同时，感叹的是肉串的小。一把肉串，江龙吃得很轻松。现在的肉串发生了变化，比以前的好吃，也大了许多，但是，吃肉串还可以，都不愿意喝酒。可是不喝酒又没有意思。尤其我知道我的这些朋友都犯了痔疮，老婆还担忧着，就来陪我们，我们很感动。

酒喝多了，男人们在一起，就开始吹牛。光吹牛也没有意思，就说女人。说别的女人没有意思，就说近的。太近了就是老婆，老婆是不能说的；那就再远点儿，说同学吧，一说同学就会马上猜到谁，只有认识的同学才有意思。说了同学就得说和同学的关系，说到关系就让人很害怕。我看到这些人都很正经，没有婚外恋的。平时也没有什么，喝了酒，就对这片感情的沙漠烦恼起来。这些人或多或少都受到过打击。他们不明白现在的女人开放得这样厉害。就是这样厉害的程度，他们竟然没有收获，于是就耿耿于怀。后来我才发现，这些人都想出轨，但是又很怕。怕什么呢？我也猜到了，怕碰了女人，女人抓住他不放。

这是一些热爱生活又要驾驭生活的人。想偷食男女的快乐，又要快乐后让女人在身边消失掉。如果女人缠着不放，事情就坏了。我没有研究女人，女人也有家庭的话，和你快乐了，还想和你生活到永远吗？我想是不可能的。但是女人的条件差，你又是白马王子，也许存在着婚变。这里有很多不确定性。所以男人的担忧是可以理解的。其实女人失去自己，也许更担忧。

社会的现代化，顺应了人的心理。你喜欢鸡的任何一部分，屠宰商就把鸡分割出鸡腿鸡翅鸡胸脯鸡头鸡杂儿，牛羊也是这样。人类分割不了，就把最快乐的东西分割出来。比如性，于是人们热衷于追求异性，来涂抹寂寞的生活。

如果不想冒这个险，就喝啤酒，吃烤肉串。顶多伤害一下身体，还落得个交往，朋友们都高兴。

幸福的早餐

如果有客人来，我就会和客人一起吃早餐。今天没有客人，是一位朋友赴任。领导们都来了，围坐在一起吃早餐。早餐的最大好处是不喝酒，但是今天的早餐意义不同，大家就用豆浆做酒，送朋友出发。大家一面喝豆浆，一面说着酒桌上的祝酒词，气氛也非常好。我就想，如果午餐晚餐都喝豆浆，岂不免去了饮酒之苦？

这是不可能的。因为酒精不仅是一种应酬之物，我觉得酒的最大的好处是把人麻醉之后表现出人的原始的本质。所以没有了酒，人们就会陷入伪装里拔不出来。但是人们又厌恶酒，是因为酒对人体的伤害。其实，人活在这个世界上是避免不了伤害的。没有酒的伤害，也会有其他的伤害。饮食上吃什么不吃什么不是都有着伤害吗？即使没有物质上的伤害，人类的烦恼也会伤害身体。所以，不协调就会伤害，协调就不伤害。

早晨六点吃早餐，还是早了些。我喜欢早晨多睡一会儿。在窗口柔和的光线里，被褥由于一夜的睡眠已经成为身体的一部分。蹂躏后的棉布如肌肤一样的绵软，紧抱在胸口再小睡一会儿，是最美的享受。但是我必须放弃这一切。妻子已经把衣服和鞋都准备好，在问我是穿女儿买的长袖衣服还是穿短袖衣服。我犹豫了一下，想，还是穿短袖衣服吧。外面确实开始冷了，可是再不穿短袖衣服，今年就没有机会穿了。周末在家里休息，我放弃穿睡衣或者衬裤，只穿短裤在屋里面，妻子就怕我感冒了。她不知道我是在有意地做，是对这个夏季的留恋，是想通过衣着再占有夏天，是对寒冷这么早地降临的抗议。这样做，我也确实有了感冒的感觉。

出门的时候，已经有很多人在运动了。路过体育场馆，里面的人正在打乒乓球，广场上是锻炼的人群。他们精力充沛，锻炼得很认真。我就想，他们在早晨里把一天的精力都耗尽了，那么八点钟以后，还有精力吗？所谓的养精蓄锐，所谓的盘龙卧虎，所谓的蓄势而发，不都是讲一张一弛吗？我不赞成这种早练，但是我也知道这是我为自己的懒惰找理由。

当我快来到餐厅的时候，已经有人喊我了。我进了餐厅，大家都坐齐了，只有我是差三分钟到的。我在大家的嬉笑里坐下，然后开始进入早餐。但是有人却看着我，问我为什么这么高兴，笑得这么好。是因为自己今天也要升迁了么？是呀，今天要换办公室，换办公室就意味着与过去的不同。不同，就是喜事呀。我没有喝酒，我当然不会把心里的话告诉大家。我当时笑的是生活的可爱。我的要上任的朋友坐在中间的座位上，那个地方可是神圣啊，她的两边是主要领导坐着。这是她在这里十几年工作中唯一的一次，这种高规格的待遇是对她这些年的工作的肯定。由于离别的伤感，淹没了她的拘谨。她瘦小的身体如在石头的缝隙里生长出的一棵幼苗，那么坚强地伸展出来。

大家端着豆浆祝酒，可是我在豆浆里喝出了酒的味道。

迈克尔·杰克逊

迈克尔·杰克逊这个名字映入我的眼帘的时候，他已经溘然谢幕了。

我在电视节目的介绍里知道了他和他的成就以及历史。在激烈而有节奏的音乐里，一个人在跳，不停地跳，直到跳到电视机前的我也跟着激动起来，跃跃欲试，浑身战栗，欲罢不能，欲飞欲仙。我感叹音乐的力量的同时，对这个神奇的人物也感动起来。

后来我知道他是个黑人，现在的肤色又是白人；他是个男人，看上去又像个女人；他是肉体的人，但是跳起舞来又像个机器人；他是财富的拥有者，又是最慷慨的慈善捐赠者。一个科学家说，给我一个支点，我可以把地球撬动。可是迈克尔·杰克逊没有让谁给他个支点，他却把地球撬动了。地球在他的音乐和舞蹈里面，像漂泊在大海上的舢板，摇晃着，旋转着，迷惑着，翻腾着。他摇动的手臂是驾驭地球的水手的手臂，他变形的躯体是跳动的火焰，是音乐里现形的音符。他如春风般融化人们冻结的心灵，如夏雨般滋润生长的人性，如秋季的天空般高远而明净地放飞童稚的心扉，如严冬里飘飞的瑞雪般潇洒地洗礼着人类的灰尘。我是一点儿都不知道迈克尔·杰克逊的人，我是被他一个片段的音乐舞蹈就感染得五体投地的人。我为我以前的无知而悲哀，为我以前不知道这个英雄般的巨人而遗憾。

当我知道迈克尔·杰克逊在生活的压力下所做的一切改变自己

的做法的时候，理解他的同时，我也知道了任何一个成功者所面临的解脱和寻找、无所适从和自爱自残。我知道他在音乐的王国里是神，在人们心目中是神，他的舞台表现里是神，他把自己维护得也是神；可是，当他从音乐的轰鸣里面退出来，退回到自己的王国里的时候，他是自己，是一只无可奈何的猫，是一只在梳理羽毛的鹰，是一个在巨大成功的泥潭里挣扎的呼救者；是一个迷蒙的渴望的自恋的孩子。

迈克尔·杰克逊，一个伟大的人，我不知道他的离去，这个飘摇的地球还怎样地飘摇；我不知道这个能把人的心和人的血液都摇起来的家伙，怎么使被他迷醉的人群冷静下来；我不知道世界上没有了他迷人的挥动的手臂姿势，人们会怎样的寂寞。我知道，他摇起的风暴从此不会使人安宁。他被留存下来的大脑在实验室里也会像大海一般跳动起来。

阿门。

篮　　球

人们日日夜夜盼望的日子终于来到了。

六月二十七日举办“魅力哈拉海”杯篮球赛，这个名字是党委书记起的，很好。具有湿地和田野风光的哈拉海，确实很有魅力。我只担心人们把它读成“鬼”字。其实，读成了“鬼”字也没有什么，鬼斧神工的大自然确实出神入化。好的东西称为美丽，比美丽还要好的东西就是魅力，哪儿来的魅力？因为鬼在。

一个单位的体育活动除了田径运动会就是篮球赛了，篮球在场里已经普及了多年。我最喜爱的就是篮球赛，而且在运动场上奔跑了好多年。我所在的造纸厂队是冠军，后来到了中学，学校的篮球队也是冠军。在冠军队里当个队员是不容易的，既要有体力和技巧，还要有团队精神和忍耐力。往往最后的胜负不是水平的发挥，而是坚韧、不服输、力量和勇气。所以，我看足球，看到国外的队伍能够取得胜利，而我们的队伍却常常败下阵来，我是有体会的。我们的足球队不够勇敢。

现在在场里，篮球已经不是单纯的篮球。一个篮球赛带来的是整个农场的气氛和大家向上的精神。所以，当大家在研究球赛的补助问题时，我们重点考虑了吃饭的问题。一个是队员的消耗，吃是大事情；一个是大家在一起吃饭也是感情的交流。特别是一场球打下来，如果胜利了，那么这顿饭就不得了了。队员们会把白酒啤酒灌进肚子里，浇灭浑身燃烧的骄傲的火焰，在酒精的燃烧里得到一个新的境界。这时候，球场上的胜利仅仅是一小部分，而大部分都集中在酒桌上了。酒桌就成了宣泄的舞台。大家评说着球场上的一切。为了关键的一个球，大家会喝很多很多酒，为了球场上的某个细节的成功，大家会高兴得又一次笑起来。啤酒，就是水；白酒，就是水。也不知道喝了多少，谁也不醉。走在夜晚的凉风里，声音在高高的杨树叶子里震颤，连星星都震落下来了。

一个篮球，成为生活里不可少的快乐。

生命高于一切

——应晚报春溪之约而作

汶川地震震动了整个世界。

我知道这个消息的时候，正在外地，我的整个神经都绷紧了。因为我知道8.0级地震意味着什么，又一个唐山大地震出现了。当年唐山大地震死亡二十六万人，悲惨的画面出现在我的脑海里。汶川会是什么样子呢？

所谓天灾，人世间最大的莫过于天塌地陷了。作为个体的人，无论武艺多么高强，如果不是幸运的话，都在劫难逃。每次地震留给人们存活的神话，都是由幸运组成的。自然就是自然，人类永远是自然的附属，是大地养育的生灵，是泥土捏造的生命。来于草木，归于泥土。这种永恒使人类不断地繁衍，使大地周而复始。可是，当我面对汶川大地震的时候，我受到了震动。为什么？

我看到了国家的变化。

我看到了我们的国家已经真正地以人为本；我们的国家管理者把人民的生命放在最高的位置上；我们国家在地震面前所做的一切都是为了人民的生命的存在；我们的国家在危难时刻举国家之力去捞取一个个微弱的生命个体。一个尊重人民生命的国家，是有希望的国家；一个把人民的生命奉为最高责任的政府，是人民政府；一个以人类利益为利益的民族是伟大的民族。

我为我的国家而骄傲，为我和我的人民生活在这样的国度里而自豪。每当我听到我们的总理高喊着救人高于一切的时候，我的心就激动得无法平静；每当我看到我们的总理说的那句话“人民养活了你们，你们看着办”的时候，我的眼睛里就含满了泪水；每当我和我的家人看到士兵们克服困难，抢救出挤压在废墟下面的生存者的时候，我们都会情不自禁地欢呼。我们的心已经和灾区人民的心连在了一起。

是亲民的中央政府，是积极的宣传报道，是英勇的士兵，打动了全国全世界人的心。民心所向，抗震救灾。为了人民的生命，为了解救人民的安危于灾难，我们看到了党和国家那颗跳动的心。

为了人民的生命，我们的国家做出了建国史上前所未有的事：

总书记和总理亲自在有余震的地震灾区指挥救灾，把人民放在前面，把自己放在后面，这样的领导人，千古没有。

陆海空三军，消防部队，专业部队出动，为救灾民抢回来时间；中央电视台直播，把自然与人类的抗争真实地告诉世界；允许他国的救援队进灾区救灾，为了人的生命，放弃了人为的壁垒；台湾省的飞机直飞成都机场……

当我们看到专业救援队从坚硬和堆积的废墟下面救出存活的生命的时候，当我们看到挣扎的生命在高超的医疗专家的治愈中的时候，当我们看到水和食物从世界各地运往灾区养活无助的灾民的时候，当我们听到孩子在水泥板下面被救出来说的第一句话是“我的妈妈在那里”的时候，朋友，我们会想些什么呢？在这巨大的灾难面前，生命的呼唤将震撼每一颗善良的心灵。

地震灾害是无法抗逆的，但是我们可以救助；地震灾害是无法躲避的，但是我们人类的手臂是紧紧地握在一起的；地震灾害是残酷的，但是我们的心是温暖的；地震灾害是无情的，但是人的血脉是相通的。这场突如其来的地震使我们失去了很多，比如亲人，比如房屋，比如家园；这场地震也使我们收获了很多，比如援助，比如精神，比如友爱。而我在这场地震里看到了我们的祖国正在成熟，成熟的标志就是：生命高于一切。

一定要记住我爱你

汶川地震，在废墟里发现一名罹难的妇女。她身体的下面，呵护着一个婴儿。救援者把婴儿抱出来，医生打开孩子的襁褓，见里面有一个手机。打开手机，一条短信这样写道：“亲爱的宝贝，如果你能活着，一定要记住我爱你。”

我被这条短信感动得热泪盈眶。我不会写诗，但还是要写几句在下面。

亲爱的宝贝
如果你能活着
一定要记住我爱你

这是谁的话
响彻在每个人的心里
无论男女
无论国籍
看了都会心酸
听了都会哭泣

母亲怎样疼爱孩子
事例不胜枚举

谁看到
母亲把天举起
把四个月的婴儿
保护在心底

母亲
也是骨肉身躯吗
钢铁水泥都倒了
为什么
她的脊背不弯曲
山岳树木都垮了
为什么
她怀抱里的孩子
还甜睡在梦里

母亲
这样的神奇
这样的有力
找不到世界上最好的比喻
来形容你的坚毅
来夸赞你的勇气

母亲
这样的伟大
这样的努力
手机短信揭开了千古的秘密
一定要记住
我爱你

我爱你
一个母亲留给孩子的
最后的话语
我爱你
一个国家送给灾区的
坚定的诺言
我爱你
是十三亿中国人的
奔涌的血脉
我爱你
发自世界上人类的
共同诗句

她是神话里的女娲
高站在汶川地震的山顶
书写出一个
大大的人字
用爱的五彩石
修补着人群里迷失的灵魂
和残缺的心理

她是九天里化身的仙女
紧急中用红底黄花的布面
包裹起又一个自己
她相信
地震来了
千万个亲人正踩着地震
向危难的她
聚集

她相信
英勇的中国人和她一样
爱你

你
活下来了
妈妈没有白白地爱你
你
活下来了
是因为有了爱你的
叔叔阿姨
共和国的摇篮
将把你养育
当你长大的时候
你
一定要打开妈妈的手机
读一读
妈妈留下的
最后一条信息
然后
对着那片大山
对着那片土地
对着所有的人
说出
妈妈的这句话
我爱你

我的奥林匹克

奥运来的时候，我和所有人一样，无限地兴奋。仿佛一只美丽的足球，在全世界的争抢之中，被我们揽在了怀里。国人的那种骄傲和自豪，幸福和感动，一定震动了世界。奥运是什么啊？我们这么高兴。在我的心目中，奥运根本不是运动会，不是比赛，不是项目，是世界上最伟大的尊严，是发达国家操纵的玩弄世界的利器，就像古人坐轿子一样。奥运是一种身份，只有绅士才能享受的事；是经济腾飞的助推器，是我们加入大国行列的程序。奥运哪，激动了多少人啊！那个成功夺得主办权的夜晚，我和我的家人都难以入眠。至今还记得那最后一幕。秘书长是个黑人，他走到台上，从兜里掏出信封时的幽默和玩笑吸引着大家，萨马兰奇宣读时的“北京”，掌声像潮水一样在大厅里澎湃起来。我看着电视屏幕，看着自己的狂欢的同胞，我也莫名其妙地感动着。

奥运和祖国联系在一起，也就和我联系在一起了。我为祖国骄傲的同时，也为自己是共和国的一个公民而骄傲。伟大的奥林匹克，不仅把运动健儿聚集在一起，也把光荣和骄傲带给了主办国。于是，我的心随着鸟巢的建立一天天地膨胀起来。一天天走近我的奥运会，就像迎面飘来的旗帜，火红而又热烈。当圣火传递的时候，也是高潮的时候，可是意外的麻烦在我的心里蒙上了阴影。这奥林匹克圣火竟然有人要阻挡它的前进，我当时就没有想到，这是不可能的也是正常的。我在自己的愤怒里看到了自己的单纯。直到圣火在鸟巢上空燃烧的时候，我的心也激烈地跳动起来了。我被奥运开幕式的宏大和创意所感动，出于对张艺谋的喜爱，我不愿意说出它不如雅典开幕式的意境缥缈和英国八分钟的新鲜与简洁。

看体育项目的比赛，我过去是有选择的，那就是中国队夺金的项目我都愿意看。可是我这次却愿意看国外的项目。看着中国的夺金我没有兴奋，看着他国的运动员夺金我却十分高兴。人家到咱家来了，不能把牌子都让咱拿来啊。中国的项目我过去最愿意看的是乒乓球，现在最不愿意看的也是乒乓球。我担心总这么包揽下去，没有人喜欢这项运动了。最喜欢看的是黑人的赛跑。牙买加的博尔特跑起来像一只飞鸟，张开的两手像翅膀。这个吃牙买加番薯长大的黑人谁知道他能跑多快，他是鹰。我最不理解的是在撑竿跳的场地，电视镜头对着一个棉被照着不动，里面是一个运动员，我以为这有碍观瞻。后来我才知道，棉被下面是撑竿跳运动员叶莲娜，她正在被子下面念咒语，念完之后，跳出了第一的成绩。她说在伦敦奥运会上将公布她念的咒语的内容，我们等着吧。

奥林匹克最伟大的安排就是把马拉松颁奖放在了闭幕式上。宏大的场面和英雄般的运动员，奥林匹克主席亲自颁奖，获奖的是三个黑人兄弟。不用任何词语，就是这种伟大的组合，就令人激动不已。看着三个黑人高兴得像孩子一样的场面，我才懂得了奥林匹克的伟大意义。人们之所以爱着奥林匹克，奥林匹克之所以发展壮大，就是这种公平和平。我想起奥林匹克发源地奔跑送信的士兵气喘吁吁挂满汗水的稚嫩的脸庞，我看到遥远的非洲黄色的沙漠上奔跑的这三个黑人。他们叠印在一起，面对着干旱贫瘠艰辛动乱，但是金色的沙漠铸就了金黄的奖牌。伟大的奥林匹克，奔跑得最快的黑人兄弟。奥林匹克的五色圆环，把人类的爱聚集在一起，奋斗的精神永存。

奥运会结束了，但是在我的心里它没有远去。它像希腊女神头上的橄榄枝，像千年不熄的圣火，在我的思想里永远永远地飘浮着。

望着你茉莉飘香的脸

开放在告别动容的瞬间

今夜我要走到你身边

我和你一起去飞

浪漫无边

浪漫无边

带着我魅力东方之恋

飞翔太阳月亮之间

今夜我要和你点燃心中的火焰

火焰

残奥会校庆及残疾

今天晚上残奥会就要开幕，这是人类对肢体不全的伙伴的最大的安慰。我不知道残疾人的心态。我记得小的时候，恶作剧般地对待动物。我们会把蜻蜓的一侧的翅膀拽下来，然后让它飞翔；我们会把蝈蝈的两条大腿弄下来，让它跳跃；壁虎在断了尾巴之后，逃脱险恶；蚊子在断了后腿之后，保全自己。在生物链中，我们永远体会不到动物的痛苦和自救。

今天，当我们看到人类在自己受伤之后的挣扎和生存，就知道世界上的一切都是如此地热爱生命。那些残疾运动员将用自己的竞技来告诉人类，只要思想是完整的，身体也是完整的，即使现实的不公带来某种缺陷，但是思想的意志会弥补上；但是如果思想残疾，那么即使再好的身体，也无法弥补。

我的这种体会不知道残疾人是否赞同，但是我看到那些残疾人顽强地生活，我就知道，人最可怕的是思想的残疾。

我有机会来到东北农业大学参加学校的六十年大庆，虽然奔波的劳累使我很不舒服，但是东北农业大学对我充满了吸引力。我的身边搞农业的几乎都是这所学校毕业的。校风的朴实，学业的扎实，给我留下了很深的印象。我能有机会参加这次活动，真是很高兴。

也许是农业的原因，就像他们培养的学生那么农业一样，尽管东农是一所知名大学了，可是校园还是很土气。尽管盖了那么多的大楼，建立了那么多的学院，那种农家的风格依然如故。就像一个劳作的农民住进了高档的别墅，住不了几天，你会发现，别墅里面会扔满了家庭的物品，凌乱和随意改变了别墅的档次，东农也是这样，在距校门口很远的路口搭起了彩门，是用钢的骨架做成的。在红布的缝隙里，钢筋露出来了，而且那架子搭得也很蛮；校门是那么狭小，就像小户人家的门楣，里面很是拥挤。好容易有一块空地，正种着实验的庄稼。新的图书馆是最值得炫耀的了。我们在功能厅里研讨，椅子并不宽敞。我来到厕所，厕所就更是狭小了。我感叹这些知识分子，都是学农的，农民不是在广阔的田野上吗？我们有知识的人不应该更开阔一些吗？我们却这样思维着。我喜欢黑色皮肤的汉子般的校长，我也喜欢声音爽朗的女书记，这里我不是在指责谁，我是在说着一种思维。因为是农业大学，在建筑上不懂可以让懂的做，自己做自己的农就行了。虽然花了很多钱搞建设，建设的样式也许是好看的，可是布局和色彩却是拥挤和灰暗的。如果和残疾联系在一起，那么他们的农业学识是发达的，建筑是残疾的。在一个没有特色或者农业特色的校园里，的确给我一种不舒服的别扭的感觉。这也许是牵强的，因为我爱着这所学校，我就把我的失望说出来。

更让我想不到的是在庆典开幕式上，放飞的和平鸽子突然落在了我们嘉宾席的桌子上，我身边的人就抓住放在了桌子的抽屉里。我以为他在开玩笑，我怕他把鸽子弄坏，几次想让他把鸽子放了。可是我又以为他要在结束的时候放飞，我就说不出什么。他也挂着嘉宾的牌子，开始他以认识学校和社会上的人物自居，我以为他是学校的教师，后来我才知道他是亚麻集团的。他一会儿说笑，一会儿给自己的家里打电话，一会儿抽烟。散会的时候，我见他把鸽子拿了出来。等我们走到门口的时候，只见他在我们身后跑过去，把鸽子放在胸前的衬衣里面，左手抱住，小跑着，很快就消失在人群里了。我们都很疑惑，不知道他会这么做，也不知道他拿走这只鸽子做什么，我们担心这只可爱的鸽子的翅膀折断在他的手里了。看着他好看的健全的样子，我不知道说他什么。

当残奥会的火炬就要升起的时候，我心里想的是，那些运动场上的运动员，哪个是残疾的呢？我们这些完整的人，哪个是不残疾的呢？

我们这一年

——汶川地震一周年

汶川地震的时候，我正在出差。在宾馆看香港的凤凰台，知道了地震的消息。孩子提醒我，总理去灾区了，我才知道这是不平常的地震了。

这时候我想到的是两件事。一是我的同学去成都旅游，怎么样了；二是我有一个学生的亲属在地震附近，他的父母正要去探亲。于是我急忙发短信问同学的情况，同学说还没有飞到，就返回到西安落地，到了西安才知道地震了。我长长地舒了一口气，我的学生也把回复的短信发回来了。他的父母因为在长春多待了两天，正要飞往都江堰的时候，地震就到来了。他们是第二天的飞机，灾难就这样被他们躲过去了。在人生的路上，有很多的不可预测的事，这种偶然，有时候成全了人的命运，有时候丧失了人的命运。于是我们在祝福的时候，把功劳和崇拜都留给了上帝。

在地震的日日夜夜里，我们每个人都在关注着灾区的消息。从中央领导人到国外的援助，从灾区的孩子到没有消息的汶川，几乎都牵动着我们的每一根神经。我记得最清楚的是全场捐款的事。没有动员，没有号召，大家听到消息都来了。平时大家在种地，在忙着自己生存的事，偶尔还会发些牢骚，骂几句国骂。但是地震像一个无形的绳索，把中华民族的感情捆绑在一起了，人们团结得像一个人一样。于是我想起了抗日战争，血性的中国人那种坚强不屈的国民性突出出来。我感到我们大家平时没有事的时候，好像睡着了，一旦暴风雨到来的时候，就会如狮子般英武起来。这就是我们常说的厚积薄发吧。

现在很多事都透明了，以前的地震和其他的灾难都是保密的。事情过去之后，我们才断断续续地听到一些消息。首先是惊人的数字，然后是惊人的事迹，接着是大家的惊讶。现在不行了，灾区和后方联系在一起了，每时每刻都会有消息传来。于是，人们的心情是，灾区和后方乐同乐，苦同苦。信息的传播渠道和领导者的开明改变了封闭的生活，世界上就变成了两只耳朵和两只眼睛面对着同一个事物。中国的历史上地震不止一次，但是消息这么灵通，画面这么快速，上下如此团结，国外如此迅速，也许只有这一次。地震，把中国推到了世界的面前；地震，把世界化作了地球村。

自然的灾难是人类无法制止的，只有躲避和逃避。在大自然的毁灭到来的时候，我们会发现，其实我们也是自然的一部分。我们和树木，和青草，和猪狗，和石头以及泥土，都是一样的。青川地震把一个村庄埋到地下一百米，一起在一百米以下的还有我们种植的庄稼，还有我们衣柜里面的衣服和锅灶里的饭菜，孩子的玩具学生的书本夫妻的避孕工具。灾害使人类的痛苦可以表达，而动植物的痛苦就无法述说了。我们面对这一切的时候，那只是地球这个怪物轻轻地咳嗽了一下手指动了一下，恢复了平静。而寄居在地球一隅的人，就会妻离子散，家破人亡。自然的巨大的力量使依附于自然的人们匍匐在她的脚下。尽管人们用环保的赤诚达到屈服自然的目的，然而自然永远会按照自己的规律存在。

地球把人类的血肉碾成泥土，人类在新的泥土里获得生存。生生不息的人们，在早晨的太阳里，迎接一个新鲜的日子。灾难在人们的记忆里留下痛苦的历史，尘埃细密的颗粒遮掩了粗糙的岁月。当人们在汶川地震一周年的时候，看到的是新崛起的城市和抚平伤口的人群以及人群新的信心。活着，就是美好；痛苦，属于过去。当我看到从废墟石板的缝隙里存活下来的女人已经怀孕的时候，我看到了人类的希望。那坚硬的灾难或者把人变成齑粉，或者人把灾难变成飘散的烟雾。在人与自然的碰撞里，都在用生命竞跑。

积极阅读

《天涯芳草》这本新书出版后，作为作者，希望每个阅读者能喜欢它。所以，我一直关心着每个读者的反映，使我下本书能出得更好些。同时，晚报还拿出多半个版面介绍了我这本书。之后，我的朋友用短信告诉我，他们单位的人都喜欢这本书。我就感到很踏实。

我对自己的这本书也有很多不满意的地方。但是，反映好的方面正是我感到不足的地方。于是我就开始反省自己对写作的态度了。

我的一个朋友，也是很有文化的，他专门找我签字。我说有什么可签的。他说，你的这本书好。我说，好在哪里呀？他说，文章短，好读，读了还有意义。我说意义倒没有多少，可能是短的原因吧。他说工作这么忙，那些长篇大论的，一是没有时间读，二是读了也没有意思。他的这些想法后来又得到了验证。现在人们需要的是文化快餐，用最简单的文字，告诉人们一些想法，在阅读里得到快乐。

后来，我改变了我的写作风格，写了小说《绝招》，反响很大。我的一位老师十几年没有联系了，昨天突然打来电话，告诉我他是在文联主席那里找到了我的号码，他爱人想看我的书。我听了好激动。我的《绝招》还没有出书，我正想和其他的小说合在一起出一本通俗小说集。江龙陪客人，客人也津津乐道我的小说《绝招》里的细节，他们惊讶我写作风格的改变。我说，不是我的改变，是我适应读者的口味儿。

我们都有这样的体会，一本厚厚的书，如果没有情趣，就读不下去；江龙自己说，看两页都是满满的文字，就读不下去。要是文字内容不好，就更不愿意读了。

我一直在思考，我们写书要干什么？显示自己的才华，还是一种爱好？或者是给他人一种阅读的快感，消解生活，满足自己？我最早写小说是轻松的，后来变得沉重了。为什么？我要把我的作品放在教育人的层面上，要得到一个智慧的火花。可是人家并不愿意读，不愿意看。梦里挑灯看剑的辛苦，落得个无人问津。延安文艺座谈会已经多少年了，但是里面的思想却永远不会过时，那就是为什么人的问题，我们的作品写出来给谁看的问题。记得赵树理写《三里湾》的时候，思考了很多开头，后来就用了现在的开头。他说，我是写给农民看的，农民没有闲工夫看书，我就直截了当了。一个优秀的作家写作的时候，优先考虑的是读者，而我们往往把读者放在一边，这就是我们的作品常常写不出水平的原因。

我们往往过高地估计读者阅读的水准，以为读者都是读《资本论》出身，写得越高深读者就越能接受，自己也就越有水平。其实，生活里的阅读者都是分层次的。阅读人群是一个宝塔型，塔尖上是高水平的知识分子，塔的基础是广大的群众。我们写给谁，要明白，我们不能过高地估计了自己。过高估计了自己，就是孤立了自己，孤立了自己就是消灭了自己。我们的写作就没有了生命。

其实，写作这东西，也没有神秘的，无非是有的人想写，有的人不想写；想写的人不一定写好；不想写的人不一定写不好。就像开汽车，有的人开了一辈子，也不熟练；有的人上车就能开走，而且开得很好。凡是有文化的人，有学历的人，有本事的人，谁也不去写这东西；爱写的人，就是没事干，找个事干，让心理平衡。

不知道我说得对不对。

小　三

小三是我小说里的一个人物，我把他从幼小写到长大，当他有了恋人，有了事业的时候，暴风雪来了。我让他用年轻的力量从雪域里爬出来，保留了一个鲜活的生命。这时候我的小说应该结束了，我修改后也很得意。

得意之间，我准备把“女歌手”弄好，但是我被小三搅扰得睡不着觉。他在灾难里获得新生，不能就此结束，他还有很多事要做。于是我让他进了城，在城里又遇见第二个女人，开始新的生活。

二卷写起来是艰难的。不仅是故事，还有人物，我都把握不好，我的心情降到了低谷。于是我开始了思考，思考我们的企业。我们有真正的企业家吗？没有。当市场经济到来的时候，在计划经济里面生活的人们，要自己挣钱，自己生存。于是，在金钱的诱惑下，十几亿人口的国家，像即将出世的婴儿，不安着，骚动着，期待着，挣扎着；小商小贩如蝗虫般遮天蔽日。骑着摩托扛着秤，跟着领袖闹革命。三十年过去了，潮起潮落，大浪淘沙。国家的市场平稳了下来，人们的心态平稳了下来。大企业，连锁店，如商海里的巨礁；今天开明天关的商铺，如鱼鳖虾蟹，天天都有放鞭炮的，天天都有关门的。市场经济就这样到来了。可是在我的视野里，真正的企业家却寥寥无几。投机者有之，官商者有之，造假者有之，掠夺者有之。纷纷攘攘，不辨真伪。看那大款，趾高气扬，挥金如土，你知道那钱是如何赚的吗？真正凭本事的，少。所以，我就想，我笔下的小三怎么办呢？就让他傍个权力者吧。

小三究竟能干多大的事，我也没有把握。我想让他当总裁，让他做老板，让他横行天下。不行，小三的本质好，太坏了他干不出来，于是我犹疑不决。

我把小三和女人的关系写得很简单，也许是漫画化了。和第一个女人上床很快，第二个女人也同样。我不会写男女的缠绵，为此我还专门看了言情的电视剧。想写细男女的调情，写出上床的步骤，写出感情的梯次，写烂卿卿我我。通过看电视剧，我的结论又使我感到正确。世界上就是男女。就是这男女，变幻出千奇百怪的故事。这世界这么完美，感谢的就是男女之间的追逐。动物成熟以后，也是生儿育女；人成熟以后，也是生女育男。但是人就在这个生育上，有了感情的游戏。想起来简单，做起来复杂。我把世界比作完整的城堡，男人是砖石，女人是黏合剂。光有男人城堡会倒塌，光有女人建立不起来城堡。像琼瑶那样会写小说的，虽然就是个男女，故事就写不完了。如果我们一想，这男女的感情有一样的吗？有，也没有。有的是坚贞，忠贞；背叛，偷情。没有的是种种细节，种种感觉。大千世界，无奇不有；大千世界，没有相同的树叶。所以，我笔下的小三，就是有女人缘的那种，一生都在女人的关怀下。

小三还要接着生活下去。我把他写好了，给大家看。看了，怦然心动，我就成功了。

没有方向的河流

《没有方向的河流》是我近期出版的一本书。发行后受到朋友的欢迎。晚报还要专门介绍这本书。

我对自己的作品向来没有信心，总觉得不好，羞于见人。可是自从我《远去的马群》和《天涯芳草》发行后，人们很愿意看，而且给予了很好的评价，我才知道我的作品是可以被人们接受的，就有了信心。于是，我的同学杨长江自从在场庆的时候编辑了《纪事》一书获得巨大成功之后，编辑的兴趣就大了，很快就为我编辑了这本《没有方向的河流》，于伟东则为这本书设计了封面。书就很快地出来了。

在定这本书的题目的时候，还很难，找了很多题目都不满意。我定这个题目的时候，大家还有争议。可是书要出来的时候，大家都认可了这个书名。

“没有方向的河流”，其实正是我的心态。我真的很迷茫。在工作上、事业上、未来上、年纪上、知识上、追求上，甚至理想和信念、人生和观念，都模糊了。我像在我的草原上奔走，不知道到何处去。我就是那从山野里流淌出的溪流，在山涧里游走，我就是原野上划开沃土冲刷出的河床里的小河，自由向前。但是没有目的，没有方向，没有遵循。我知道，即使是柔软的水，也是有思想的，有骨头的，有气质的。可是我却失去了这些，我在观望，在思考，在问天。回头看着走过来的路，我连回忆的勇气都没有了。我知道了自己的缺失和不足，我好像为他人活着而忘记了家庭，为他人活着而忘记了亲人，为他人活着而忘记了健康。可是都过去了，酒海泛滥，我喝尽了人间的沧桑；官海险恶，我看尽了世道的冷暖；人与人，男人与女人，聪明的人与老实的人，成功者和失败者，天下大地，能与谁人说?

河流流到了现在，依然没有方向。可是在奔流中，我享受了我人生的历史，我酸甜苦辣的生活。我说过，人活着，就是为了这个过程，为了过程中的苦水里打捞出的一丝甜蜜。

书出来后，我先给朋友看。大家比较满意。虽然它并不宏伟，可是它却能被人接受。当我的孩子出门的时候，把爸爸的书放在挎包里，在外面读的时候；当我的妻子在睡觉的时候读着丈夫的书的时候，当我身边的好朋友认真地看着我的书的时候，当我的文友告诉我，我的书受到她的朋友喜欢的时候，我真的知足了。

马群远去了

也许这一生都要和那片滚动的马群在一起。其实到现在我也不知道骑着马在草原上奔跑是什么滋味。我只是在孩子的时候，跟在马屁股后面玩耍过。我经常在马厩里看热闹，马挂掌的时候，我看到挂掌工熟练地把马蹄子抱在腿上，快速地削掉马掌上多余的趾甲，然后把一块铁钉上去。因为是军马，每个马都要在右侧的屁股上和左侧的腿上烙印上号码。烙号的时候，马厩里就会点起炉火，把带着数字烙号的铁在炉火里烧红，然后按在马的皮上，一股烤肉的焦煳味道飘散着，于是每个马都有了自己的号码。马生产马驹的时候，是最忙碌的。在一堆血肉里，小马驹诞生了。马驹生下来就可以站立起来。母马的胎盘要在马的屁股后面吊一会儿才脱落下来，牧工就用叉子把胎盘扔到马厩的房子上面去。有时难产，兽医就在后面拽着露头的马驹，汗流浃背地把马驹拽出来，有时会听到兽医在解剖的时候喊："子宫呢，子宫呢?"而我最喜欢的是到配种室偷取胶皮。那种又软又薄又可以拉很长的胶皮，做出的弹弓是最好的。直到我为了写小说而研究军马的时候，我才知道这橡胶是用来人工取精的。

这一切我真的不明白。

让我又想起这些故事的是上周来了一位农大的领导，她以善写湿地文章而出名。她的诗歌写得漂亮，她在学校里朗诵她的诗歌，竟然让师生落泪。她带着艳丽的妆容出现在我的面前，她的文人气质和学者的风采焕发在她的笑容和言谈里。她是人文学院的领导，我就开玩笑说她培养的学生没有用，因为一些专业到社会根本就没有使用的地方。她也不理我，只是兴奋地说着我的马群，她反复地告诉我，我的《远去的马群》在她的书架里，一抬头就可以看到。看到那本书，就会想起我。她说她熟悉的一位女编辑已经发短信告诉她，说我是中老年妇女的偶像啊。我纠正她说，我是老年妇女的偶像了。这时候，她已经喝了很多白酒。她的嘴里喋喋不止地说："这回马群真的远去了。"我以为她在说酒话，而她还是不停地说："马群远去了。"

听着听着，我的心里就有一种凄凉袭上来。我在问自己，这一次马群真的远去了？远去了？我的面前就腾起烟尘，马群就裹在那雾幛般飘动的灰土里，蹄声慢慢地远了，我的情绪却不能平静。

这种凄凉一直包围着我。在老屋里，我系着拴门的麻绳，油腻而结实的麻绳的绳扣是我的父亲生前编织的。为了安全，他每晚都会亲自把绳子结好，绕在一枚钉子上。我的父亲离开我之后，我就每天晚上结这个绳扣。一天天，一年年，每次都没有感觉。只是最近结的时候，心就要凉一下，一种久远的失落和放弃的冰冷打动着我的周身，我会站立好久，心就要沉落下去，手指也是冰冷的。我费力地逃脱出来，把老屋紧锁住，然后要喝上一杯酒，才浑身暖和一些。我突然醒悟过来，人的感情是寄托在老人生活过的亲情的留恋里。他们在哪里，哪里就是不舍得的故土；留恋在爱升起的地方，树荫和小路记录了初恋的甜蜜，这里就是热土；留恋在朋友一起生活的地方，远离就是衣襟的撕裂，这里就是摇篮。

跟随着远去的马群，我会飘飘摇摇地生活在幻想里。马群在我心灵里永驻，我在忙碌里偷生。有一天，我跋涉了千山万岭，满身灰土，一脸沧桑，披着白发，步履蹒跚地回到马群起始的地方，我想去拥抱我童年的太阳，去拥抱我青年时的梦想，去拥抱我事业的辉煌。我想捡拾我那段时空里留下的爱，可是，我会看到什么呢？我熟悉的牧工都老了，走了，他们的子孙没有知道那个写过马群的人。我面前依然是春天的燕子，夏天的牛虻，冬天的飞雪，秋天里闪亮的庄稼干枯的叶子。我走在街道上，我捧着我依然孤独的心，我不知道我把这颗心放在哪里合适。

马群远去了，一切都会远去的，这个世界不会因为你的留恋而把你的感情留下。莽莽苍苍之间，留下的只是厚厚的灰尘和凝然不动的泥土。

一些编书的想法

事情发生得很偶然，我就这么接受了编书的任务。对于要编写的内容，我不是都很熟悉。最早的动议是寻找七一表彰的典型，在典型出来以后，大家在一起议一议。这么好的典型事迹，有必要写进书里。于是领导说，出本书吧。书的内容不仅是这些典型，还要有基层党员的，或者基层先进人物的，或者做贡献人物的事都放在里面。

我怕领导安排任务。安排了就放不下，几天里都在思考如何编写这本书。我把这本书的立意又想了一下。既然出书，就是给人读的，所以这本书要有可读性。人和事都是这里发生的，那么就要有真实性。大家写惯了典型材料，我要的不能是这些材料，应该是新的一种，那就是故事性，要求故事性就和以往的材料不一样了。内容还是典型的内容，表述的方法变了，去掉虚的东西，要求都是扎实的内容。历史可以囊括六十年。要达到这本书放在任何地方，人们见了就想拿起来看；如果达到人们听到过这本书，就要找着看，就更好了。

写作的人我也想好了，主要是宣传部长和组织部长。在以他们为主的同时，还有就是那些写材料的高手了，把这些人也发动起来写。这些年搞宣传，每个单位都出现了很多会写的人，写得快，也写得好。把任务分下去，会很快地完成。近二十万人的地方，故事和事件很多。我知道得少，下面知道得多。把这些都写出来，成为一本书，献给六十年建局，我想是很好的事情。看来领导有眼光啊。

在众多的写作高手里面，我还要选出几个来最后组织成书的人。我选了党校作为基地，党校派办公室主任汪武负责。汪武是个老同志，对此事很热心，也有着文字的经验，我安排他统稿。因为书出来，要做党校培训的教材，党校的参与很重要。除了局组织部的能写材料的人外，我又请了两个人。一个是杨长江，哈拉海的。哈拉海农场成立五十周年，他编辑了《纪事》一书，有出版经验；一个是廖少云，荣军农场的，她的文学作品证明她已经是一个成熟的作家了。我把这本书最后的品位和档次寄托在她的身上。

有了这样一个完整的组织，以及有着经验和热情的工作者，我就有了这本书成功的底气。不过我对最后书是什么样子还没有信心，我们几个编辑人员又开了个小会。杨长江提出最好以第一人称写，这样读起来亲切，大家也喜欢看；廖少云说了她到荣军之后采访的几个对象，她把内容说出来，果然很好，很动人，其中一个细节感染了我，看来她果然很有能力。说到封面设计，汪武提出封面上要有脚印，黑色的，一行，两行，走出封面。我提出用北大荒版画。廖少云说她在农场发现一个版画高手，作品都在国际上收藏了。听到这些，我立刻兴奋起来，当场就定下用那个人的版画做封面。廖少云说，可以把版画占整个的书皮，我明白就是那种贯穿整个封面和封底的设计，这样就很大气了。没有想到这里会有这么多的人才，把他们收入书里，都是很好的内容。于是，我就想，这个事业对这里是一个归纳，有关心下一代的典型，有五一劳动奖章获得者，有写场歌的创业者，有大马力的驾驶员，这些人物和故事都写进书里，我们真是为这里做了一件大事啊。

最后当然是要喝酒的。这是第一次组织部和宣传部的人在一起开会，大家都很高兴。我来这里已经有很长时间了，对这里人对工作的热情和敬业、上进心等都有很深的体会。酒桌上，大家都表现出了决心。我看着大家，我才知道这里有这么多能写作的能人啊。有了他们，我想书会编写好的。这是一个开始，沸腾的生活，是多少书都收不尽的。

书的题目还没有起出来，大家建议征集书名，期待着一个大气的震撼的书名出现。

九三人的故事

这本书最后定名为《九三人的故事》。

九三作为黑龙江农垦的一个分局的名称，局内的人感到十分亲切，而局外的人却有几分莫名其妙。人们搞不清九三和九三学社的关系，搞不清九三是什么意思，找不到九三在哪里。

九三分局和九三学社没有关系。一个是黑龙江农垦中的一个单位，一个是学术团体。

临近全中国解放的时候，我们的伤残军人来到了一个叫伊拉哈的小镇，开垦荒原，为部队生产粮食。最早成立的农场是鹤山农场和荣军农场。1945 年 9 月 3 日抗日战争胜利，为了纪念这个日子，九月三日成为这个农垦分局的名字。从 1949 年的 9 月 3 日确定为九三分局的成立日，到现在已经六十年了。九三分局目前已经管理着十二个大型国营农场。耕地三百万亩，人口十七万。分局的办公地点在嫩江县的双山镇附近，列车的停靠站就叫九三站。十二个农场分布在齐齐哈尔市和黑河市境内。

今年是九三分局成立六十周年。六十年里，九三分局发生了翻天覆地的变化。分局和农场正变成新兴的农垦城，广阔的田野已经淘汰了当年苏式的机械作业，世界上最先进的耕作技术和机械力量正推动着现代化农业的发展。由复转官兵、移民、知青、科学技术人员等组成的建设者的人群，已经一代一代地成长起来。为有牺牲多壮志，敢叫日月换新天。当我们站在六十年后的今天回眸历史，一个个，一群群，点燃北大荒篝火，创造北大荒精神的英雄般的九三人，就会出现在我们面前。我们有责任把这一切记录下来，于是就有了这本《九三人的故事》。

这本书里的人物和事件都是真实的，他们生活在六十年中的各个时期，他们是每个时间段的代表。他们所做的一切，都是九三大厦上闪光的砖石。因为篇幅的限制，我们汇集在这里的一百篇文章只是北大荒发展洪流里的几点浪花，我们用这凝聚了北大荒精神的一个小小的侧面，来反映九三这片土地上壮阔的向上的生活，表现九三人六十年里的卓越、坚韧、勇气和力量；我们用这些人和事，告诉我们的故人，我们没有忘记。我们用这些人和事，告诉我们的后代，他们是这样做的，他们的人生是如此辉煌。

也正因为如此，书中存在的疏漏会被阅读者谅解，书中人物和故事存在的某些不足会被阅读者理解。无论是作者，编者，我们都带着虔诚的态度来组织这本书。我们尽量保留原始的信息，保留历史的真实。如果说有不完美的地方，那就是我们作者和编者历史的局限所带来的，敬请原谅。我们在选择人物和事件的时候，除了那些劳动模范和典型人物，那些极普通的人做出的不普通的事迹，我们还选择了在省内外有影响的人作为书中的一小部分，以加深人们对九三这片土地的理解和认识。

六十年前这片土地上第一犁开始的耕耘，六十年后今天大家对历史的纪念，使我们更加感到这是一片希望的土地，是一片美好未来的寄托之处。我们希望这本书是一面旗帜，飘扬在九三的大地上。

壮哉，九三！

我写小说

小说是什么，我不知道。我把我的生活中发生的事当小说来写，文艺理论中说这叫自然主义。我把我生活里的事编排一下，升华一下，就是理想主义了。我不写小说，我就得写散文。光写散文大家看我的博客就枯燥，我就写小说。小说写黄色的就是堕落，写没有色的就乏味，我就写点儿色。可是我写不好。

阿成的小说我喜欢，是因为他不写色也很美，人物也很活。我们在一起说起来，和他探讨小说的文字、叙述。他说读者看不到作者的叙述就是达到了文字的水平。我十分赞成。为了故事，作者不要刻意雕琢，让读者无意间就吸收了，多好。

我就想这样做，我笨。

但是我会狡辩，我对阿成老师说，我会永远记住契诃夫的话，大狗在叫，小狗也在叫。我的意思是阿成是大狗，我是小狗，我写不好我也要写。阿成赞成。

我还怕写。我一旦写出开头，我就要写出结尾，我的时间有限，心就不安，有时候会匆匆地结尾了。再就是我知道的故事要是不写出来，就天天地撞击我的脑袋，让我寝食不安。我好像怀孕一般，以为下一个生下来的一定好。可是出来了，我还是没感觉满意，又准备生下一个了。

其实我啥也不会写，我就是打发生活。我在空闲的时候，过去是喝酒，现在身体喝坏了，家里人常常担忧，我做别的又不会。睡觉吧，睡的时候还好，睡醒了浑身难受。每到休息日，我常常一天天地睡。没事干，后来就写作，把自己弄得像个作家。其实是混生活。写得久了，身体也受不了，但是也只有写了。

我也怕我写得不好会使朋友反对。这还不要紧，最要紧的是写的东西如何。大家看了不满意，我就失望。以为博客是个地域，我耕作起来就很粗糙。种地种习惯了，把种子放在土壤里，也不用细致，就会长出绿色来。所以我的农人的根底限制了我。我完全可以把女人和男人间的一个眼神写出几万字，像陀思妥耶夫斯基那样分析人在行恶的时候想到的一切，我不能够。我的小说我的朋友就将就着看吧。我不会是伟大的作家，我是我自己的奴隶。

这篇小说联系到了学校和老师，也是偶然的。我在过去的岁月里最敬佩的老师被污蔑有男女关系，我曾经愤怒过。我可爱的老师不会是这种人，他们是君子。可是当我活到现在，从女人的口里知道我的老师们也确实有过出轨的事，而且还很多，我却不反对不恨他们。因为我知道了他们都是人，是男人女人。甚至我的老师曾经摸过女学生的脸，我都觉得好玩了。我麻木了吗？没有。这些事谁能说得清啊。这个男人女人的世界。但是这篇小说是编的，假的，我不负任何责任。阿门。

小说还有好几篇要写，看个热闹吧。

写给谁看

这是一位著名诗人节日里写的诗：

窗外飘寒雪似轻
忽闻枯树鸟新声
莫愁剩水天涯远
更喜苍山欲过冬
无惧风霜说劲草
有花怒放叫冰凌
探亲路上谁惹眼
俊俏村姑衣正红

因为我很喜欢读他的诗歌，所以，他写了诗歌就愿意让我看看。我过去不了解他，曾经和他喝过酒，他和所有的诗人一样，让酒就喝，喝醉了也不拒绝，于是我们就成了朋友。

这时候我才注意他的诗歌。原来他出名很早，当时把诗歌写到全国去，很火的一个文人，但是很快他就看透了。以后他给很多的人写诗歌，帮助很多诗歌的喜爱者作诗，自己就不太写了。

最近他出了诗集，是一本很好的诗集。他发表每一首诗歌，我都读，而且告诉他体会，他就知道我们之间有了默契。他写得很勤奋了。

我早就想这个问题。写了东西给谁看？人家愿不愿意看。如果人家根本看不懂，不愿意看，写了就白写了。就像我的这个诗人，以前全国有很多读者，后来就没有人看了，他就不愿意写了。现在，有一个读者喜欢看，他写了就发给我，我看了高兴，他写了也就知足了。

这首诗歌里面，我最喜欢的两句，一句是“有花怒放叫冰凌”，一句是“俊俏村姑衣正红”。诗歌无论写多少行，有一句或两句好句子，就能把诗歌压住，就是好诗了。所以，这首诗歌是好诗。

我不能和他比，我们之间的差距很大。他是真正的诗人，或是真正的文人。一般成功的文人或者诗人，必须具备这样几个条件：离过婚，爱过属于别人的人；懂得爱，把爱当生命对待；让别人说去吧，走自己的路。这几条我一个也不具备，所以我羡慕那些真正的文人或者诗人。我望着他们，写自己的不成样子的东西。而那些真正的文人或者诗人，因为我对他们的作品的阅读，而对我有了兴趣。

我也不知道写什么好

来到一个新的环境里面，一直彷徨着，虽然这个小城建设得很有模样了，但是，由于它建设得较晚，就如被风刮来了一群人和一片房屋，有了吃，有了住，有了车，有了娱乐，但是文化还是浅薄的，创业时遗留下来的风气依然荡漾着。大家工作着，并以工作为生命，其他好像就没有了，顶多是在饭店里喝上一顿酒，陶醉在美好的醉意里。所以，很长一段时间我都不知道写什么，当然我也不敢乱写，因为中国人的伟大的自尊到处都存在着。也只有柏杨敢说《丑陋的中国人》，但是该丑陋还在丑陋着。

我不知道文化是怎么形成的，就像现在二人转火了起来，并不说明文化就兴盛起来了一样，一个地域没有文化再搞活动也是被动的。文化是怎么来的呢？是在自由的环境里自然形成的。比如酒文化，过去是用酒盅喝酒，现在是用茶杯喝酒。茶杯喝酒的形成并不漫长，因为它适应了东北人的豪饮。现在酒店里几乎找不到那种小的酒盅了。酒盅喝酒是以叙谈为主，以交流为主，以品酒为主，以享受为主；而茶杯喝酒是以拼酒为主，以胜负为主，以喝酒就是喝酒为主。所以，一个文化的破坏是容易的，一个文化的流传是艰难的。所以，从一个酒杯就可以看出，东北越来越没有了文化，就像有了电视节目就没有了民间的文化一样。

这好像写得很远。其实大家都很清楚，到四川旅游，到南方旅游，到国外旅游，看的都是当地的各种文化。当然，我们这里的文化就是广阔的田野和大型机械。别的还有么？我就不知道了。所以，我就不知所措。但是我又不能闲着，我写什么好呢？就是江郎才尽也有几句辉煌的呐喊吧。

这里的建立是指挥生产的，所以，男人都是做领导的，女人几乎我都不认识。矮马给我介绍了几个靓妹，都是有根底的，开个玩笑都不能。于是我就写田野，田野上的雪。好在今年雪下了一场又一场，一场比一场大，飘飘的白雪，带给我无限的书写的机会。就在我写这篇文章的时候，还在清空里飘下几叶雪绒花，浅浅地覆盖在地上，慢慢地在地上蠕动着，好像春天杨树飘起的花絮，似花还是非花。这里的大自然的雄浑和广阔是任何地方都无法比拟的。于是我又想到了这次两会上一个有背景的代表提出，农民工没活儿干，可以到东北开垦土地。那里不是有很多的地吗？是有很多的地，但是都开垦了，都种上了，没有开垦的就是要保护的了。我不知道为什么把这个发言登出来，是谁的无知呢？

每个人都有自己的天地，但是不能强加到谁的身上。我就是不喜欢孙悦，看她唱歌就不舒服。男的我就不喜欢巩汉林和潘长江，看到他们费劲地逗人笑，我就难受。可是还是有多数的人喜欢孙悦，喜欢巩汉林和潘长江啊。所以，一个女记者约我写点儿关于娱乐方面的评论，我就不敢写。我怕写错了口味。

记得几年前也有篇评论是写我所在的农场的，我就受不了了。其实站在作者的角度，人家写的是对的，我站在清楚事实的角度也是对的。可是我就很火。但是后来想明白了，批评都是善意的，不这么写人家也没有什么可写的啊。

到了今天，我还是犹豫，因为我不知道怎么写。写得烂漫了，忽悠；写得真实了，攻击；写得肤浅了，笨蛋；写得深刻了，不会；写得虚无了，装。

真是不知道如何去写。

我把你紧紧地抱住

能成为作家协会的成员是每个写作的人都梦寐以求的事。我记得刚刚加入市里的作协的时候，我是多么兴奋啊。我交了会费，办了证书，我恨不得每天都写出作品来。那个时候我还不知道什么是作家，以为是省里的会员就应该是作家了。于是我把能够入省里的协会作为目标。当我知道省里的入会的严格的时候，我就吓了一跳，以为那是不可达到的事。这时候我正在写报告文学。报告文学终于有了成绩，被吸纳为省里的会员的时候，我很激动，中流老师还发来了祝贺电报。他告诉我，入会的艰难，是要全委会投票的。我就想，那些我尊敬的作家是没有看清我的名字吧，我这样的怎么会是会员呢？中流说，你的作品很有影响了。我就噢噢地答应。中流老师说，再写两本书，就能加入中国作协了。我说什么书都可以吗，中流老师说，当然要写好书了。他给我讲了丁玲的一本书主义。那时候我还不知道，听了我才开窍，原来只要把一本书写好就行了。

后来因为单位工作的繁忙和我在仕途上的奔波，我就把文学放弃了一个阶段。初入官场，什么都新鲜。整天的应付和酒肉，使我感到了写作以外的快乐。我甚至连一个字都不写了。上午上班，中午喝酒，下午醒酒，晚上接着喝酒。我带着醉意回家，躺在炕上就呼呼地睡去。有时喝多了，早晨就迷糊，晕，到了办公室就急忙喝水，快十点的时候，酒意彻底消失了，正在得意的时候，客人又来了。于是周而往复，生命的最好阶段过去了。有一天发现自己现实的一切都没有意思的时候，就想到了文学。这时候自己官位和工作都已经不错，心里也产生了厌倦。我个人常常认为，文学和生活是相联系的。除了诗人需要精神上的颠倒之外，任何文学工作者，首先是驾驭生活和现实的能手。我尤其看不懂那些写小说的人让生活和官场折磨得无所适从。懂文学的人就懂生活，懂生活的人就是生活的强者。当我看到自己的官当到了顶点，年龄也不符合社会的需求的时候，我便征途勒马，开始了新的文学写作。

这时候我就有了新的境界，我不再把入协会当作一个大事了。我想到我如何把作品写好，写出的东西能够让大多数人接受，愿意看，看着不累。我原来是“白洋淀派”的追随者，现在喜欢上了赵树理的“山药蛋派”。加上会在电脑上打字，创作热情异常旺盛，好像是更年期到了，不写就心里不舒服。这时候，我有了朋友李春溪，我把我的作品在他的手下变成文字；我有了朋友曹主席，他经常鼓励我；我又有了著名作家陈玉谦老师。我的这些朋友把我往国家作协里推荐。我知道我自己的水平，像待嫁的新娘，还有几分羞涩。可是大家对我的《远去的马群》的评价，尤其一些知名专家的研讨，使我感到了自己的能力和力量的所在。这些极大地鼓舞了我，我开始了新的创作。这时我才脱离了低级趣味，把追求放在了写作上。

这时候我的写作是以平淡为主，以能够使我身边的群众看明白为主。我不再有其他的追求，甚至把自己的作品发在博客上就知足了。我已经从把文学当成神圣的事业，转变成对生活空隙的填补，转变成给周围的人们带来快乐为自己的快乐。禅意大增。我也看到朋友同志邻居们的玩乐，比如麻将扑克，比如喝酒旅游，和我的写作不是一样地用来打发漫长而又艰险的人生吗？文学又比麻将高明多少呢？比蹦迪快乐多少呢？而且打麻将和扑克还是几个人的事，文学只不过是个人的沙龙。以为文学高于生活中的其他爱好的人，是孤芳自赏；以为写作的自己是比别人有品位的人，是误入歧途而不知回返；以为把文字印在纸上别人看不明白而得意的人，是难得糊涂。

所以，当我在文学上有了进步的时候，就像朋友们打麻将和了一把一样，急忙洗牌，看下次和的是什么。我也像打麻将打得痴迷的人一样，我爱文学也到了一个地步。无论生活得多么艰难，我也会紧紧地把她抱住。

世界上最硬的粉丝

一、一句话

昨天我收到中国作协的会员证之后，我很细心地把它整理好。记得几年前看到我写作的老师手里的中国作家协会的会员证的时候，我既羡慕，又激动。我也没敢想有一天我会得到它。当年得到省里的会员证时，我是很激动的，中流老师还给我发来了贺电。据说当时得到这个证书很难，作家们要投票的。我也不知道投票的时候作家们对我是怎样评价的。但是时间久了，省作协的证书很普及了，好像会写几个字的人都有了证书。我才觉醒，原来作家是靠作品说话的。

看着黑色烫金的证书，我突然想起我的一个老领导的一句话。

那是在八十年代初，文学正燃烧的时候，市文联通知我去市里听辽大的冉欲达教授的讲座。那时候教授很少，我一听是教授讲课就很激动。我找到当时的校长请假，我把我的兴奋也表露出来了。校长看着我递给他的通知书，在答应我的同时，说道：别相信什么教授，都一样，我还是教授呢。

我知道我们校长是电器方面的专家，但是我不知道他的职称就是教授，我以为校长和我开了个玩笑。我和当时的宣传部的老师一起听了冉老师的《艺术论》。现在想起来，也没有什么意思。尤其那个年代还是思想不解放写出的东西，也就没有新意了。当时我感到最遗憾的是，散会后，我和我的宣传部的老师吃馅儿饼，我们一起排队，我就买了自己的，而没有给老师买一份。

我的那个校长的话，在过去了这么多年以后，今天我又想了起来。

真像他说的那样，世界上的一切都是平常的。

二、追求

我不知道会有这样的故事，但是讲述者告诉我是真的。

你知道冬天的漠河有多冷吗？谁都不知道，最冷的时候有零下四十度，一个南方的女人就在这时候来到了漠河。她在漠河住了三天，又回到了南方。

她对我的朋友说，你骗了我。

我的朋友说，我不会骗人。

她说，我到漠河去找你了。

他说，我不在漠河。

她说，那你在哪里？

他说，我在九三。

她说，你不是坐漠河的火车吗？

他说，是。

她说，我在漠河到处找九三，怎么没有？九三在哪里？

他想了想，也说不出九三的位置，因为九三不是一个政府所在地，没有地域所指。他很聪明，就反问道，你找九三干什么？

她在电脑的屏幕上打出了几个字，让他大吃一惊：

我要加入九三学社。

三、认真

中国作家协会的会员证拿到手里之后，我也想给几个好朋友看一看。要是在齐齐哈尔市，市作家协会就会请我吃饭的，在这里我只能给好朋友看了。

这时候，我很尊敬的一位在文化上很有研究的老朋友进到我的办公室里，我就把证书拿给他看，他认真地看了半天。我坐在他的对面，想听他会说些什么。过了好久，他把证书还给我，说：

我没有看到里面的防伪标志。

我说我也不知道哪儿是防伪。

后来，我想一想，说，这个证书造假也没有用啊。

他想了想，说：

也对。

……

四、困难

圣诞节到来之前就有很多的朋友约我，在这个日子里面快乐一次，我也把这个节日记在了心上，我还给要好的朋友发了短信。但是随着时间的临近，我就犹豫起来了。

要说朋友，会有很多，叫谁呢？要说该叫的，也很多，不叫谁呢？和这个吃了，那个没吃，就自己制造了矛盾；和那个在一起，这个没有叫，就孤立了自己。

想一想，还有一个朋友最安全，就和他吃吧。

他是一个好人。我们两个在一起吃的时候，见了熟人，他就解释说：

我们俩在过圣诞节呢。

吃完饭，我们走在街上。分手的时候，他问我：

圣诞节是谁发明的？

屈指行程六万里

我的生活里有两件事使我念念不忘。一个是开设了博客，一个是学会了发短信。

到现在我的博客已经开设了两年了。我因为博客而学会了打字，由学会打字而开始在电脑上写文章。至今我已经在电脑上打出两本书，已经出版；在电脑上打出一部长篇小说，正在连载；打出几篇中篇小说，已经陆续在杂志上发表，然后编成集子出版。我的讲话都是在电脑上打出来的，然后在场里和分局总局的大会上讲给大家。人们开始怀疑我的多产。我作为一个领导，哪来的时间做这些？可是我做了，而且做得我自己很满意，我的家人很满意，我的朋友很满意。

手机短信我也是两年前学会的。当时是为了省钱，每条短信一角钱。学会短信之后我才发现，短信的功能很多。在和人沟通的时候，发短信是最适宜的，避免了打电话带来的尴尬和局促，掩饰和不自然。把一条短信发过去，对方有想法就不回复，没想法就回复。后来短信又发生了变异，这是男女之间的事了。短信成为男女勾引的桥梁，成为有伤风化的导火索，成为偷情的基石。于是我发现了短信的可恶。

历史总是要进步的，任何正面的东西就要有负面的影响。比如博客是好，但是累得我已经出现了颈椎上的问题，出现了驼背。我的家人看着我把背直起来，我来到电脑面前又偷偷地弯下去。比如我发短信已经累坏了我的手指。我像电报员一样给红男绿女发出各种信息，“嗒嗒”的声音在黑夜的安静里吵得家人无法入眠；突如其来的短信又使我刚刚睡着的梦想被惊醒，打开一看，就是一个字“好”。我气得要把手机摔掉，再也睡不着了。

这又使我想起了禁止使用塑料袋的做法。法律是正确的，出发点也是好的，可是我感到这种做法是不可行的。塑料袋是带来了环境的污染，但是它的出现是利大于弊，毕竟是方便了人们的生活。把回收的事做好就行了，何必要禁呢？这给商家带来了又一次发财的机会。在公共场所禁烟没有做到，在大众中禁塑料袋怕是也要流产。我们应该做什么？我们一直不清楚。

在我的博客点击到六万的时候，写此文以纪念。希望我的朋友们都点击我的博客，看到点击率的增长，我会很得意。

老师你好

我心目中的最好的职业是教师。

我做了五年教师工作。我的体会是，教学相长；我的理解是，单纯而快乐；我的感觉是，认真而无私；我的看法是，好好做人。

我身边的老师们都十分敬业。在我的印象里最敬业的是语文老师和数学老师，但是我最不理解的却是语文老师。段落大意，中心思想，生字解词，一堂课下来，根本没有意义，可是我们只能这样教学。我们有教学参考书，把参考书里的安排写到教案里，然后再到课堂上把这些都写到黑板上。我就想过，把参考书发给学生不就完事了么？语文课就是欣赏文章的课堂，这会很好。我还要说到数学。我认识很多数学老师，他们的课都上得很好。比如最出名的是王跃文老师，把数学玩于掌中，深入浅出；谭春苹老师，用语言的力量推动课堂；刘明杰老师，课讲得清楚而简单；王习武老师，以一个学生听懂为标准，带动大家学习。还有很多。我的感觉里，学校不应该有语文课，只开设数学等理科课程就可以了。语文要自学，其他文科的如政治等都可以不以课堂的形式来完成，这样学生自然就减轻了负担。

我认为语文不用教就可以读书来学会的。数学不行，物理化学不行，生物可以自学。

我认为小学阶段就是玩，把知识放在玩耍里，初中就学数理化，高中可以根据自己的爱好选择听课，大学就要更专一一些。

至于历史地理，课堂上是不能学的，要放在课外，成立活动小组来学习。其他的辅助课如美术音乐都是业余的，是凭爱好而开的。

这样，学校的学生就没有了负担，会快乐地成长，知识在他们的爱好中会学到。老师呢，我想除了数理化老师是老师外，其他老师都是兼职的，业余的。社会上的作家画家歌唱家都是学校的老师。校长也是聘任的，退休的经理和市长，都可以做学校的校长。

还有很多，不写在这里了，等待我做了教育部长的时候，我再和大家说。

老师的孩子明天结婚

如果按照老师的年龄计算，她应该是领着孙子上学的时候，可是她的孩子明天结婚，即使孙子出现也是抱在怀里了。婚姻的早晚决定着下一代的出现日期，而下一代的传承就要推迟。据说我们的晚婚政策其中之一就是控制下一代出现的频率。但是乡村却依照自己的规律进行生育，城市里的人按照爱情的规律进行结合。所以，谁都阻挡不了人类自己的意愿。而我的老师，正是在等待爱情的过程中，把生育的年纪推后了。在婚姻里培养爱情和在爱情来了才结婚，就是这样的截然不同。

记得是一个春天，来了两个警察，一个警察还带了一只狼狗。我之所以能够记得这么牢，就是那只狼狗在老师身边转的时候，我看到了它吐出的红色的舌头。后来我知道了这两个人是老师的同学，他们对老师的恋爱提出了异议。据说那个给老师介绍对象的人，是为了工作的调动把一个离异的男人介绍给了老师。这个男人当时正负责干部调转，也不知道老师着急，还是爱情从天上掉下来，真的砸到老师的头上了。老师告诉他们，他们说的一切都没有用了。后来，那个牵狗的人在一次公共汽车的事故中消失了。我知道的就是这些，还知道一些就不便写在这里了。

老师的孩子很聪明，我知道是老师的基因，老师就非常聪明。可惜她没有赶上现在这么好的时代，她没有机会发展和展示自己。在她的晚年退休之后，才找到了机会，但是她已经老了。我知道我的老师可以做领导，她有着天才般的指挥才能，有着非凡的表达能力，还能写出漂亮的文章。做她的学生都是在她的才华里面被驯服的。我认识的女性里面，她是唯一一个有着综合能力的人。有的是才女，但是不能做领导；有的是领导者的天赋很浓，但是没有才华。把才华和管理能力结合后又表现出来，是女性所缺乏的。如果你真的很有才气，真的很有思想，真的会把一件事管好，那么这时候你所要具备的就是在合适的场合毫无畏惧地说出去。说出去，你就成功了。我的老师就能够说出去，但是她有了表达的机会的时候，她的年纪已经到了该休息的时候了。她只能看着不如她的男同学在官场上驰骋，最后也不了了之。她面对的坎坷，足以让她自己写出一本书了。我知道她不会写。她最好的书是现在的儿子，优秀的儿子就是她最好的一本书。

我不知道她的儿子为什么也结婚这么晚，是寻找爱情的路长了吗？据我所知，也是在追求完美的学业的过程中耽误了爱情的确定，也许是这样吧。因为他的事业和爱情都很完美了，才会有婚姻。所谓的爱情，是在他有了事业之后的选择，那爱情会很务实，这一点会和他的母亲一样吧。

老师的孩子明天结婚。如果我的估计没有错的话，她是我老师里面最后一个给孩子举办婚礼的。

郑 加 真

郑加真，是一位老作家的名字。

我最早读他的作品的时候还是三十五年前，当时我还在上学。那个时代长篇小说很少，我在场部的供销社的柜台里面发现了郑加真的长篇小说《江畔朝阳》，于是就买了一本，在家里阅读起来。三十五年之后的今天，在博物馆里我见到了郑加真，他刚坐下不久，我就急着向他讲述当年看他的书的情景。

当我讲到里面的一个情节的时候，已经八十岁的郑老笑了。他说那是那个时代的产物，你说的这个情节是写在阶级敌人身上的。他为我的记忆而高兴得脸红起来，接着他回忆起在出版社改稿的经历，随着样板戏的诞生，他的小说就适应了那个形势。

后来，凡是有他的名字的作品我都看。

他后期的作品著名的是《中国东北角》，描写北大荒的作品，具有史诗般的恢宏。

由于对一些描写北大荒的作品不满意，郑加真老师虽然这个年纪了，又开始创作电视剧剧本，大约在四十万字，展现北大荒的真实情景。

我看到老人身体很好，微胖，吸烟。据说以前老人有个健康锻炼的方法：抽烟喝酒就是不锻炼。据说现在也能喝上半斤酒。他不喜欢喝水，一天也不喝一口。现在老伴儿看着他，每天让他喝水。

几十年前知道的一位作家，见面后当然很高兴，老人见到我也很高兴。上次他来九三分局，还专门向别人要了我的书，回去看了，对我的作品给予很好的评价。于是，我又在博物馆里拿了一本《远去的马群》送给老人。我没有想到的是，这么多年后的今天，一个郑老的读者，会把自己的作品送给这位老作家。我把我的书放在他软软的布兜里。

他突然说，你写得不错，句子里面很有感情，我建议你写电视剧，电视剧影响面大。我这么大的年纪了，还要写，北大荒的事我都写了。写电视剧就是安排个人物就行了，你要写。

我说我不行。

他说，有什么不行的？

是啊，看着八十多岁的老人，依然有这么大的决心，我们有什么不行的呢？

阿成先生

昨天有机会和阿成及其家人在一起共进晚餐，使这个假日增添了色彩。

我和阿成见过几面，去年的端午节他去了哈拉海，我向他讲述哈拉海湿地的芦苇丛中在这个时节会笼罩着鸟儿的求偶的叫声。声音嘈杂而美丽，每一片芦苇的叶子好像都在叫，茫茫的芦荡里涌起绿色的叫声让人十分激动。阿成老师被这大自然的天籁所吸引，在一个微雨的早晨来到了这里。后来他在《人民日报》上描写了哈拉海湿地的这一奇迹。

我和他的感情也更深了。我曾经说过，阿成的小说写得特别好。无论是小说的情节还是语言，都深深地感染着我。我读一篇好作品，在读到精湛之处，就会停下来，享受文章给我的快感，直到心里荡漾的甜蜜平静了我才读下去。我会倒着读下去，把最好的情节和句子再读一遍。阿成的许多小说我就是这样阅读的。

初见阿成的时候，他不爱说话。我的朋友们就告诉我，他很傲，看不起人的，他们接触起来都很小心。我想，阿成会写出这么好的小说，傲气是应该的。另外没有共同的语言的时候，没有说话的切入点，怎么说话呢？我的判断果然是正确的。熟悉了，了解了，阿成的话就多起来。他向我们讲述他在省城参加奥运直播时候的故事。他在直播间里，前方没有信号有四十分钟。这四十分钟里，他凭着阅历和对黑龙江的城市的了解，侃侃而谈了齐齐哈尔和大庆两个城市的情况。在这之前，还有一个小的情节，他来到某个城市之后，写了一篇文章赞美这个城市。文章在报纸上发表之后，被市长看到了，市长正准备给报社拨付几百万资金，可是阿成的文章在赞美这座城市的时候只提到了市委而没有提到政府。市长有了想法，把社长找来，让他看报纸。社长很生气，找到了副刊的编辑，把他批评了。编辑就采取补救措施，把文章在省报又一次发表。可是我的这个编辑朋友因为喝酒误事，后来发的这篇文章也没有把政府加进去。而市长中午没事看报纸，恰恰又看到了这篇文章，故事极富巧合性。阿成说，这次在电视台解说的时候，特别提到"在市委市政府的领导下"。阿成说的时候，把"市政府"三个字加重了，我们都笑起来。

和大家在一起的时候，是愉快而随意的。他没有刻意地要说什么，也没有领导的姿态，虽然他还是作协的主席和中国作协全委会委员，但是他很轻松地和我们说着生活和文学。我很佩服他对大局居高临下的把握程度。他和我探讨起北大荒的文学来，就很有见地。他把省里最有挖掘价值的地方归为齐齐哈尔的重工业和北大荒的发展。签约作家宋成君正在写一部关于二机床的长篇小说，已经完成。成君坐在那里眯着小眼睛听着，得意的样子。他为了写这部小说，真是费尽了心机，为了躲避酒及酒友的干扰，躲在小屋里写。吃够了苦，人也瘦了。我期盼他早日拿出来，我们会像欣赏他的孙子一样高兴。哈哈。

阿成又和我谈起了北大荒文学，对我如何描写北大荒说出了自己的意见，使我顿开茅塞。尤其他对我小说的肯定和他的另一个朋友，鲁迅文学奖得主对我的小说《怦然心动》的支持和赞扬，使我受宠若惊。因为我这一段时间里身体不舒服，更是因为找不到文学的切入点而苦闷，我正不知道我想表现的北大荒如何去写的时候，能见到阿成老师，对于我是一个莫大的机遇，这对我今后的小说写作很有帮助。

因为白天旅游的劳累，我们的谈兴只得戛然而止。看着高大而英俊的阿成先生，我和我的朋友们都非常愉快。阿成喝了几杯啤酒，脸色红润起来。夜晚已经降临到嫩江边这座酒店的院落里，酒店的大门正对着落日的地方，午后抖落一片冷雨的阴云正收起幕布般的云絮，揭开的一角是明亮的太阳的余晖。在黑暗扑落的院子里，我们握手告别，微弱的余晖映照着我们匆忙走动的身影，轿车像鱼一样在黑色的雾霭里游走了。这时候的这座城市，灯火正升起来。

大　侠

我把他当作一名侠客。

他敲打我办公室的门的时候，我正在办公室里看材料。因为已经下班，我不知道敲打门的人是谁，我就没有回答。敲打的声音持续了一段时间，然后就无可奈何地推开了门。当他站在我的面前的时候，我吃了一惊。

我已经十几年没有见到他了。

我曾经介绍过他，他是我的语文老师。当时学校缺乏老师，在农村接受了三个人，他们在当时都是很有文化的。前两个一个是在实验中学毕业的高才生，到农村劳动；一个是老高中，在生产队里搞宣传。这两个人确定之后，人们又介绍了他。当时他正在写长篇小说，已经写了二十八万字。冬天里在土屋里面写，屋子里冷得上了霜，他把皮帽子戴上，还把帽耳朵系上，一写就是一夜。他只有一个老父亲，盖着一床薄被冻得在炕上打哆嗦。父亲说，我要冻死了。他没有理睬。父亲说，我们这是过的什么日子啊？他说，我正在改变我们的生活。他父亲在叹息里睡着了，他一边哈着冻冰的钢笔，一边写到天亮。生产队长对招老师的人说，求求你们，把他招走吧，要不他们的日子怎么过呀！招老师的人见他写小说，念他有才，把他招到场里做了老师。

我当时正上初中，就知道学校里来了一个会写长篇小说的人。我上高中的时候，他教我，我以为他会教得多好。可是他说话很笨，讲解得也不清楚，我就失望了。后来一想，他是夜里写小说累的，才不能很好地教学呀。我原谅了他。那时候他还没有结婚，有人给他介绍我班一个女同学的姐姐，我们就羡慕那个女同学。据说他还去了女同学的家，看望女同学的姐姐，还让这个女同学把东西捎给她的姐姐。我的这个女同学因此很得意，而我们却很不舒服。还好，这段恋爱很快就结束了。他和另一个女人结了婚。因为是才子结婚，当时祝贺的人很多。我作为他的学生还去了他的新房。看到墙上挂着两幅国画，是他画的。一幅是北方红岩，一块红色的石头上面长着一棵松树；一幅是学习的，大山下面坐着一个读书的军人。我没有看出好来，但是当时场宣传科的场里的第一大才子把他的红岩国画要走了，因为这位才子的四个孩子的名字正好是“北方红岩”。后来我们看到，他不仅能画，毛笔字也写得好。据说他的长篇小说被退了回来，后来也没有看他写的其他小说。

我后来也到学校教学，和他在一个语文组。这时候他开始考研究生了。当时语文组里有两个人要考研究生，一个是上海知青，他学的中文，要考复旦大学的量子化学；一个是他，教的是中文，要考北京的国际关系。他们一边教课，一边复习。上海知青喝着从上海寄来的麦乳精；他和妻子、父亲在一起，生活拮据，他就买了面包吃。看着他父亲的瘦骨嶙峋，他吃面包的红光满面，大家颇有微词。最后，喝麦乳精的考上了，吃面包的没有考上。这时候出了一件笑话的事。学校里有个爱传话的老师，说他考上了研究生，全场都震动了。人们来祝贺他，他像傻子一样看着大家，不知道世界上发生了什么事，只有我们语文组的人清楚。在他的成绩单邮到组里时，我们给打开了。只有国际关系一科及格，其他都没有及格，我们又把信封粘上了。

我离开了学校，他也到北京去读研究生了。据说他的导师被他感动，让他旁听研究生课程。他当时生活很不好，没有了工资，老婆在家种地支持他。他见国外的导师，还要借别人的西服。毕业后，他被介绍到一所大学教课，妻子在场里因劳累而去了。他在一列火车上结识了一个比他小十几岁的女人，后来就组成了新的家庭。

这么多年没有见面，我不知道他干什么来了。我把这消息告诉我的家人，妻子问我，他的头发长出来了吗？我突然想起了，他的奋斗使他过早地把头发学没有了，因而戴上了假发套；他的牙齿也过早地没有了，是一口假牙。只有他的躯壳依然年轻，和他的思想依然闪烁着光芒。

我的老师坐在我的面前。他和以前一样，没有老，也没有改变性格。我熟悉他窄而长的眼睛，和干而厚的嘴唇。他从包里给我拿出他写的两本书，都是研究经济的，一本是复兴之路；一本是韩国经济。我说老师，你会打字吗？他说，不会，我是用钢笔写的。于是我就想起他写长篇小说的情景来。他所在的地方是海边，不用钢笔就冻住了。他又给我一个宣传册，那上面有他画的国画。我这才知道，他已经退休，现在在一个美术学院画画，他这次来是招生的。

看着他的国画，我又一次被感动了。他可以做什么我都理解，可是他却成了画家，我却感到突然。我看着他的国画，还真的很好。我还看到他和一些著名画家的子女照的照片，我更不知道如何去评价他了。

他可以做每一件事。他考研究生的时候，根本不会外语，他自学了英语。当历史的长河流淌到他退休的时候，他又成了画家。我不知道一个人究竟能做到什么，可是我在他身上，看到了人的深度和广度。只要做，没有做不会的。我找不到合适的词概括他，我想到了大侠。在知识的海洋里，他真是一个侠客。

矮　马

用“矮马”做文章的题目，很怕矮马不高兴。其实，矮马是我的朋友自己给自己起的外号，这种自虐式的为自己定位，可以看出我的朋友的豁达和对文学的爱好。

我也不知道他为什么给自己起矮马的别名。他长得矮是事实，他胖乎乎的样子可以叫自己熊猫，叫小猪，但是他叫自己矮马，我就不理解。也许他属马，或者对马有着独到的认识，反正我也不知道，矮马就矮马吧。前几天看他孩子时的作品，才知道他上学的时候文学就很好。毕业工作后，也不舍得离开文学，写了大量的小说和报告文学，看那时他的文笔就很是老辣了。再看作者，也是用矮马这个笔名，看来矮马已经是他心目中里最好的追寻了。

于是我们就有了缘分。我曾经写马养马爱马，我们在一起，就无话不说了。

矮马是局里写新闻的高手，农垦报的大稿子都是他写的，而且都是头条。洋洋数万字，他写得很潇洒，内容也很充实，文笔也是十分漂亮。我是不喜欢看那种味同嚼蜡的东西的，但是他的我要看，因为他的很鲜活。虽然也是报道现实，他能把文学的东西加进去，于是枯燥里面就有了糖，有了透气的缝隙，有了青苔般的绿色。局里面也有个顺口溜，是一位领导说的：“会议重要不重要，看矮马到不到。”每当会议上看到他背着相机，照来照去，就知道这个会议很是重要。矮马因此也很得意。

随着和他接触的时间长了，才知道他确实是个名人。当年垦区最早写文学作品的就有他一个，号称“四小龙”之一。农垦分东部局西部局，矮马属于西部局。于是在农垦报社里就有东李西马之说。西马，就是指他，他是西部垦区第一大手笔。凡是有大材料，要上大报，就非他莫属了。如果你有机会看到《农垦日报》，或者省报里写农垦的文章，很多都是他写的。

在农垦里面，大家喜欢说大豆小麦和甜菜，喜欢说大机械小城镇。其实这些世界的每个角落里都有，没有什么新鲜的。种地收获吃饭睡觉，不是很正常吗？但是没有文化就不行了。所以，矮马在垦区的地位是不容忽视的。全国的人听到矮马这个名字或者看到矮马的文章会惊讶，然后寻找矮马是哪里的。找到了矮马，才知道有个农垦。至于农垦种什么和收获什么，都不重要，人的才华是很重要的。比如神七飞天，翟志刚出名了，人们就要问他是哪里的人，这才有齐齐哈尔，有齐齐哈尔的龙江县。龙江县是翟志刚的家乡，翟志刚现在才四十二岁，可是龙江县已经存在几百年了。但是几百年也是白存在，没人知道它，知道它也没用。它的牛养得好，地种得好，还通火车，人们都不用知道。现在，有了个翟志刚，就不同了。就像铁岭有个赵本山一样，铁岭这个小城市也变成大城市了。人的名，树的影，有了名人才有树的影。

所以，我说矮马很重要。矮马并不矮。

但是矮马并不这样理解，他很平民地生活着。他讲起自己写作的才华来，唯一得意的就是因文学而找了一个好妻子。他的妻子也喜欢文学，而且在一个单位。他的矮马的样子本来不引起女人的注意，可是他的文学引起了以后成为他的妻子的女人的注意。于是，因为文学，他有了一个好妻子。我说他的妻子好，是因为她不仅也会写文章，而且自强不息。她的右手有病之后，不能拿笔，她就锻炼左手拿笔，照样写出一手好字来。这样的女人了得吗？他有这样的好妻子，就有了一个好儿子。他们的儿子学习很好，也爱好着文学。廖少云的小说在《儿童文学》上发表之后，他买了好几本回来。

回到家里，老婆，孩子，他，每人一本抱着看，都激动得忘记了吃饭。文学如甘露滋润着这个家庭。

写起矮马来，还有很多要写的，比如他的书法，他的坎坷，他的为人，他的勤奋。

写到这儿就不写了，我们约会，过几天要到五花山共同去看一个女人。那个女人也是他的知己，我的好朋友。

矮马是有名字的。

他叫王胜。

美女如云

美女如云。我不知道这个词最早出现在哪里，也不知道美女为什么会如云，而不是如太阳或者月亮，如草木或者如河水。我把这个词用在这里，是因为我要讲述一些感受。

由于人的流动，人的往高处走，人的追求最大利益，使这座小城几乎找不到美女了。一个美女开玩笑说，她能跨进美女的行列，是因为美女都走掉了，如果她要是走了，这里就真的再也没有美女了。她还痛苦地想，如果这里没有美女，那么人们又怎样知道女人是如何的美呢?

她说得很有道理。在这里被称为有些姿色的，几乎都是老的，丑的。这种调侃，是对美丽的亵渎，但是又有什么办法呢?只要美丽，全国就是她的市场；如果不美丽，这里就是牢笼了。

所谓的美丽，作为女人，是有选择的。比如，有的女人也许看着不美，可是工作起来她就会很美；平时也许她不美，可是兴奋的时候，她就很美；有的女人吃饭的时候会很美，有的女人讲述的时候会很美，有的女人沉静的时候会很美。李宇春照相的时候会很美，巩俐演戏的时候会很美，蒋雯丽生气的时候会很美，张曼玉飘起来的时候会很美，章子怡的锁骨会很美。所以，完整的美表现在一个女人身上，是很不容易的。

可是我的朋友矮马，却要把小城的美女都找来，然后一起喝酒，这令我十分感动。而那些被以美女的名义叫来吃饭的女人也会很激动。大家坐在一起，她们呢，就都是美女；我和这些男人呢，就都是欣赏者。在这样的目的里面，吃饭我以为这些美女就会张不开嘴，就会保持着美女的样子，就会小心地微笑，矜持地动作，美目流盼，发髻严谨，眼色明亮，说话做作。我们男人也会痴迷不舍，傻瓜三步，装聋作哑。可是都不是。大家都放松了自己，开着自己的玩笑。女人毫不吝啬地称自己为美女，男人们也毫不吝啬地把最好的语言说给她们。于是，一种自夸自虐自娱自乐的氛围出现了。这些美女都是才女，能把字写成句子，把句子组成故事，把故事讲给别人听。

原来美女就是这样如云的。由矮马把她们组合在一起，然后围坐在圆的桌子上，把一瓶一瓶的酒喝下去，在寒风凛冽的夜晚，相拥着走在大街上，就是一片冬天的云了。

她们都觉得自己很美，可是我们要是目不转睛地看着她们，她们的自信又没有了。我们刚刚在她们的脸上找到美，她们的羞涩就很快地把那种自信的美冲淡了。其实，女人的自信才是美呀！

我也喜欢女人

最近读书，知道孙中山先生有三个爱好，一是读书，二是喜欢女人，三是革命。看到这本登载这条杂谈的书是正式出版物，而且发行量很大，我才对这条消息信任了。过去我只知道蒋介石喜欢女人，后来在他公开的日记里也有记载。他知道自己这个弱点，每次多看了女人几眼，就立即在日记里写下来，然后反省自己。日记毕竟是日记，他在现实里做的要超过日记。

孙中山先生是革命家，他喜欢女人是为了革命事业；蒋介石是地痞，他喜欢女人就是流氓。这是大众的判断，是颠扑不破的真理。所以在我们正常的生活里，都在奉行着这样的准则。

我也遇到过这样的问题。老师问我，长大后你最想做什么？我说科学家。其实我没有想过我长大的事。如果我真的长大了，我就娶我最漂亮的女同学做媳妇。而我工作以后，才发现我那个漂亮的女同学根本就不漂亮，真正漂亮的是文艺宣传队的歌唱演员。这时候，领导会问我，你最想干什么？我会说，祖国需要我干什么我就干什么。其实我最想做的是领着大家干活的班长，但是我不能说，我知道我只有这样说我才能当上班长。随着我越来越懂事，我的当官的欲望就越大，但是我不说。我看上了科长这个职务，我在努力，但是我不说；我后来当上了处级干部，可是我心里想，还是厅级干部好啊。但是我不说。我知道，我要是官迷，我就要被骂，被批评，被树立成反面的典型。我会说，组织安排什么，我就做好什么。

我也和领袖一样喜欢读书。可是我爱看的是武侠、言情，所谓低级的书，我一看正经书就困，就睡觉，可是我的书柜里都是革命的经典著作，还有词典。我的信条是读革命的书，做革命的人。于是我成了一个好读书读好书的正人君子。

我不敢说我和领袖一样喜欢女人。领袖喜欢女人，只能增加他的光辉形象，我喜欢女人，就是流氓。所以，我在女人面前，一本正经，不苟言笑。女孩子见了我就跑，说我正经得像柏拉图；中年女性见了我就笑，说要是装到这种程度，非得修炼五百年啊。我修炼得好，我知道。老年女人见了我就高兴，她们一脸皱纹都会松开，对我说，还要坚持啊，革命就要成功了。其实，我也喜欢女人，喜欢女人的漂亮，喜欢女人的衣着，喜欢女人的笑容，喜欢在女人面前表现自己。可是我不能说，要说了，我就是流氓。但是我还是要说的，等到我成为领袖，成为人类的楷模，成为大官，成为一尘不染的英雄，我会悄悄地告诉大家我心底的秘密：我也喜欢女人。于是，人们会像发现雷锋也恋爱一样，发现我也有这样的花絮，大家那种快乐的样子，那种发现新大陆的样子，真的让我感动。

可是我知道我还不如我身边的杨傻子，他看电影喜欢上了刘晓庆，就连着看了十遍刘晓庆的电影，然后给刘晓庆写了很长的求爱信，刘晓庆也给他邮来了很长的信。他打开的时候，忘记看信封上的白纸条，上面写着“查无此人，原信退回”。今年春天我见到他，他说他还在北京找刘晓庆呢。

杨傻子是真实的，而我不知道怎样才算活得真实。我知道现实的准则约束着每一个人，大家在这条河床里流动，活得很好。把激流放在河面，把真实留在河底。我说我爱劳动，可是我怕累；我说我爱读书，可是读了就睡着了；我说我爱生活，生活得不如意，让我愤怒；我说我不爱女人，可是没有女人的日子里，会多么寂寞；

我说要大公无私，可是不均贫富就要不平衡；我说这世界是正义战胜邪恶的，可是为什么老实人永远挨欺负我却说不明白。于是，我就开始问自己，要不要和领袖一样说出自己的心里话，比如喜欢女人，喜欢吃肉，喜欢懒惰，喜欢当官，喜欢……

其实，我什么也不喜欢。

我们缺少什么

——与女作家对话

今天是周日，一女作家约我喝茶。茶馆很小，茶艺一般，我没有兴趣。女作家说，我找你是谈写作的，喝茶是陪衬。我同意。就像我们刚才吃了一个香瓜，我们为怎么处理香瓜的子而颇费脑筋。她就咒骂瓜为什么要有这麻烦的瓜子。我说我们的角度不同，就感觉不一样。瓜是为有瓜子而存在的，它的香甜是引诱人们吃它来留下它的瓜子，我们是为了瓜的甜蜜而吃，视瓜子为多余。

女作家很开放，她说，人是为快乐结婚还是为生育结婚呢？

我被她大胆的追问问住了。我知道她的答案，但是又不知道她的答案。她和丈夫都在奔忙，遇到男女猎物，只要好，就不放过。只是她的容貌长得极为一般，光顾她的男人很少，于是她就开始看住丈夫。用她丈夫的话说，如果回家晚了，她就拿着拖鞋打他的脑袋，问他又和哪个女人玩去了，他就不语。而往往在这时候，他的手机就会响起来。那个女人把缠绵带到了他的家里。她就在手机里骂上一顿，而那个打手机的女人在那边就会笑，把她气得躺倒到沙发上去。

她说：是不是更年期了，我怎么什么都写不出来呀？

我说：你刚三十五岁，怎么就会是更年期呢？

她说：你坏，你怎么知道我的年纪的？我怕死了，年纪这么快地长，我啥也写不出来。

我说：我看了你的简介，我也不和你搞恋爱，我才不关心你的年纪呢。

她说：你也嫌我丑么？你们这些人，都戴着假面具生活，太可怕了。遇到漂亮的女的，就笑得找不到北了。你说，你们能不能活得真实些，说话说得真实些呀？明明不喜欢上级检查，领导来了却低头哈腰地说欢迎；明明对谁有意见，却说人家好得不得了，背后骂人家素质差；明明领导长得跟猴子似的，却说领导有风度，沉稳干练……我都恨死这个虚假的世界了。

我说：是呀，就你是真的。国家给你开工资不是养你这个作家，是让你编辑书目的，可是你的书目没有干好，净干自己的私活儿，天天写，还骂领导吃喝腐败，领导一问你工作，你就傻了。你就真诚吗？

她一听，就生气了，说，你和领导一路货色，等我写出大部头作品的时候，让那个领导看看。

我说：但愿你早日成功，你出了名，成为专业作家，就好了。

她说：是啊，我也在苦恼。你说，我为什么写不出大的好的作品呢？我想做普希金，可是我的激情一点儿都没有，还不如我丈夫写得好。他说他的灵感都是从女人身上得到的，你说他真能气我。

我说：也不是气你，如果一个作家没有对异性对某个事业的感情，我想就写不出真实的有感情的东西。

她说：你说的我一点儿都不赞成，你难道让我也去偷情吗？

我听了就大笑起来。她红着脸看着我，说，你别笑，我真的感到生活里没有可写的东西。我厌倦了男女的事，厌倦了事业，我就想写出好作品，一举成名，离开我工作的那个破地方。你看我那领导，话也说不成个，就知道发火训人。看见我在纸上写字就要看清楚我在干啥，看着我似的。我要是真和他靠近，他就躲了。他嫌我不好看，就坐在好看的女的跟前，脸都贴到女的头发上了，还贴呢。

我说：没有爱，就是恨。你把你对领导的恨写出来，你肯定成功。

她久久地看着我，眼里流出了一滴泪。

我说：你真的更年期了。

她忽地站立起来，大喊一声，我找到感觉了！

北大荒精神

时间很快就过去了，周日的下午我就要回到我工作的岗位上去。这几天能够轻松地休息，我要感谢记者对我的采访。为了她的采访，我离开岗位来到了鹤城。在一个阴雨的中午，我们在专门经营火锅的酒店里见面了。她刚刚从哈拉海湿地回来，干净的衣裙上还飘荡着草地的气息。她一边和我握手，一边笑着。她的好看的脸型上漂亮的五官让人感到十分舒服。和这样的美女记者谈话，将是这个午后最得意的事了。

她要和我谈起的是北大荒精神。黑龙江不但落后，文化也并不发达，虽然观念还很保守，但是却有三种精神响彻全国，那就是大庆精神、北大荒精神、战胜高寒禁区精神。这些精神都和当年的创业开发联系在一起。如果说，战争的胜利是小米加步枪精神的结果，那么，新中国的成立，直接打造了这三种精神。这三种精神支撑起黑龙江的天下。

而北大荒精神正从创业初期向新的建设和现代化时期转变，这种北大荒精神在新时期将带给北大荒一个崭新的面貌。所以，我感到北大荒精神在很多的归纳之后，更应该是那种大气和雄阔。黑色的土地养育了一群不一样的人，原野在这一群人的脚下，成为一张图画纸任其挥洒。我的脑海里常常有这样一个雕塑：一个大汉，迎风而立，飘扬的大衣在空中翻卷，成为一幅垦荒图。脚下是机车，身后是黑土，前方是绿色的天空。那种顶天立地的英雄豪气如扑向八方的风。这种形象在我的脑海里树立了很久，直到有一天我在大庆的一个路口，看到一个高站的迎风而立的大庆人，我才把这种想法放下。

记者的采访是有程序的。当我回忆起我和哈拉海的过去，我自己都无法想象那种苦难是怎么度过的，我甚至连我运用的八字方针都忘记了。我慢慢地想着，慢慢地说着，记者认真地记录着。正是午后困意正浓的时候，加上喝了很多酒，随行的两个男人坐在椅子上已经瞌睡了。想起当年哈拉海走投无路，风雨飘摇，好像一场梦。投入农垦的怀抱，也遇到了麻烦，幸亏遇到了一位好领导，才如愿以偿，并且惠及今天和明天。现在的一班人马正在建设一个新北大荒的城镇。当我离开那里的时候，我已经没有力量去发展了。我知道事业是多少人奋斗的结果，而我只是长长链条上的一个环节。把哈拉海打扮得美好的，是未来的人们。说到激动之处，随口说出了一句不合适的话，连我自己都笑了。我说，过去我们学九三，以后是九三学哈拉海了。不是吗？这里的气候条件，这里的种植结构的合理，这里的接近城市、接近国道，这里的国家湿地，等等，都是别处没有的。我的老领导说得好，现在多少亿都买不来这个地方。

美女记者记着，问着，她和我们一起沉浸在那种未来的美好里面了。

我们所说的北大荒精神，不正是那种发展的精神么？北大荒当初创立的时候，就是奔着美好的未来出发的。

一种精神的形成，就是一种理想的形成；一种精神的存在，就是一种信念的化身；一种精神的发展，就是一种美好的落实。

现在报社的领导也聪明了，把长得不好看的记者改成编辑，把好看的编辑变成记者，结果满城都是美女记者在采访。我发现我那天确实说多了，也许是我好久没有喝酒那天却喝了酒的原因吧。其实，喝酒也是一种精神。

新版《十万个为什么》之遐想

在我童年的记忆里，《十万个为什么》一书记忆最深。当时好奇，很多不懂之事，都可以在书中找到。现在一想，当年的《十万个为什么》都是为小学生普及的科普知识，而现在急需要一本给小学以上、大学以下的人一本《十万个为什么》，消解人们生活中的困惑。

比如：为什么婚姻有七年之痒？男女为什么会产生爱恋？男人有钱后为什么会急于寻找异性或包二奶？女人靠感情生活，这感情有多深，是否稳定？猴论是否站得住脚，即公猴主要为了生，母猴主要为了养，所以公猴就是寻找异性，母猴就是在窝里养育小猴？女人为什么三十五岁就不安分，四十岁就无所顾忌？为什么男人在娘的肚子里就有性意识呢？文艺天才就是性外遇的天才吗？遗传基因里能发现男女的不守规矩的组合吗？人从懂事开始，到积累经验要多少年才可以成为领袖；人的占有欲是天生的吗？人的精神是从哪里来的？是学习还是异性的激励？人为什么既会当狼又会做羊，基因里面的双基因是遗传还是生活里面学会的？人最坏能达到什么程度，是日本人或德国人的那种程度吗？人最好到什么程度，是雷锋那种程度吗？如果世界上都是好人会怎样，都是坏人会怎样？人在什么情况下会产生坏主意？家庭是永久的还是临时的？没有家庭好还是有家庭好？领导结构是什么年代形成的？领导是天生的吗？如果不是，为什么有很多家庭是干部家庭，子女也是干部子女呢？

如果天塌下来，高个子真的能顶住吗？谁划分了这种社会秩序？

当然还有很多。

自然界的就更多。环境能够破坏吗？生存重要还是环境重要？地球是人类破坏的吗？树木有用吗？大自然如果不破坏，会是什么样子？人类最后会在什么情况下消亡？铲除人类的是人类自己么？

急需智者为这些问题作答。

生育是一件很好玩的事情

我的外甥家里在春节临近的时候，新添了人口，是个女儿。

我的二姐是在孩子出生一天以后告诉我们的。她在电话里面说着，声音里面流露着高兴和幸福。接着我的外甥也来了电话，他说孩子的脸红乎乎的，很好玩。

我的妻子对我说，你算得真准，真是女孩呀。然后就追着我问，怎么算的？我就笑笑。其实，我的朋友都知道，我喜欢这么一说，准了就准了，谁也没有想到会这么准下去。

我们家庭对男孩女孩不在意。我的哥哥生了两个男孩，两个男孩结婚后，都生的女孩。如果以传宗接代为目的的生育，那么就需要男孩。可是就一个指标用完了，又怎么办呢？我也理解乡下对男孩的追求，艰巨的劳动如果没有男孩，就没有人去完成。所以，为了生育一个男孩，农民们就开始了和规定较量。为了最终生出一个男孩，会以先生出几个女孩为代价，有的目的达到了，有的却是面对一群女儿的无奈。那种以男孩传递姓氏的古老文化影响着人们，那种落后的耕种教育着人们，生育，是农民在喜事上的一种战战兢兢的选择。

当然，除了传宗接代以外，农村落后的避孕也带来了麻烦。于是，上帝带给人类的这种自娱自乐的两个人的游戏，就会结出无数的果实。

我的外甥在孩子出生以后，就开始了在妻子身边的劳动。我想着我单纯的外甥，这时候就会体会家庭和儿女的繁忙。在乐趣里面，知道了男人身上的担子，懂得了父母的恩情。

记四处巡游

我们从哈尔滨出发，在上海落地，上海农垦的人接待了我们。所以，我们学习的第一站就是上海农垦。我在一九九二年去过，去年也去过。上海农垦依托上海，公司化运作，成为一个崭新的企业。它已经不是原来意义上的农垦，而是一个取名叫光明集团的大公司，鸡变成了凤凰。我对上海农垦的感觉是热情，思想解放，做得精细。说到这儿，我会感到更大的自卑，因为我相信东北人永远也学不来那小心眼儿的上海人。有一个细节我记得很牢，在农垦的宾馆里，我乘电梯而下，电梯里有个穿工作服的女工，她到三楼下去的时候，人已经出了电梯，还要把手伸回来，按一下电梯的关门的按钮，电梯门关上的同时，她的手也离开了。我知道，东北的任何宾馆都办不到，我对东北宾馆服务的粗鲁已经习以为常。

离开上海到了无锡，在太湖旁边住了一夜。看着浑浊的太湖水，我不知道说什么好。夜晚，当鸣叫的蚊子声在我耳边响起的时候，我知道我很难抓到它，让它咬吧，不就是一口吗？我错了。从我睡觉开始，这个蚊子就不停地咬我。腿上，胳膊上，手上，每一个暴露的位置都被叮起了包。我不停地挠着，用我的土办法治疗着。天快亮的时候，那只蚊子又来了。它的叫声停下来的时候，我在我的脸上打到了它，我的手上沾满了自己的血。这是我考察的最大的体会：这里的一只蚊子会不停地咬你。

然后去杭州。我到过这里，那是在冬季，我和我的家人，在小雨的淅沥中漫步在西子湖畔。可是在炎热的天气里，虽然仍是小雨，我却没有了兴趣。我们不断地参观企业。在汉帛集团所属的印染厂，大家对工厂的主管是董事长的姐姐，而副主管是董事长的姐夫很感兴趣，大家体会到了董事长的聪明。据厂长说，部队也到这里订货。我就想到我的场里办的被服厂，那时还很火，可是没有赚到一分钱。现在部队也不要这些被服厂了，到地方做活儿，想要什么就要什么多好啊。

从杭州到北京，就像北京是家一样了。北京的炎热让我受不了，就在书店里买了尼采的书看。于是就成了吃饭看书，看书吃饭。如果还要加进什么，那就是喝酒。遗憾的是我没有喝多。

鲁迅故乡行

在外边考察，有机会来到鲁迅的故乡绍兴。

也许天气炎热，使我这个北方人在如画般的南方行走，竟激发不出一丝的兴奋。闷热的感觉包围住身体，连气都喘不过来了。所以，本来到绍兴，到鲁迅的故居，对我来说是一件高兴的事，直到客车在绍兴城市的街道上行驶了很久，我还昏睡在座椅上没有任何观望的意识。

我们这一代人应该说对鲁迅有着特殊的感情。二十世纪七十年代的时候，在学校里学习的语文课本里几乎都是鲁迅的文章。初中是鲁迅的散文和短篇小说，如《从百草园到三味书屋》。这篇记述童年故事的散文，我记得老师讲的时候是针对陈腐的教育制度开火的。三味书屋的枯燥和百草园的快乐，让人鲜明地看到了读书的可怕和玩耍的乐趣。这篇文章什么时候读都是有用的。小说是《一件小事》，车夫的伟大，“我”的在棉袍里榨出的自私，成为做人的典范。高中就是鲁迅的杂文和小说了。且不说杂文的深奥，小说的隽美，单是鲁迅的特殊的语言就让人铭记不忘了。我的记忆里是瓜田里的闰土和圆规般的豆腐西施，热乎乎的荷叶包着的“馒头”和孔乙己的落魄。脑海里常常浮现祥林嫂不住地说着“我捐了我捐了”唠叨的样子。凄风苦雨里的乌篷船好像就停靠在我们面前。可以说，我们是在鲁迅的语言和故事里长大的。

我爱鲁迅。

客车在停车场停下，黑顶白墙的鲁迅故居展现在我的面前。我从停车场的小门钻出去，就来到了鲁迅的故居。面前是一条小河，小河的水是绿的，绿水上拥挤地停靠着几只乌篷船。我们从小河的石桥上过去，来到一条宽阔的街道上，两边是新鲜的白墙黑顶的老式房屋。旧社会那种宅院式的房舍让人在古旧里感到了温馨和亲切。街道的北侧是鲁迅的故居，南侧是商铺。油炸臭豆腐的味道弥漫在空气里。我对着那个炸臭豆腐的女人看了很久。我以为她应该是鲁迅的亲戚，要不她怎么可以在这么庄严的地方做着这么不和谐的事业呢？或许是那细脚伶仃的豆腐西施的后代吧？她穿着白色的背心，黑色的裤子，脸上宁静的神色是那种鲁迅式的样子。我站在她的面前，她并不急于推销的样子使我感到了一种理解和陌生。发黑的油里飘出的臭豆腐的那种说不出来的味道，给热乎乎的空气里添加了浓稠，豆腐发酵后的气味给人一种饱胀的愚蠢的感觉。

免费参观鲁迅的故居，我一个房间一个房间地走，房间里埋藏的陈腐的气息像果冻一样凝聚着。

当我离开这片故居，又和大家来到了博物馆。博物馆的空气是新鲜的，可是展品是陈旧的，我看了几眼就来到街上。在街道上，热的压抑和臭豆腐的熏染，我的感觉麻木了，我怀疑我这次来的目的。我在想我心目中的鲁迅，他的斗士般的勇气和春笋般的鲜活，和这故居的老旧以及腐气，我想和鲁迅能够联系在一起吗？

我很可怜鲁迅。

安　　心

这次来杭州住在西湖边上的望湖宾馆。虽然这个宾馆在西湖的边上，在餐厅里吃饭可以望湖，出了门走几步就可以在湖边行走，晚上可以在宾馆的屋顶上吃着烤肉观湖，这一切对我来说都没有感觉。这不是因为杭州的炎热扼杀了我的灵感，也不是奔走的疲劳使我昏昏欲睡的大脑失去了兴奋，而是我在平淡里发现了一个可以启发人的故事，使我感到了好奇。

在望湖宾馆的大厅的两侧，立着两个两米多高的塔一样的东西，很好看。我以为是大厅里的装饰，没有在意。那是住下的第二天早晨，我来到大厅的时候，见到一个人正在那里忙碌着。我走到跟前才发现，那塔的基座是木头的，塔身是用铁丝网制造的，塔的里面是几只鸟，那个人正在用小米喂鸟，我被宾馆的设计征服了。这样巨大的鸟笼我是第一次看到，在宾馆的大厅里设计这样的鸟笼我是第一次看到。在惊讶之余，我开始看鸟。

住在里面的鸟都斑斓美丽，品种鸟。一个笼子里面的彩色文鸟是生活在澳大利亚的海边和礁石上的，一个笼子里面的灰色文鸟是生活在炎热的马来西亚的。无论是澳大利亚还是马来西亚，现在她们都生活在了杭州的屋檐下了。在这空调控制的大厅里，客人和鸟都享受着永恒的凉爽。作为自由的人，还要到外面去经受阳光和风雨，作为观赏的鸟就会在永恒的凉爽里永恒地生活着了。看着她们在枯枝上的跳跃，看着她们吃着小米，我开始还对她们生出一些可怜，但是天天看到她们，心里是一种敬佩了。

我想她们从那遥远的地方来到这里，既不怀念故乡，又不计较环境；既不想奋飞，又不思淫欲，既不快乐地鸣叫，也不忧郁地思考，天天地这么吃，这么跳，让人们欣赏着美丽的花纹，这种安心让我感动。我们不是常常地不满足自己吗？我想，我以后无论到哪里，都要学她们，安心地生活。

既然不能够拽着自己的头发把自己拔到天上去，那么就随遇而安，安于现状，这就是幸福吧。

快乐是制造出来的

我一直在想喝酒的事。

把酒喝多了的人，就骂，谁发明的酒呢？喝不到酒的人，在饥渴中会说，谁发明的酒呢？无论劳作的人们在任何地方任何时候，只有听说要有酒喝，心底就会泛起一种快意，仿佛涌出的泉水，这种快意从周身汇集到脸上，然后从嘴角和眼睛里放射出来。于是，我知道人们用酒来制造着快乐。

酒是男性独有的佳品，就像男人在劳作时喜欢流汗一样。男人在闲暇时还要喝酒。当男人们因为酒制造的快乐而厌倦的时候，他们往往邀请女人来陪伴喝酒。男女在一起本来就快乐，如果再喝酒，快乐就更加让人舒心。所以，酒制造的快乐是快乐，女人制造的快乐是开心的快乐。这时候，喝酒的人就不知道快乐是从酒里还是从男女的交杯里享受着快乐了。看来，人们不仅聪明到能看透痛苦，更能把生活里的快乐收集在一起，然后通过酒和女人一起发酵，用来打发寂寞的生活。

这不是我的发现。在我发现之前，已经存在了很久很久了。人类是怎么走过了的？五千年的文明也好，上万年的进化也好，几万万年的树上树下也好，人类在存活自己的同时，就学会了给自己制造快乐。是啊，在快乐里活着，要比在苦难里活着好。人在低级的时候，用智慧制造快乐；在高级的时候，用思想制造快乐；复杂的时候，用懒惰制造快乐；简单的时候，用酒和异性制造快乐。

人，离不开快乐。

活着为了啥？快乐。

如果谁说活着是为了主义，为了爱别人，为了改变世界，这样的人就有了境界；有了境界的人的快乐，就是牺牲和奉献；如果谁说活着是为了家庭，为了传宗接代，男的为了老婆女的为了丈夫，这样的人就有了本性；有了本性的人的快乐，就是忍耐和幻想；如果谁说活着为了事业，为了发明，为了研究，这样的人就有了思想；有了思想的人的快乐，就是折磨和封闭；如果谁说活着为了玩，为了爱好，为了坐在那里打麻将扑克打球，这样的人就有了自我；有了自我的人的快乐，就是尽兴和消耗。如果有谁说活着就是活着，干啥都是活着，活着就是苦，活着就是罪，这样的人就有了真实；有了真实的人的快乐，就是存在和平常。

快乐是制造出来的，是活着的副产品。

人不是为吃饱活着，而是为快乐活着。因为吃饱是本能，快乐是追求。

好了，还是喝酒去吧，也不知道找了女人没有。

只缘妖雾又重来

我不知道人为什么要吸烟，我也不知道为什么吸烟有害健康还要生产香烟，我对烟的感觉很隔膜。当我看到我的朋友们在会议的间歇，在宴会的过程里；看到种地的农民在劳动的忙碌里，在冬天的严寒里；看到落魄者在沮丧的挣扎里，希望的眼神里；看到妖冶的女人在放浪里，在勾引的交际里；看到小孩在模仿里，在没有钱买烟的寻找里；这些人急忙地吸烟，使我不能理解。我对吸烟唯一的赞美是小平同志在撒切尔夫人的惊讶里点燃一支香烟，和她论述香港必须回归。

我对香烟的反感就如对垃圾的感觉，我对香烟的仇恨就如我对世道的不公平，我对香烟的躲避就如逃避着瘟疫。而我永远也不可能逃脱。面对一个香艳的女人的爱抚，我终于被她艳唇里喷发出的香烟的味道袭击得浑身战栗；面对一个高尚的领导者的夸夸其谈，我为他被香烟熏黑的牙齿震惊。我清洁的办公室里的一截香烟会染得空气都污浊不堪。可是我要在堆积的满是蓝色烟雾的房间里参加会议婚礼集会宴请，我要在一支烟的燃烧里谈论着交情朋友友谊。甚至在下火车的时候，空旷的月台上，一个吸烟爱好者焦急地吸食的第一口烟就玷污了车站的纯洁，我闻到了劣质香烟的味道，这味道像清水里的一滴染料，浸染了每个匆匆的旅行者。只是这一丝丝，就让我感到了香烟力量的巨大。短短的一支香烟，会使广阔的月台里的人们都能闻到，这就是香烟的能量。如果是一支高档的香烟，我会在甜香里嗅到一丝安慰和幻觉；如果是那种劣质的烟草，辛辣和粗糙使我后悔很久，就像劣等的酒，从口里喷出来，酒稍子的气味让人同时会醉倒一样。

也许我会理解吸烟人的需要。看到他们把一支烟咬在嘴里，拼命吞吸下去的样子，我就知道这个人的心事重重，我就知道这个人的内向，就知道他的思考已经走到了谷底。那种在嘴边玩味的吸食，是对香烟的亵渎。其实香烟也是高贵的东西。把它拿在手里，搓，捏，嗅，然后舔，直到猫玩老鼠似的，才在嘴里含住，慢慢地吸着，这时候，烟已经不是烟了。潇洒的，是把烟拿在手里，点燃后才看得出来。蓝色的烟雾吐出去，人在半晌也不语，那烟的感觉在脑海里升腾着，自己也成了烟雾。

香烟，在百姓之中是吸烟，吸的日的就是舒服，就是瘾，就是为吸烟而吸烟；在官场上，香烟落入官僚里面，是交际，是炫耀，是掩饰，是身份，是精致的配饰。香烟无处不在，又无所作为。凡是吸烟者，都与性格联系着。夹烟的一个姿势，吸烟的一个动作，掏烟的一个方法，递烟的一个样子，都折射出烟民的思想。一支烟，带来的仇恨也可能是巨大的。我认识一吸烟者，吸烟可以吸食别人的，自己的烟绝不给别人。结果在选举的时候，他的得票就少，最后被淘汰。

我在开会的时候，是不许大家吸烟的。可是有一天，一人竟然大摇大摆地吸食起来。我一批评，大家都笑，原来新来的领导也在吸烟，于是我想到这人给我讲的故事。在列车的餐车上，不许吸烟，他可以吸。列车员来制止，他一指，乘警也在吸烟。于是列车员不语。今天是领导在吸烟，他自然也可以吸。生活的列车上，上行下效，于是就吸烟不绝。

我不反对吸烟，我只是接受不了吸烟。我知道吸烟的人都有着一种瘾，是灭绝不了的。如果说人类靠寻找幸福活着，那么吸烟就肯定是幸福的。如果吸烟真的不好，早就灭绝了。我理解吸烟的人，就像我理解喝酒的人一样，也不知道这样说对不。

在那遥远的地方

昨天到局里去开会，因为没有住宿的地方，我们在半夜里往回走，后半夜两点钟才回到家里。我想在今天休息一下，躺在床上又睡不着，心里的复杂和意识里的混乱，让我不得安宁。于是我就打破思维，用我惯有的做法，开始想一些女人的事。其实，女人的故事早已经在碎纸机里铰碎了，剩下的就是零星的碎片，没有一个是完整的样子。

于是，我的思绪就开始延伸，延伸，终于在思维的尽头看见了一片绿色。那平坦而艳绿的草地，仿佛一块图画纸，上面站着的是两头毛驴。我分不清哪头是公驴，哪头是母驴，它们都很安详地吃草。看到它们异常平静的样子，我就判断它们都是一样的性质，如果是雌雄，它们就会追逐，绝不会这样互不相关。我也许猜对了。但是我不是为了猜这幅画，我是在想拍摄这幅画的女人。她也许正处在一种无聊和绝望里，也许在生活的矛盾和自我陶醉里。她拍下这个照片，把自己美好的灵魂展现在大家面前。

我感到了她的呐喊，那种在遥远的荒原上，面对寂寞，面对成功，面对未来的那种呼喊。我在那平静的草地上，仿佛看到了因她呐喊而溅起的碎片，在画面里膨胀起来，两只驴竟像白云飘浮着。平静里的风暴震撼着遥远之外的我。画面一块块地坍塌下来，后面是屋檐下无奈的麻雀。

我知道那山的高大，那片河川的广阔，虽然她把声音变成颜色和动物向外传递着自己的郁闷，虽然因此她的拼命的吼叫最后匍匐在碧草和鸢尾花的脚下，但是她还会这么喊，喊，喊着。她是希望谁听到么？是那遥远的北京么？是那遥远的哈尔滨么？还是谁呢？我真的不知道。我喜欢把她比作一只鸟，一只歌唱的鸟，她美妙的歌声那么好听，但是她的自卑和自负遮掩了那声音的缥缈，那遥远和胆怯使她奋飞的样子十分的孤独。我因此而想到了一只小狗被困在院子里向冷漠的蓝天的呼叫，太阳的热烈和云朵的斑斓幻化作美好的海市蜃楼。……而我在云里雾里，仿佛听到了那刚强但又微弱的声音。

我知道在现实的巨大的深渊里，人就是枯井里的斗士。所谓的成功，就是人的存在；所谓的奋斗，就是在枯井里的挣扎。而沉默，也正是在枯井的压迫下的逃匿。我们都很遥远，你我的距离都很遥远。都市里的繁华是我们的遥远，我们的角落的寂静是都市繁华的遥远。我们究竟是谁舍弃了谁呢？是都市舍弃了我还是我舍弃了都市？我的落后和山川草地，应该是都市的祖先，而都市正是蚕食我们的罪魁。天地之间的遥远，正锻造着心灵的高尚与灰暗。

我幻想着把草地里的绿和驴，草地里的花朵和蜘蛛结的网，和女人联系在一起，给她们生命的美好。虽然都市里的花朵已经四季开放，而在遥远的地域里的地丁那紫色的花瓣纯洁地绽放在寒冷里，哪怕只开一刻，就是太阳刚刚升起的那一刻，都是爆炸般的美丽。

睡不着，却看到了一片圣洁的遥远。

往　　事

最近读报，才知道今年是复转军人建设北大荒五十周年。

这确实是个值得纪念的日子。

于是我就想到了我自己。当年如果不是父亲从上海转业到北大荒来，我怎么会生活在这广阔的天地里呢？在这里，我当然会回忆起我的父亲，以及我那个家庭。也许千千万万个复转军人的家庭都是相似的，但是每个家庭又各有各的故事。无论这些故事多么曲折痛苦，多么激动感人，都在七月的流火里成熟在鼓胀的粮食里面了。看大地一片辽阔，看天空一片明亮，看远方红霞似火，看脚下足迹斑斑，仿佛夕阳是垂落的天幕，把这些军人的壮举悬挂在历史的博物馆的墙壁上。

我曾经在北大荒博物馆的铜铸的牌匾上读着我父亲和我父亲的战友的名字，久久地不愿离去。我的父亲和他的战友们不会想到会有这样的荣誉。铜板的光辉深沉而又厚重，而那些深深地镌刻下的名字后面，是一个一个的家庭，是一代代子女儿孙。这里面有很多的家庭和儿女，没有机会到这个圣殿上来看望父亲的名字，他们和当年的父亲一样，正在北大荒的原野上忙碌着。

想到父亲，就会想到我的母亲。一个在天津纺纱厂里做工的女孩子，成为当时正在学徒的我父亲的妻子。父亲说，娶你妈的时候，场面很大，天津卫的大街上咱也是坐轿走的。说这话的时候，我的母亲已经老了，正眯起眼睛，回忆着。父亲说，我穿的长袍，你妈穿了旗袍，坐在轿子里，一路吹打着，迎回家里。我的母亲生来漂亮，个子又高，说话的声音也好，我的姥爷是纺纱厂里的账房，管着全厂的收入，可想我的母亲是多么聪明。我的家里有一张我满月的时候在上海滩照的全家福，虽然是黑白照片，但是都眉清目秀，意气风发。

是北大荒的漫长冬夜和凄厉的风雨夺走了母亲的美丽和父亲的容颜。人的记忆再完整，在岁月的侵蚀里都会破碎。我的脑海里面，最难忘的就是荒原上的土屋。高高的土屋，孤零零地站立在泛滥的河水旁。夏季的雨水把土屋冲刷得千疮百孔，冬天的狂风几乎撞翻了屋顶。现在回想起来，我的父母在这样的荒凉和寂寞里生存，是一种什么心态呢？当年母亲坐在轿子里面的时候，会想到走到这里来吗？那个繁华的天津卫呢？这么快就远去了吗？父亲呢？我的可依赖的父亲，他会想到把自己的妻子，他的孩子们从上海的黄浦江边，带到这里吗？革命的时候，我父亲正年轻，无论是抗日还是反蒋，我的父亲都从枪林弹雨里面闯出来了。我不知道他在闲的时候，想过以后没有，想过把妻儿带到都市里，以后会怎样安排他们？

我懂得我的父亲是在那个冬天的早晨。天色灰蒙蒙的，东方横着一条血色的光亮。我的父亲骑着他的白马，站立在东方的那座小桥上，站了很久。我和母亲躲在寒冷的屋檐下，看着远远的父亲，马厩里的牧工站在屋顶上看着他们的队长。谁也不知道为什么，父亲骑马站立在木桥上不走了，像一个漂亮的塑像。父亲的马长嘶起来，马厩里的马也跟随着，叫声连成一片。灰云低垂的早晨，声音如呐喊般传送着。不知道过了多久，我的母亲把我搂进怀里，我看到了母亲眼里的泪水。这时候，父亲骑的马动了，一步一步地走下桥去，消失在一片灰树林里。

过了好长时间，我才知道，和我们一起来北大荒的爷爷永远地留在了这片土地上。关于我的爷爷我不想过多地叙述，我只记得他几乎天天对我母亲说，我得回老家去，我不能留在这里啊，我得回去……父亲那天骑马是到场部转车，到市里的医院去，爷爷正在住院。我的父亲母亲谁也不愿意把爷爷留下。但是，那个早晨，谁也没有通知我们（也通知不了，当时没有电话）。我的父亲突然就要走，我的母亲也非得在寒冷里面送，只有没有长大的我，张着迷茫的眼睛。我的爷爷就是在我父亲站立在桥头的那一刻，永远地回去了。

父亲带着家庭离开荒原上的那个土屋的时候，场里已经发展得很好了，也许生活真的就改变了吧。日子的艰苦少了，生活的艰难少了，可是期盼却旺盛了。父母都准备着在父亲离休之后，回到家乡去。离休干部是有安置规定的，父亲和母亲天天高兴地等待着。

等待我成家，我成家了，又为我看护孩子；孩子大了，等待着孩子上学。父母老了，我们也都到了中年。

我不知道北大荒有多大，但是我知道，北大荒的每个角落里都有转业军人；我不知道复转军人的故事有多少，但是我知道，每个故事都是一束不灭的篝火。

我现在变得越来越安宁。因为我知道，我父亲军人的徽章都按照父亲当年的摆放安放在皮箱里；因为我知道，我是一个军人的后代，世界上已经没有什么可怕的了。

童年往事（一）

童年最不能忘者，为老师。

历数师者，王姓为多，王三王四王五……现说一人，曰王富贵，三十又五，高大，细长，尖嘴，黑牙。嗜好烟酒，每上课说出一二，即开始吸烟。有学生鬼魅者，立即为其点燃，富贵老师立刻奖赏此学生烟一支。于是师生共吸，烟雾缭绕。下课铃大作，富贵师于烟雾中离开。如饮酒，则在课堂之上先燃烟而后讲课。虽酒劲翻腾，但是条理不乱。学生赞曰：唯富贵喝多时课才讲得明白。

富贵师之妻亦姓王，名桂枝，做校医。婚后两人生一子，大喜。富贵师为儿起名，三天不得安宁。妻大怒，嗔之：起名比生子难乎？富贵师曰：当然。生一子我一时痛快，你十月怀胎，难乎？而得一名随子一生，永不改悔，易乎？公安急于落户口，亦急于等姓名。富贵师找一德高望重之国文老师，亦为我之师，亦姓王，姓氏王者种。王者种听富贵所求，急忙翻箱倒柜，最后按富贵师要求两个字为姓名，取出三个，任其挑选。富贵师选王旺，意为王家兴旺发达之意。富贵师及妻皆大欢喜，以为天下最好之名落于王家。富贵又按自己常教数学之道，深刻分析，告诉其妻更深含义：儿子名字中有两个王字，一为我，一为你，包涵之全，天下罕见。妻闻言而更喜，进言曰：中有一日，太阳者，儿也。富贵看罢，半晌不语。

富贵师教学严谨，凡教过而不能习者，不理。自有名言：有一个会做此题者，即为我。富贵师衣着严格，所有衣扣无不到位。中山装，有领钩，亦系牢，夏天热而多汗，从不放松。一日，我去教导处送作业，见富贵师与教我自然课之老师王红艳对坐，富贵师见我后而慌忙，我方看到王红艳之手在富贵师手掌之中牢握。室内仅此二人，红艳老师拼命收手，富贵师意犹未尽，决不放出，我进退两难。红艳师红颜而戏曰：看手相算命矣。富贵师斥曰：我岂会那封建玩意儿？莫骗学生。

童年往事（二）

后进城读书，所教者皆为高手，都年老矣。

教语言学者，姓杲，大家皆不识此字。杲老师说，太阳升起来。正好升在木桩上，曰杲。大家都记住。杲老师教学极其认真，凡学习之学生都搜尽籍贯，让其发音。我出生上海，以为我发音有异，故多次问之。其实我于黑龙江生活已久，读音准确，让杲老师大惊。

一郭姓同学，不学习，惯玩。杲老师让其作业，郭不在意，杲恨之。考试杲老师严肃，声言要有一半不及格。大家战战兢兢，都到杲家问题，杲暗示之。郭以为杲对自己不好，考试必不过。但杲思虑再三，给郭及格。

杲离世，后娶之妻财产不能定论，杲妻以为就此穷矣。郭适逢任律师，法庭争论，为杲遗属讨回财产，令家人幸福。但杲于地下不知其学生功劳，亦不知道是不得意之学生功劳也。

更有一老师，外国文学教者，宏篇大论，可爱。人生得眉清目秀，说话抑扬顿挫，学生喜爱，大家常议论老师之才华。有一日，一学生说，看见此老师和班级一学生出入饭店，挽手而行。此言一出，有班级一女生大呼，请老师吃饭，绝无他意。班级惊诧。发言者说，所见不是她，而是老师夫人。女同学脸红而坐。大家知道教外国文学者，思维亦外国也。后，此老师离婚，新婚者原来就是此学生也。婚宴之上，此学生已无羞怯，满脸得意，我们呼其师母，亦点头而应。

“往事”并不如烟

前天晚上喝了许多酒，于是很兴奋，就急忙写了一篇文章，来描述自己当时的心境。人在兴奋的同时，也会悲凉，也会无法驾驭感情的潮水，就把自己脱光了展现出来。当然，看到一个真实的我，大家都很高兴。可是一些朋友就说我写得过了，写得直了，没有了含蓄，就失去了文章的美，失去了文章的意境。就像大家兴冲冲地看裸体画展或摄影展，如果是女人看男人的裸体，可能看到一览无余的；如果是男人看女人的裸体，关键的地方就会有东西遮挡一下，让男人们很失望。但正是这种失望，才更能激起男人的一种欲望。这种铭记在心的东西，会比看透一切要好。

所以，我的文章写得太直白，就没有了意思。我知道人们在生活里面已经很痛苦，如果文章写得也是很堕落的话，对大家就不好了。要写得有意义、有感情、有快乐才好。

我为什么把这篇文章起名为“‘往事’并不如烟”呢？因为我昨天有了一次和往事的接触，我就想写下来，以弥补删掉文章的空缺。

我们读文章，要么喜欢读好的文章，要么喜欢读熟人的文章。而往事的文章既写得好又成了熟人，所以我就开始爱不释手了。原来我以为他是个青年，因为他的文章写得很轻松，如冬夜里静静飘落的雪花。但是我又怀疑他的年轻，因为他的文章里有很老到的哲理。见到他之后，才觉得他的可爱。他是那种精神上很年轻但是脸面又有几分沧桑的样子，为人平和，在他身边他并不让你感觉到存在，可是一旦感觉到他，就是那种亲切的长者，可是他的年纪比我还小，我就没有感觉了。

他很善谈，有很多的思想要跟你说，有很多的故事要给你讲，有很多和官场开个玩笑的话语让你感到他亦官亦民的心地。这样好的一个人，如果他做了更大的官员，我就想在他身边生活了。

我们坐在一个车里，我们是朋友了。他看着九三的田野里面的雪，就激动着，那样子恨不得到雪原上去放纵地快乐一次。热爱自然的美，自然的雄浑，你就知道这个人的思想是多么宽阔。他的本身就把脑门凸出一个圆来，我猜是他旺盛的思想膨胀的结果。

他说的九三是很美。今年的雪也大，丘陵的大地，我们的车一会儿在谷底一会儿在谷顶。俯首远望，树林在雪地上划出线，村庄在山坡上还没有醒来。惺忪的炊烟在无风的晴空里面上升，如少女的白纱巾。如果累了，炊烟就拐出个弯来，好像一个大的问号，问候着行走的路人。往事看到这一切，就觉得美丽，就以为这里是天堂了。和我们在一起的还有矮马，矮马也按捺不住要摄下来。往事并不如烟啊。

往事是我朋友的博客名字，他是一个很好的官员。

那一缕炊烟

最近在读诗歌，玉林兄的诗句感染了我。他和我说了这样一个情景：他写的山娃在暴雨到来的时候往家奔跑，山林成了家的篱笆。在就要到家的那一瞬间，那一缕炊烟，是等待的妈妈，一下就感染了我。

我想起了我的故乡，故乡的荒原上的土屋，土屋的烟囱里冒出的炊烟，炊烟后面妈妈在往泥土的锅灶里烧着柴草的情景。翻滚的炊烟泉水样地涌入浩渺的天空，天空里的云朵招呼着炊烟。菜的香味出来了，蒸玉米饼子的香味出来了。我最爱闻的是炖河泡子里的鲫鱼的味道。妈妈做饭每次都怕做不熟，要烧很多的火，直到锅边的馒头煳了，锅底的炖鱼干了，才不烧火了。我家用芦苇做的蒸馒头的帘子，边缘都是烤煳的黑色。

我在草甸子上玩是没有时间概念的。看到家里的烟囱冒烟了，就是回家的时候了。我要是在傻三赵三家玩，他们的娘就会对我说，回家吧，那家的烟囱都冒烟了。我要是不回去，我的妈妈就会站在土屋的房山头上喊我的名字。草原很大，草原也很静，妈妈的声音在广阔的草原上回荡。我听着妈妈的声音往回跑，土屋的炊烟已经由浓变淡，像纱一样在空中飘着。

把炊烟和妈妈连在一起，是多么的自然而亲切。在大兴安岭余脉的这片丘陵里，那片泥草房里的炊烟依然浓重而高远。每缕炊烟的后面都是一个幸福的家庭，每一缕炊烟的后面都是一个温馨的故事。随着都市化的到来，也许这种人情味的炊烟会消失在这片原野上，但是这一缕炊烟会牢牢地烙印在人们的记忆里。

当清明节到来的时候，我想起了我的父母，想起了他们在荒原上生活的那一缕炊烟。人就是这样的吧，在炊烟的漂泊里，最后就是一朵美丽的云彩。于是我就会想，那一缕炊烟是妈妈的青春和生命的消耗，是为儿女们活着填充的力量。

草原上那美丽的炊烟我已经很久看不到了。可是我会很怀念那一缕炊烟，炊烟的后面，有我的妈妈。

母亲节想起母亲

母亲离开我们已经快二十年了。可是在我的心里，好像母亲一直在我的身边。每当我心情不好的时候，每当我遇到挫折和困难的时候，每当我思虑过多的时候，我的母亲就会在我的睡梦里出现。她就像我喝醉了守在我的身旁时一样，直到天亮的时候。我在酒意里睁开眼睛，母亲穿着棉衣坐在我的面前，一眼不眨地看着我；她就像我工作疲累了望着我的身影时一样，直到我离开她走得很远了，我都感觉身后的那双目光那么的慈祥；她就像我和妻子孩子在一起时看着我们时一样，母亲的幸福就在脸上流淌。嘴里有多少话要说，儿子有了媳妇有了孩子是母亲最大的满足和安慰。我常常感觉到母亲在我的梦里来到我的身边，拉着我的手，抚摸着我的脸，有好多的话要说，但是没有开口，我就已经懂得了，明白了，领会了。妈妈，你惦记我的身体，惦记我的生活，惦记我身边的妻子儿女。我在你的身边长大，你没有一天不惦记我。无论我走多远，母亲惦记的丝线都拴在我的心头；无论遇到多少苦难，母亲安慰的话语都响在我的耳边。当母亲节到来的时候，我突然发现，母亲没有走远。她在我的心里，在儿女的身边。

当我就要到最北面工作的时候，我想到了母亲。我不忍心把母亲留在那么遥远的墓园，我更不忍心把母亲带到这么寒冷的地方。我的母亲已经在这北大荒度过了寂寞寒冷的一生，我作为儿子，不能再让妈妈经受那恶劣环境带来的困难。当年住的土屋里，北墙上冬天结满了厚厚的霜雪，外屋地的水缸里都冻成了冰坨，白菜冻在了一起。母亲用柴草取暖，寒冷在土屋里窥伺着我们那漫长的夜晚。直到有一天，我们搬到了场部，砖瓦房依然那么寒冷。我就觉得，对不起母亲的养育，母亲到了晚年都没有享受到太阳的温暖。于是我理解了母亲为什么常常坐在草原上，一坐就是一天，想着，看着。想着过去家乡的生活，看着遥远的南方，不知道家乡是什么样子了。母亲在夜晚睡不着的时候，经常和我提起一些陌生的名字，这个婶子那个姨的，都是她家乡的邻居。我家里有一个钢精锅，用得久了，上面是坑洼不平的样子。父亲说，你妈生你的时候用这锅给她送的鸡汤，生你的那个医院是宋美龄用牛奶洗澡的医院。我到上海专门看过这个医院，现在已经是国际儿童医院了。后来这只钢精锅用得不能再用了，母亲就用它喂鸡。

我曾经说过，母亲在这片荒原上生活，家里养了鸡和猪。因为出门就是草原，鸡是不用喂的，就是不喂，也天天下蛋，而且是双黄鸡蛋。草地里有吃不完的东西。我们家里每年都养一头猪，解决冬天吃肉的问题。那时在草原上是吃不到猪肉的。喂猪没有饲料，都是母亲到草甸子上挖野菜。那时家里也没有车辆，野菜装满麻袋，母亲就扛在肩上背到家里。满满的一麻袋野菜，而且为了多装，还要压实。母亲扛到家里，上身都是汗水，衣服都湿透了，麻袋上也是汗水。我把麻袋里的野菜拿出来，野菜都紧紧地压在一起，还带着母亲的体温。每年过年的时候杀了猪，都是我们欢天喜地地吃，母亲并不舍得吃。开化的时候，猪肉放不住了，母亲就把猪肉煮熟，用盐腌在坛子里，我们能够吃到夏天。有了春天的鸡蛋，冬天的猪肉，夏天还可以到草原上采来野韭菜，还有水泡子里的鱼，生活就好多了。可是为了这些，母亲付出了很多。直到我们搬迁到中学居住，母亲还是每年养猪。

我们最快乐的时候，是母亲把家乡的风俗表现出来的时候。过年的时候，母亲要蒸馒头。母亲用枣和剪刀，把馒头做成刺猬、花瓣、娃娃，各种各样的；把鸡蛋泡在酱油里做成茶蛋，用玉米面和白面和在一起，做出家乡的“饸饹”。寡淡的日子，在母亲的手里变得热烈而有趣味。母亲还会绣花，在枕套上绣出蝴蝶和荷花。我穿在身上的衣服，都是母亲缝制的。母亲有个小的包裹，是一块正方形的粗布做成的，里面放着鞋样和顶针等用品。一枚铜钱系在一个线绳上，线绳的另一头系在粗布的一个角上，然后把线绳缠绕在包裹上，最后用铜钱掖好。后来我就不知道这个包裹哪里去了。我要是能够见到这个布包，把它作为对母亲的怀念放起来，我会安心得多。

随着年龄的增长，以及时间的漫长，我以为会距离母亲远了，会在脑海里淡了，可是母亲却越来越近了。母亲的慈爱和温暖，就跳动在心上。母亲时时刻刻都在看着我，我也在望着母亲。我知道，我的生活里，母亲的关怀一天都不能少，母亲的爱就是我生活的力量。看到自己的孩子在向妈妈祝福母亲节的时候，我也会像孩子一样，想到我的母亲，心里也在祝福自己的母亲，轻轻地对我亲爱的母亲说一声：妈妈，节日快乐！

父亲节有感

每一次父亲节的到来都是女儿的电话提醒的，这一次也不例外。几天前，女儿在电话里告诉我已经买了礼物时，我还连着说不用不用呢。女儿告诉我，要过父亲节了呀。于是我才知道又一个父亲节到来了。

我一直爱着自己的父亲。即使父亲已经离开我多年了，我依然在梦中见到父亲。可是对于自己做父亲，至今找不到感觉，仿佛自己还是那个依偎在父亲的怀抱里的撒娇的孩子，跟在父亲的身后奔跑的背着书包的学生，动不动和父亲生气的刚参加工作的青年。当父亲为我找了媳妇，领着我的孩子串门，八十岁的时候还骑着自行车购买食品的时候，我从来没有想到自己也是一个父亲。我依然像小的时候那样，看着父亲做出一桌的菜，大口地吃起来；依然像小时候那样，大声地和父亲争论，看到父亲不吱声了，以为自己胜利了，才在父亲的身边得意地坐下；依然像小时候那样，看着父亲在家里劳动，好像自己是个外人那样走动……

现在回想起来，自己有很多的地方对不起父亲。父亲离休后是要回到原籍的，可是因为我不想离开，就一直留在了这里；父亲在寒冬里冷得睡不着觉，起来烧炉子，夜晚的声音惊动了熟睡的我，我就很不高兴。现在想起来，那样寒冷难熬的冬夜，父亲怎么忍受得了呢？我的母亲去世后，我应该同意父亲再找一个伴侣，好照顾他的生活，可是传统的意识使我阻止了父亲，以至于他老了很孤独。

无论刮风下雨，风雪交加，他都要出去走，以排解那巨大的寂寞。我大了，我有快乐，而没有想到父亲一个人的世界多么的清冷。我是想以我的欢乐来感染父亲，可是父亲除了儿女的快乐之外，还有自己的感情生活啊。父亲生病，我没有同意手术，怕下不来手术台。可是父亲是想手术的，他还想继续生活。现在想来，父亲那铁打的身体，手术会成功的，就是因为他太相信他的儿子了，才失败在他的儿子手上。

世界是一个遗憾的世界。人们是为了不遗憾而生活，也是为了遗憾的自责而存在。其实，自己也不是一个好父亲。为了工作，我几乎把家庭，把自己的父亲的职责忘记了；为了和朋友们喝酒，家庭也不重要了。我不知道父亲的真正的责任是什么，也不知道父亲节为何而设。我想，父亲节和母亲节是不同的。母亲节是对母亲的感恩，父亲节是提醒天下做父亲的要尽到责任；母亲节是纪念母亲的大爱，父亲节是让父亲担待起天下的重任；母亲是包裹孩子的襁褓，父亲是把包裹孩子的襁褓系牢的带子；母亲是温暖，父亲是强悍。

天下的儿女都爱着母亲，尊重着父亲；天下的儿女都依靠在母亲的怀抱里寻找幸福，牵着父亲的手向前走。

当父亲节到来的时候，我在回忆着我的父亲，我的女儿在惦记着她的父亲，我的妻子在遥望着她的父亲。我和我的妻子来到这座偏远的小城，她给父亲打去一个电话。这位老父亲在电话里激动地说完话之后，不免叹息一声：到那么远的地方去了。妻子听后一阵心酸，但很快就过去了，我却十分伤感。当年我的母亲被我的父亲带到北大荒的时候，我那在天津乡下的姥爷——母亲的父亲是不是也会这么想，这么说呢——到那么远的地方去了。父亲不舍得儿女吗？他还想儿女在身边牵着他的手走吗？我妻子出生在那个食品十分匮乏的年代。在那个北方寒冷的冬天里，她的父亲每个清晨都要走几里地去给她打牛奶。天气的严寒使得父亲要把新鲜的牛奶放在怀里才不至于结冰，父爱就把那温热的牛奶，灌输到我妻子生命的历程中。特殊的岁月使我的妻子身体并不强壮，但是她生活在父亲的挚爱里，无比温馨。在这个父亲节里，我的妻子在见过她的父亲之后又会随我远行，我的心也战栗着。汽笛一声，天涯孤旅。在那座小城，父亲那苍老的无可奈何的爱恋的声音会跟随着她，留给她永远的记忆，而父亲也许会永远地那么慈爱地生活在她的梦乡里。哦，父亲，我的父亲。

父亲节的到来，使我有了很多的感受，可是我不知道说什么。我知道，父爱是任何语言都无法概括的，所以，儿女们面对着父爱，就是面对着一座感情的大山。他们仰望着，天地间是一片父爱的阳光。

向往那片湿地

昨天早晨，我齐市的一个军人朋友打来电话，询问我哈拉海湿地的情况。他说军事科学院的一位专家要到哈拉海湿地去摄影，拍摄丹顶鹤。我说现在哈拉海湿地没有丹顶鹤，即使有，也是在远远的地方，拍不到。

他说他知道，他会领着这位专家到扎龙去拍摄。但是这位专家非要去哈拉海湿地，他说哈拉海湿地是最原始的，他要看一看。然后他又说我，都是我宣传的结果。

哈拉海湿地的出名，是宣传的结果，但不是我宣传的，是媒体自己宣传的。这种宣传没有投入经费，围绕着破坏和保护的争论甚嚣尘上，全世界都知道了哈拉海湿地。这种争论的结果是哈拉海湿地迅速建立的省级湿地，现在正在报国家级湿地，投入也已经开始。

想到这弥漫全球的关于哈拉海湿地的争论，我自然就想到了叶平先生。于是，昔日的镜头就一个一个出现在我的眼前。我情不自禁地开始写下一段故事，题目是“叶平先生”。可以说，哈拉海湿地的成功演绎，“始作俑者”是叶平先生。没有叶平先生，就没有哈拉海湿地。到了今天，是应该感谢他的时候了。于是我开始写叶平先生，我想把那段历史真实地告诉大家。也许在告诉大家的同时，我和叶平先生都有着不光明的地方，但是，还原那段真实，还是有必要的。我让大家看到一个真实的叶平先生的同时，也看到一个真实的我。我和叶平先生之间的争论和斗争以及互相贬低，成就了今天的哈拉海湿地，使本来很小，很不出名的一块水泡子，成为世界著名的湿地。我知道，任何专家都不会用脚把那块湿地走一遍，它的形象已经被宣传印在人们的记忆里了。哈拉海湿地的高大和完美，是不可比拟的，是永恒的。

我知道，五月的哈拉海湿地还是一片黄色，生命的绿色正在枯黄的芦苇和凄草的缝隙里生长起来。早来的野鸭子已经在开化的水泡子里觅食，在枯萎的芦苇间搭起窝，开始下蛋。当第一场细雨到来的时候，孵出的小鸭就开始出壳了。动物那种抢先抓早的培育生命的精神，那种创造条件开始新的生活的劲头，是人类难以企及的，我就曾经在烧荒过后青草朦胧的地面上见到过随意堆积的鸟蛋。青色的带着褐色斑点的鸟蛋，和地面混在一起，是不容易看到的。在一堆鸟蛋的底下，才会发现几棵干草做的窝。鸟类在天敌和自然状况恶劣的情况下能够存在，和它们这种简陋的制造生命的方法离不开。我们人类常说的生于忧患，死于安乐，也许正是如此。

我知道，那片湿地正在萌发出新的春色。即使它满眼都是去年留下的枯黄的遗迹，也挡不住绿色的未来。我的内心因为那块湿地而不平静。我懂得，我的每一个文字，都是那片土地上生长出的芦苇和小草。我把湿地写遍白纸，湿地把青草长满天涯。那在浩渺的湿地里腾起的鹰，就是我奋飞的思想。

那片湿地，那个雄浑而磅礴的哈拉海。

秋天的轻灵

一年的终结是秋天。

我在享受了春天的欢快夏天的放纵之后，迎来了秋天的无奈。收获的喜悦麻醉了贪婪和期待的人群，而这一年里最后的季节并没有给人以警惕。在金黄色的田野里，人们把自己的付出收获回来，满足了春天的欲望，而在城市里的人群懂得这个季节的只有把短袖的衣服加长，女人们把肩膀裹住。而对于我，站在这秋天的大地上，我把无奈放飞在深不可测的天空里，我得到了无比的轻松和沉静。

我的无奈是因为时间的流淌。在无限的无奈里，到来的是一片轻灵。春天里期盼的焦虑没有了，夏天里享受的虚假的肥硕没有了，秋天到来的都是真实，都是结果，都是得与失。这种无法改变的现实，给人以踏实，给人以厚重，给人以实惠。而我在这秋天里，追寻的是轻灵。

我喜欢秋天。

我不仅喜欢秋天的成熟，不仅喜欢秋天的忙碌，还喜欢秋天那种忙碌里面最后的挣扎。在这一年里，只有这时候，我可以把心放下来，放在刚刚收获的田野上，放在刚刚被霜冻打蔫的叶子上，放在开始枯黄，开始凝固，开始遥望而不生长的树木上。我为之骄傲的杨树依然那么高大，我为之赞美的柳树依然那么俊美，我为之倾倒的松柏依然君子般地排列着。

我知道它们已经听到了秋天的消息，但是它们依然执着地迎接着即将到来的一切。我之所以把秋天当作一年里最后的季节，因为冬天不能成为季节，它只是大地睡熟的一个夜晚，冰雪奔突的一个行走，人类躲避的一个角落。冬天，人与兽，泥土与植物的根都在朦胧里。

所以我格外爱着秋天，爱着秋天的一切，一切都是秋天里最美丽的时刻。

我在我的田野上，听着喧哗的机群的轰鸣格外的响亮，仿佛地球都在这耕耘土地的轰鸣里飘远了。只是我还眷恋着我童年时代里听习惯了的那种落后的笨拙的拖拉机启动的马达的声音。那种小马力东方红耕地时拼足了力气拉动犁铧的声音，黑色的土地翻卷起来的样子那么的雄浑和浩荡。

也许很多的回忆是一种错误，落后和艰辛永远都是甜蜜的温床。我的秋天就是那种乡村的宁静，我的秋天就是那种大地的遥远。我不是城里的汉子，如今的城市没有了秋天的白菜和大葱，没有了秋天的落叶和旋风，城市是一个越来越被包裹起来的婴儿，是一个在蚕茧里蠕动的蛹。真正的秋天永远属于农民，属于田野，属于热爱土地的人们。

秋天是人们思考的开始，是人们品味的开始。夏天搅动的尘嚣已经落下，植物的疯狂已经平息，天空的变幻已经消失。一切都安静下来，轻灵下来，犹如一场战争，秋天是停战的时候；犹如海洋里的大潮，秋天是落潮的时候；犹如一场梦，秋天是梦醒来的时候，一切真实都出现了。

我们坐在地头上，路边上，城市的一角，乡村最东边那家的猪圈上，阳光是中午就会热，是下午就会异常明亮，庄稼的叶子在土路的坑洼里沾满了泥泞，孩子们啃着玉米的样子十分憨厚。夕阳静谧的美丽悬挂在泥土屋檐的下面，火红的辣椒和晒干的豆角切开的倭瓜都堆放着。那种凌乱的安静让人的心都沉到肚子里在肚脐眼儿上跳动。

正是这个季节，一切都会重新开始，过去就过去了。酸甜苦辣，恩怨恨仇，都被秋天洗净了，都被秋天的安静沉淀了。人的爱心在秋天里升华，怨恨在秋天里下沉。大脑是清静的，思想是干净的，胸怀是宽广的，在一种轻灵里，包容了一切。

我爱秋天，秋天是人生的起步，是生命的开始；我爱秋天，秋天的轻灵使我远离纷争，秋天的轻灵使我找到了自己。

秋日荷花

我从来就没有这么近地观赏荷花，更没有在这北方最寒冷的地方看到荷花。我在这大兴安岭脚下的小城里第一次度过低温多雨的夏季，就有喜欢写作的异性对我说起周末看荷花的事，还在朋友的博客里看到了那座荷花池的照片。但是这些没有激起我任何观赏的兴趣，我对花草没有那种急迫的欣赏的欲望。我知道大自然的美丽，大自然的刻意炫耀，大自然的鲜花果实，都是与人类的年轻和爱情、老年和沧桑天然地融合在一起的。我们去看花，看树，看山，看水，其实山水花树也在看着我们。

季节从夏到秋，朋友们就会说，再不看荷花，荷花就会谢了。我还是没有那种意愿。尤其是到秋天，我更不喜欢看花的凋零。鲜花枯萎的样子，会像一个漂亮的女人迎接老年一样，那种无奈和黯淡，那种躲避和自卑，犹如一对年老的情人的再次见面。我没有那种怜香惜玉，但是内心里却不愿意见到那一幕。

八月的一个下午，我鹤山农场的同学约我吃饭，他们早早地来接我。离吃饭的时间还早，去到那里做什么呢？汽车穿过黄熟的麦田，浓绿的大豆也如一汪汪秋水，波光粼粼地铺就在田野上。走过一排排树立在深蓝色天空里的树木，来到了一座水库。我们在水库的大坝上走，一面是白色的水，夕阳在水面上漂浮；一面是大坝的深谷，空阔而辽远。过了水库，在水库的北岸，是一座花园。所谓的花园，有一门，一路，一座水中凉亭，两个晒场大的水池，水池里铺满了荷花。

我突然明白了，这就是小城人向往的荷花。它在鹤山农场的南面，离场区有百米距离。只见一面是新兴的农场新城，一面是绿树荷花。农场的新楼正在升起，池里的荷花竟然开得旺盛。

这个公园就是为这两池荷花建立的。朱红色立柱，黄色的屋檐，水泥小路，青藤攀附。我沿着架设在水上的一座曲桥，来到水中的凉亭，在荷花池的中央观赏小城人津津乐道的荷花。

猛眼望去，荷花池里一片生机。虽是仲秋，还有鲜嫩的荷花在开放。花瓣或抱或合，花蕾或握或攥。开花的是艳而不娇，未开花的是幼而不顽。最是那花落之后的莲蓬，亭亭玉立，老而不衰，老而不弱，老而不折，老而不孤，精神之健，意气之壮，令人望之顿生一股豪气。正是仙风道骨今谁有，鹤立鸡群看荷花。我想，人之老会有如此的境界吗？

荷花池里铺就了一片片的荷叶。圆圆的荷叶或铺在水面，如摊在水上的一叶拼图；或张扬在水面之上，大叶如天，细枝如线，犹如力量的风帆。水池即使再大，也大不过荷叶的扩张。有水就有叶，有叶就遮水，水是漫无边际，叶是铺天盖地。说看荷花，莫如说看荷花的叶，看荷花的叶，才知荷花的美，莲蓬的清高。有花而无叶之衬托，花将孤独；有叶而无花之娇嗔，叶就寂寞。有叶有花，而无老来的莲蓬，则一池荷花满池绿叶就没有家的感觉。

我在这一池荷、一池花、一池绿叶、一池莲蓬里看到了人类的影子。那老老少少男男女女簇拥的荷塘，在我的眼里就是一个喧嚣的街市。我不想把这荷花和这个东北最早建立的农业机械化农场联系在一起，但是这荷塘和农场仿佛有着一种浑然天成——荷之谐场之兴。

夕阳慢慢地下去，池塘里安静下来。一个漂亮得如荷花般的女人告诉我们在这高寒地区养这池里的荷花的办法其中之一，是在结冰的时候把池子放满水，直到把老去的荷花淹没。据说别的地方也到这里采过莲子，种植过荷花，但是都没有成功。只有鹤山农场这两池荷花一开十几年。为了这两池荷花，管理人员进行了怎样的研究和呵护，他们已经把种植荷花提高到一个新的档次。有了这里的荷花，小城的人们有了理想和寄托。

这秋天的荷花。

布拉吉办报纸

我在很早以前看到李琦的散文集《从前的布拉吉》，对她的散文有着一种感情，我们全家都读了这本书。书中细腻的叙述，带给了我们很多的愉快。因为那次接到她的书的时候，就被她的容貌打动。心里说，写作的人里面还有这么漂亮的女人啊。看到女人的漂亮，就会寻找她的丈夫是谁，原来是省里有名的大诗人。他的诗我还背诵过好几首，没有想到他们是一家的。今天收到她的《李琦近作选》，读的欲望就很大，中午连住处也没有回去，就看了起来。

说起李琦，我就会想到另一个朋友，同样是夫妻诗人的爱中。因为我十几年前认识李琦正是通过爱中介绍的。于是我和爱中联系上之后，就问起他现在的工作。以前，他在电视报做总编，把一张小报办成了一本大报，在鹤城很受欢迎。他现在在鹤城晚报工作了，正在把晚报的《北国周末》办成一本大报。

于是，我就想，凡是有能力的人，终究要表现出来。但是我最不理解的是，爱中为什么不创作了？他的妻子李玲为什么不写了？因为他们无论是文章还是诗歌，都是非常好的，在大学就很有名气了。想当年，李玲随便一写，散文杂志就马上给转载了。

从李琦看，写得好的继续写着；从爱中看，写得好的觉得没有意思，就不写了。

文学，终于回到了它应有的位置上。它是人们茶余饭后的享受，是闲人没有事做，给大家讲的笑话。

搓草绳

——回望一段岁月

所谓的历史，其实是逝者留下的身影。在莽莽苍苍的天空和迷迷蒙蒙的土地上，那消失的人群如连绵的云絮和凄凄野草，留给人们去阅读，去体验，去思考，去实践。

而作为依然生活在现实里的人，对自己走过的路也会在一定的时期蓦然回首，张望一番。是喜是悲，怅然一叹，很多无奈和委屈，一挥而去。

在休息之余，看一本北大荒全书，感慨颇多。这片亘古荒原，不仅集纳了勇敢的开拓者，很多在中国文学史上留有清名的大家也曾落魄于此。但是文学就是文学。无论多么艰苦和艰难，于劳动之中发现美和自由，是这些人的天分。北大荒因为有他们而更加有了名气。

聂绀弩是一位著名的诗人。在北大荒劳动期间，把劳动写进诗里，让人读后感触很深。如《削土豆种伤手》：

豆上无坑不有芽，手忙足乱眼昏花。
两三点血红谁见，六十岁人白自夸。
欲把相思栽北国，难凭赤手建中华。
狂言在口终休说，以此微红献国家。

削土豆种是我们经常干的活儿，可是把这种活儿写进诗歌里的却很少，像聂老这样把削土豆时削破了手的事写成诗歌就更少了。所以，我说北大荒的出名是建设者们干出来的，更是那些来锻炼的作家写出来的。也许政治对他们是不公平的，但是生活里他们自己找到了安慰。

聂老的另一首诗歌《搓草绳》也勾起了我的回忆。

冷水浸盆捣杵歌，
掌心膝上正翻搓。
一双两好缠绵久，
万转千回缱绻多。

这些句子很多人现在不会理解，没有搓过草绳的人更不知道写的是什么。而我在我的故乡就看到我的父母，看到我的姐姐，看到我的邻居，看到别的地方送到我家所在的生产队的成捆的草绳，我自然就会想起来，而且心里有一种难忘的感情。

我所在的草原上，有一片水域，我所在的生产队又叫渔业队。渔业队打鱼用的是苇箔，就是用芦苇打出苇帘子，把苇帘子插到河里，当地人叫鱼旋，就是一圈一圈的苇薄在水里插出来，鱼进到里面就迷失方向，最后在最小的圈里，把鱼打捞出来，外行人就叫迷魂阵。

打苇薄除了用选好的芦苇，还要用草绳。草绳把芦苇一道一道地系起来，打成宽两米长八九米的苇帘子。我在的渔业队里几乎家家都打苇薄。就是在外屋的一个地方，支一个木架，木架上面是用竹子做的夹子，把草绳夹住，然后把一缕一缕芦苇放进去，用草绳系住。芦苇是在河里选出来的，草绳是在草甸子上把乌拉草打回来，在水里浸泡，然后打软，搓出的草绳。如果打苇薄的活儿多，渔业队就收购其他队搓的草绳。其他队用牛车或者马车把草绳送过来，草绳都是缠成团的，一个一个的，圆球一样高高地摆放在车上。和我一起做过老师的陈老师讲起自己的家庭来，非常感慨。他的爷爷就带领他的父亲和他们哥们儿八个搓草绳。每天都干到黑夜，有时候就干到天亮了。就这样他们一家十几口人从山东来到这里，靠搓草绳才把生活过下来。他们的手上都有着永不磨灭的痕迹，细密的伤口已经在肉皮里面留存下来，看上去，像玻璃的碎纹。

我们家里也搓过草绳，我们渔业队的各个家庭都搓过草绳。搓草绳的时候，把搓出的一段压在屁股底下，在两腿之间伸出的草绳，用两只手嚓嚓地搓起来。湿润的乌拉草在两个手掌的搓动里，快速地缠绕在一起。女人们是搓得最快的。这里两只手在变换着，身子的后面就是一堆草绳了，孩子们就把草绳打成团。别以为缠成团是简单的事，弄不好缠到一半就会散。我就做过这个活儿，那时候我才知道我只会玩儿，啥活儿都做不了。

男人们搓草绳的花样要多一些，有时候在大腿上搓，把裤子撸到大腿根儿，一只手在大腿上搓。但是大腿上的肉嫩，一会儿就搓红了。有的在肚皮上搓，在肚脐眼的上面，那片肚皮被晒得漆黑，还很硬。草绳在上面滚，沙沙地响。男人们干活也是娱乐，怎么搓草绳的都有。而且男人的皮肤都很厚，在哪里都能搓一阵。但是真正的搓草绳还是在两个手上搓。

我不知道岁月过去那么久远了，还会有这样一次回忆的机会。我的脑海里依然留存着这样的情景：荒原上的夜晚，一盏一盏灯火的油灯下，全家老少坐在热炕头上，嚓嚓地搓着草绳。灯火下的白发老人和稚童的面孔，像一组北大荒的木刻画。湿漉漉的草的气息在土屋里弥漫着。我知道，历史也许永远不会有这样的机遇了，那些会搓草绳的人也越来越少。可是这种美好的回忆却永远不会令人忘记。

艰苦的岁月被搓进了草绳里，草绳在岁月里变成了灰迹。世界上没有永远的事物，那些泯灭的东西，也许就永远不会被人想起来了。草绳的速朽不能把历史拴住，人的生命的短暂又能给历史留下什么呢？

西出阳关无故人

这句诗歌一直埋藏在我的心里。昨天大家喝酒，在酒酣话浓的时候，我们就情不自禁地把这句诗歌翻出来，共同朗诵起来。劝君更尽一杯酒，西出阳关无故人。是为了喝酒呢，还是因为西出阳关？也许都有。

在农垦的团队里，九三属于西部局，牡丹江属于东部局。我们的一个同志要到东部局去做官。虽然牡丹江局属于大局，但是因为那里的陌生，那里的遥远，我们就不约而同地想起了这首诗歌。我们莫名其妙地把一种祝愿变成了凄凉的送别。也许朋友在远行的时候，更注重的是那种依依不舍的感情和对不熟悉的地域的担忧。

如果说现在的社会的变化，最主要的变化就是人的流动。从懒惰里醒来的人群，在职业和金钱的诱导下，如洪水般地流动起来。人们匆匆地走，又匆匆地回来。为了生活和家庭，那是一种艰辛的无奈。而我要说的是干部的交流。那些官员离开自己盘根错节的亲情，告别要等待着报效的故乡，去远处做官，这种离别是无可奈何里面充满了希望。未来的诱惑和离别的感叹交融在一起，那种甜与苦，喜与愁，乐与忧，那种酒中的惆怅和亲人的祝愿，那种实现抱负和远离家乡的矛盾，在升迁的祝贺的氛围里成为一片抹不去的阴云。西出阳关无故人。阳关何处？故人哪堪？路迢迢而关山远望，心凄凄而无着落。

劝君更尽一杯酒。酒是苦的，心是碎的，远方是朦胧的。想起古时候，县官上任，一匹毛驴，一件官衣，一纸谕旨，千里迢迢，黄土满道，晨昏暮鼓，夕阳金黄，早露湿身，人为财去，官为谁当?不是阳关，胜似阳关。而今远去做官，已经大不相同。

可是那种远去的情节依然没有变，那种沉淀在心头的故乡之情却越来越浓。其实，人走到哪里都是家；在哪里住久了，都有了故人。我们人类喜欢寻根的感情拴牢了我们的思维，热爱故土的安逸牵挂着我们的灵魂，我们的大地才如此安宁。但是，人还是需要流动的。只有感觉到故人的存在，才能生出怜悯；只有感觉到远去的艰辛，才能磨砺出意志。

我因为不能自制而不敢喝酒，我因为喝酒而变得更像自己。在不小心里，我就这样喝着酒，大家也在酒后不由自主地朗诵起这首诗歌。看着我们即将远去的同志，大家都有着深深的祝福。

傍晚的天空

现在白天天长了，四点三十分下班，回到住处就没有什么做的，我就在办公室里休息一会儿，这种休息是最舒服最惬意的。办公楼里都下班回家了，空荡荡的，就我自己坐在这里，巨大的空旷和寂静潜伏在我的周围，像自净的海水一样，在净化着楼宇的同时也在净化着我自己，一天的疲累好像瞬间就随着熙攘的声音的消失而消失了。我是个自己的自己，空空的水桶一样放在这里，一种巨大的超脱的感觉笼罩着我，我好像在暮鼓中得到无限的欢快。这就是禅意么？

不仅是这样，那傍晚斜照的太阳，我就无比留恋。我对太阳的感觉是真诚和祈祷的。我对早晨的阳光充满了信心，对中午的阳光充满了渴望，对午后的阳光充满了眷恋。如果说心情，我感觉傍晚的阳光是最让人心旷神怡的，最舒展的，最放松的，最美丽的。我坐在办公室里，一边是广阔的寂静，一边是落日的辉煌，这种外界的影响，使我在进行一次伟大的洗礼。

傍晚的天空是明净而安详的，傍晚的太阳是明亮而慈爱的。那种没有热的阳光，那种没有了熔化后的钢水般的烈日的感觉的太阳，那种在徐徐的滑落时对大地的关爱，那种给大地带来的壮阔，让生活在太阳下的人类有了归家的意念，有了收获的充实，有了安静的表现，有了温馨的倦意。

如果我在我的家乡的原野上，我就会站在一片土地的一角，看在傍晚的天空里走回家去的人。这些急切回归的人们，带着一天的劳累和收获，脸上身上是灰尘和满足。在宁静的天空里，在燃烧的太阳里，他们回家的心凝结着幸福。人生的归宿也许很长，但是每天的归宿却很短。在一天的行程里面，去寻找一个美好的归宿，是人们最现实的追求。把一天的故事，带回家；把一天的感情，带回家；把一天的收获，带回家。一天，也好比一生；一天，也好比一个轮回。如果在都市里，虽然天空被切割成碎片，阳光被描画剪贴在楼房的墙壁上，但是人群依然回家，燕子一样钻进楼的窝里。

傍晚的天空，是太阳的天空，是舒展的天空，是清新的天空。自然就是这样给人们营造着一个美好的时刻，营造着一个美丽的瞬间，营造着一个安静下来的气氛。好像一切都正在结束，好像一切都进入了下一步的准备阶段。光光的天空使我想到了收获后的场院，场院里已经入库的粮食；光光的天空使我想到了浩渺的夜晚，星星在深奥的远方坠落下来；光光的天空使我望到了明天正在孕育的新的风雨。

我喜欢这太阳就要落下去的傍晚，我想到了我初恋时的那个少女的脸庞，闻到了她青春气息的凉凉的早晨的霜露的味道，看到了她快乐的一抹羞红；我喜欢这傍晚的天空，我想起了我的老师正站在我的身边，那沾着粉笔灰的旧的衣服和头上的一丝白发，那眸子里爱的泉水和慈祥的含义。我还会想，会想。这春的傍晚，太阳下落的傍晚，正是回忆的时刻。

傍晚的天空正暗下来，一切都有了归宿。

中国没有乡镇的县

我是第一次来到友谊农场。

我听说友谊农场这个名字是在三十年前。当时中国正在改革开放，报纸上多次报道美国人韩丁和阳早在友谊农场搞现代农业的事。从美国引进的新型农田作业的机车，曾经吸引了国人的注意力，那么现代化的机车国家当时还没有一台。报纸上连篇累牍的报道，使封闭的国人大开眼界。

上级的领导也来到了友谊农场视察，更给友谊农场蒙上了神秘的面纱。

今天，我终于有机会接触这个农场，掀开它神秘的一角，寻找一种新鲜的感觉了。

天上飘着细雨，广阔的农田笼罩在雨雾之中。路的两边是水田，平整规矩，如江南的水乡。新栽种的树木还没有吐绿，在雨中剑一样地树立着。汽车快速地走进了友谊县城。

来之前我才弄清楚，这里的组成很有故事性。这里三足鼎立，像当年的三国。友谊县是政府，但是所辖没有乡镇，也不管一个农民，是孤零零的一个县政府。它管的是农场的公检法和文教卫生，其他都不管。友谊农场现在归红兴隆农垦分局管理，但是农场不管土地，只管社区。场长是红兴隆分局任命的，但是在这里大家都叫他书记。因为按常理书记分管社区。管理土地的叫北大荒股份公司友谊分公司，经理是北大荒股份公司任命的。这个公司是上市公司，土地一百五十万亩，人口十二万。当年的韩丁就在股份公司里工作。

晚上我下榻的宾馆是八十年代建设的，已经很老旧了。公司虽然有钱，也规划了建设新宾馆的地方，但是，因为国家的政策，新的宾馆没有建设。

因为我身体不舒服，我对陪我们来的人说，住宿的条件我不在意，只要不冷就行。陪同我们的老赵说，你放心，我肯定给你安排好，今天叫你住中央领导住过的地方，行了吧？我说，随便吧。

我被安排在了二楼。服务员打开房间，是一个套房，进门是一组沙发，里面是用木棍隔出的一个房间，正中间放着一张大床，大床上面是一个圆的灯，床的两边是台灯。躺下后，对面是一台电视机。

这样的房间在八十年代初期就是很高档的了。可是现在看，也就是一个乡镇招待所的水平。老赵说，当年的上级领导住在这里，是最好的地方。当地的领导说，听说上级领导来，才建的这个招待所。当时没有干透就用上了，现在夏天墙面还湿漉漉的呢。

房间里的空调也是旧的。这种立式的旧空调，怎么放暖风也放不出来，冷风却放出了不少，我知道我今天是要挨冻了。

晚餐进行得很顺利。我因为身体的原因不喝酒，就和领导们吃饭。这里的招待也很特别，都是巴掌大的小盘，在旋转的桌面上摆放了两圈这样的小盘，盘子里有很少的菜。这样既节约又能吃到很多样菜，令人吃得很舒服。

我以为晚上睡觉肯定就要挨冻了。可是床上的被子很大很厚，钻到里面很暖和，而且没有沉重的感觉，我带着一身的疲累睡着了。

半夜我翻身的时候，才发现，这床有些短。我一伸腿，两只脚伸到了床的外面。

印象小城

我把我工作和生活的地方比作一个小城。它比农村的乡镇要大，楼房要多，设施要好，在这里的管理人员的级别要高。虽然居住的人口和小镇差不多，但是我不能叫它小镇，而叫它小城。

小城的叫法会很美，很舒服。如果是小镇的风情，那么路上就会有来往的马车，叫着的毛驴，骂街的居民，而这里没有这一切。路上跑着的是出租车和公用车，路上见到的人都穿得很规矩。男人吃得都很好，脖子扬得高高的；女人也都像城里人一样，背着很大的漂亮的包，斜着身子走路。她们走得都很快，像跑一样。因为这里很冷，她们为了美丽，穿得都很少，走得慢了就会挨冻；冬天的女人都很好看，因为她们戴了口罩，只把大大的一双眼睛留在外面。

小城有很多饭店。饭店不大，但是名字都是大城市里面饭店的名字，什么飘香百合啊，王子啊，王府啊，叫得都很响亮。进到里面，就会发现饭店其实就是一间门市房。这里的门市房很有特点，房子的举架很高，中间隔一层，就分成两层的格局了。因为房间的狭小，上楼的梯子很陡，上下都要小心。隔出的楼上，不仅低矮，走在上面会感到很软，有种不踏实的感觉。如果哪个饭店里有海鲜，就算是高档的了。所说的海鲜也就是几只海螺什么的。这里离真正的城市远，交通也不算方便。但是这里的饭菜还保持着农村的特色，盘子大，菜码大，有的干脆就用盆子上菜，一帮人要几个菜就能吃饱。当然这里的人都能吃，能喝酒。这里的饭店家家都有一个规矩——赏菜。把要的菜上完，就会端上两个赏菜。赏菜几乎都是一样的，一盘花生米，一盘炸虾片。喝的酒很杂，牌子很多。常喝的酒有雁窝岛、农垦人，这些是垦区自己生产的。当地的酒就是小烧，大家叫它“菜连”，原先是种菜的连队烧的酒。

这里最出名的还是烧烤，就是那种烟熏火燎的烧烤。店里也看不到干净的地方，但是吃的人却不少，来晚了还没有座位。烤的品种也多，什么都烤。有很多事是说不清楚的。齐齐哈尔最早以烧烤、洗浴、火锅最出名，天南海北的来了，都要吃烧烤。那种木炭烤热了铁板，肉在铁板上吱吱响着的烧烤油变成了香气飘散在空中。现在很多烧烤店换成了电锅烤肉，人们反而找不到感觉了。我的一个朋友在锦州工作过，见到他我就问锦州的烧烤怎么样。他说好，还要报全国烧烤城呢。锦州的烧烤就是在烧红的木炭上面放一个铁丝网，肉在铁丝网上烤，乌烟瘴气不说，灰还特别大，可是人却很多，无论多么庄重的男人和多么干净的女人都来烤肉。也许那种烟熏火燎正是人们要找的感觉，那种原始的做法正是人们追求的吧。

也有几处洗浴中心，设备都很简陋，有的管理得不好，里面很脏，但是大家还是要去洗。这些洗澡的地方都和过去的大浴池一样，但是这里的理念还是很新的，几乎每个浴池都叫洗浴中心。看着洗浴的男女披着水珠一身香气地站在休息的大厅里面，就会有一种出淤泥而不染的莲花的精神。

我不知道一座城市还要具备什么。这座小城干净简单，老莱河流过这座小城，但是这座小城还没有想起那条河对这个城镇的重要。四周是广阔的田野，大自然的风在欢快地吹拂着它。东西方向有三条马路，都很短，短得让人不敢快走。第一和第二条马路的两侧是楼房，三马路上就是平房了。楼的样式都是过去陈旧的样式和灰的色调，没有特色。如果说非要找出楼房的特色来，路的两侧的楼房里面只有机关的锅炉房好看。也许当年设计的时候因为是锅炉房而放松了思维，把它设计成了教堂一样的哥特式的建筑。上面一个尖尖的塔顶，颜色是粉色的，很好看。刚来我以为那里是什么机关，竟然好过了办公楼。冬天的时候才知道它的用途。后期的建筑好起来，但是走路是看不到的。主街道上车比较多，人很少。

今年的冬天是多雪的冬天。这场雪刚下过，下场雪就来了。厚厚的积雪铺在耕地上，滋润着土壤，但是在城里就要带来不方便。可是这里的人无比勤劳，只要雪下过，就会立即打扫干净。我以为熬到二月下旬，春天就会来了，可是在这里看不到一点儿春的意思。堆积的雪山依然如寒冬时那样洁白，没有被太阳照化的痕迹。看着雪地上的阳光这么明亮，但是一点儿热都没有。这里真是远离太阳的地方。如果说冬天时的寒冷是浸透般的直接的冷，那么现在的寒冷就柔和得多了。走在外面，脸上就好像有人拿着脸盆往你的脸上泼冷水，一遍一遍地泼啊，泼啊。哪怕走几步路，我也要把羽绒服的帽子戴上。

小城，也许有很多的故事在这片黑色的泥土里埋藏着，在每座房舍里逗留着。夏天小城漂浮在绿海里，冬天屹立在雪原上，它的每一天都是鲜活的。因为这里居住着热爱生活的人们。

五月的小城

这座小城走进了五月。

五月刚刚开始，五月在这里苏醒着，五月的每一天都在一种变化里面。五月是生长的婴儿，鲜嫩而顽皮，幼小而壮大。五月诞生在小城里，小城美丽在五月中。

我喜欢小城的五月。虽然她在五月里刚刚绽放自己，虽然我是第一次在小城里度过五月，但是五月的希望和五月的绿色五月的鲜花让我迷恋。人们那种跃跃欲试的变换的服装以及急不可待地穿上短袖衣服和短的裙裾恨不得跳入温暖里的心情让我感动。我知道，季节对于人们是一种无奈，而那漫长的冬天更是越冬的人们的一次心理承受。终于熬过来，终于可以脱去厚厚的衣服，终于可以表现自己的那种解放了的喜悦，在这里表现得尤为突出。因为冬季的折磨，因为找不到春天而在气候上的反复，因为那恼人的风雪也就在昨天才刚刚融化似的，所以在天空里的艳阳把崭新的热烈展现出来的时候，小城的人们就像过了节日一般。

一切都是因为五月的到来而到来的。树木突然长出了叶子，还抱着花蕾的花朵也突然开放了，草也在枯黄的干草下面泛起了绿色。草木在长长的冬季里憋足了力量，那种释放的心情集聚在叶芽上。当五月之初，三两天的热流里，就会绿满枝头，人们也急着开始栽树了。田野道路，栽树的人群到处可见。这里的人喜欢树，爱栽树。满山遍野的树木，如木工制作的画框，把田野和土地镶嵌在里面。

一幅一幅的，摆放在小城的周围。树下是公路，车在公路上行走，你坐在车上，车是画里的景物，你看的外面，是景物的画，山川的美丽就是这样制作出来的。

我的那些朋友现在都在植树，从四月里土地开始化冻他们就把植树的坑挖好了。随着土地越化越深，他们开始栽树了。我认识的那些女朋友，都有的是力气。和男人一样的植树速度，和男人一样的泼辣。伸展的腰肢和光洁的面孔，轻风扑落的汗珠，谁会知道她们还是一边植树一边完成着自己的本职工作呢？一方水土一方人。

我热爱着五月的小城。这是对季节的热爱，对小城美丽的热爱，也是对一片新的热土的爱恋。我无法述说自己的心态。在故乡凝固在我生命的年轮里已经化作血液的时候，新的地方就会感到陌生。这种陌生感会变成对身边不适应的东西的一种抵抗。小城的寒冷其实也没有那么巨大，但是在我的神经里，就好像埋在了冰雪之中；小城的荒凉正是小城的特色，但是那种流浪的心情就会油然而生。不喜欢到喜欢，是心的过程，是经历的演变。就像小城的人要去别的地方，即使那里很好很繁华很现代，都有一种舍不得的感觉。去了，也会挂念；住久了就会回来看一看。很多的知青不是回来寻找当年的影子了吗？

五月的小城，已经到了夏天。五月五日不是立夏了吗？所以，这里的春天是从夏天开始，是从五月开始，是从树叶和花朵开放的时候开始的。新的一年里，我们等了四个月盼来了花开，在四个月的绿色里享受，然后就会进入秋天和冬天。所以，五月是珍贵的，是一面旗帜。

五月来了，小城就是一团绿。

文化与树

栽树栽得久了，突然对树有了感情。

每年栽树，无非是些杨柳，或者栽些云杉和樟树。天旱的时候，我就让我的同事们选柳树栽。柳树生命力强，只要栽下去就能活。即使当时旱的时候不出芽，整个树木干得似柴，淫雨来了，也会从根底下发出一串串枝叶，绿得好看，活得舒畅。场里主干道上原来是高大的杨树，把路掩映得十分神秘。后来老朽了，雷雨天枯枝干杈满地，特别是春天，结籽扬絮，如鹅毛大雪，漫天飞舞，弄得人心烦意乱，环境也十分难堪。于是我把它换成了柳树。场里人开始痛惜，竟而厉骂，我却十分理解。因为这树是前辈们建场时植下的，具有光荣的革命历史，也特别记载着老领导爱树植树的佳话，我给换了，是换掉了历史。睹树思人，树去人空。其实我也爱杨树，茅盾的《白杨礼赞》我几乎背熟。场里的植树造林也以杨树为主。树绿的时候，防风林似网，退耕还林地似云，一片片、一条条，缠绕在农场的大地上。但我选择柳树美化场区，并不仅仅是它耐活，而是它的风姿。革命建设时期，有着杨树的刚直和伟岸；市场经济的今天，有着柳树的柔韧和适应。

好在生活的河流奔涌得十分快捷。几年过去后，柳树长高，枝条万千，道路两旁，绿团锦簇。风拂过，婀娜秀雅，雨洒过，光艳欲滴。人们在新的景色面前，早忘了过去的怨怒，为身边簇新的伴侣而心安自得。

我对树是崇拜的。在深圳街头，看到开花放蕊的木棉树，我驻足良久；在南京的路上，看到浓荫交拱的法国梧桐，我心意盎然。每一种树，都代表了当地人的一种心境，透出当地人的一种文化。历代帝王们，以树木自比，以树木彰显身份，于是亭台楼阁，古柏参天；江南水乡，以树木为用，以生活为先，于是田间地头，遮阴蔽日，多为槐树。只有凛冽的东北，豪爽耿直，才多生长红松。

其实，我很看重榆树。

如果你在荒草萋萋的原野上发现一棵树，孑然孤立，你走到跟前一看，那肯定是一棵榆树。枝杈蓬勃，自慰自怜，生存得十分如意。它不为独而所动，不为高而自居，不为荒而自弃，不为天地风雪而自命清高。它就是那么合适地存在着。谁也找不出它存在的理由和必然。

树里面，只有榆树的枝干是扭曲的，多变的。一棵榆树你查不出它有多少弯，有的弯浑然天成，有的弯出人意料。你找不出一棵榆树是直的，但你也找不出一棵榆树的木质是软的。这么硬的榆树为什么有这么多弯，而且弯得好看，是人们永远琢磨不透的。其实，这正是榆树的适应性。它在风暴里弯转自己，求得自己的存活，正如人们追求的生命高于一切。只有活着，才能做。但它为了活着，并不失去本质，失去诚信，失去作为榆树自己最根本的东西，所以，它的心是硬的。比喻老实人为“榆木疙瘩”。在这种比喻的同时，人们却忘记了它弯曲的身体，它的灵活性。

我知道榆树的时候，年龄还小。父亲拿个铁丝钩去撸榆树钱，母亲在贴大饼子的时候把撸来的榆树钱掺和到玉米面里。我就抱住母亲的腿，要求贴一个不带“菜”的玉米饼子。后来才知道，榆树钱也挺好吃，黏且微甜。

我不知道有多少树木会像榆树这样，春天来的时候，它不是急于吐叶，而是把它的籽实——榆树钱开满枝头。一团团的榆树钱压得枝杈摇曳，一片片翡翠一样的榆树钱，挤着，拥着，抱着，在春风里摇着。当其他树木吐满绿叶的时候，榆树钱才开始变黄，变得陈旧，一副衰容的榆树抖落一身成熟的种子，才开始为自己的生存生长叶子。榆树，一个忠实的母亲。

当我知道，人类开始老龄化，人口出现负增长的时候，我才知道榆树把生育放在第一位的可贵。当人类越来越聪明，懂得避孕，把生殖变为娱乐的时候，自私的人类正倒在自己的自私里。榆树、可敬的母亲。

榆树作为女人，它有的是一种纯朴的美。它的枝干并不光滑，但粗糙的纹理透着憨厚的美。连它的叶片也充满了褶皱，给人一种亲近的美。以树喻人，是一种俗比。而人往往也如树。据研究，植物也是有灵性的。只是人类守着自己的觉悟而自得，却不能进入植物的生命世界里。特别是植物中的树，正用着一种俯视的姿态平静地和我们相处。它感谢人类对它的关照和厚爱，也痛惜人类对它的残忍。但是，大树无言。

我只是在寻找着一种文化，树本身就是文化的代表。

说　　酒

生活中不能没有酒。

没酒的生活是枯燥的。酒与人们的欢乐与不欢乐连在了一起。出门办事离不开酒，朋友相聚离不开酒，甚至在孤独无聊的时候更离不开酒。我喜欢和喝酒的人交朋友。即使性格再怪的人，只要喝了酒，就能沟通，就有共同的话题，如果有事要办，也能办成。喝酒的人不设防。即使再推托不能喝、不会喝、有病、点滴、医生说了，甚至拿出药来，但只要慢慢地劝，少少地倒点儿，嘴角轻轻地抿点儿，会喝酒的，就会喝起来，主动起来，狂放起来……说喝酒人没脸，其实喝酒人最实在。如果人都有两面性的话，喝酒的人就只有一面性：实在。如果把人简单地分为好坏的话，喝酒的人就是好人（本论述不含女人和天生不饮酒的人）。我这里说的喝酒多为畅饮者，带着一种狡诈素质的人饮酒除外。诸葛亮用人先试之以酒，正如吃香蕉先剥皮，让酒精把人的神经麻痹之后，才是人的真正品质。有时我会幼稚地想，不喝酒的人也去跟着吃饭，有什么意思。脸皮真厚。有一段时间，我身体不好，不能饮酒。坐在酒桌上，像受刑一样，恨不得早早结束。看到酒桌喝多的人，十分反感。人怎么会这样？反想自己，也觉得可笑。酒精让人原形毕露，喝得多了，不仅暴露了原形，而且催生出丑恶。我们爱说酒后无德，其实那才是真实的自我。活着累，装人更累。但往往喝多的人酒醒后便后悔。后怕自己失去道德。如此推算，人之初，性本恶。真实的人性被社会公德包裹得严严实实，即使醉酒后，人也还是希望自己像模像样。

这时候，我便佩服那些不喝酒而能在酒桌上一陪到底的人。他们看到酒醉的人张牙舞爪，而不动声色；看到饮酒恋桌的人而不反感；看到酒话失误者而不怪罪。他们一杯茶喝到底，或一瓶饮料陪到底，香甜地吃着菜肴，自顾自地谈唠，不失原则地微笑，稀里糊涂地应付，一派道貌岸然。他们真是修炼到超人的地步。从没有频繁陪酒的烦恼和常常喝多的苦恼。行走在酒桌之间，笑看酒徒们自作多情的表演，把个世界看个透。

我告诫自己，不要和不喝酒的在一起吃饭，一个清醒一个醉，难以适应；也不要和喝大酒的人在一起喝，难免要伤身体；更不要和喜爱喝酒但一喝就醉的人在一起喝酒，易伤感情。

喝酒的朋友也是有选择的。我提出三不喝：看这人不舒服不要跟他喝；以前在心里有些过节的不要跟他喝；狂妄者不要跟他喝。进而又推导出三不争：酒量上不争高下，否则狗乏兔子喘，谁也没好；座位上不争主次，位置越不显眼越能喝得适宜；提酒上不争先后，先提酒要多喝，后提酒阻力大就少喝，把握好分寸少惹麻烦。再就是喝好酒，吃次菜，寻求饮酒与健康之间矛盾的最小化。

我天性内向，胆小谨慎，喝酒给了我极大的帮助。很多能说而不可说，说深说浅需要掌握火候的话，借着酒便全都倾诉出去。理解者说我实惠；不理解者说我牢骚；思想觉悟高的说我堕落，困盹懦弱者说我潇洒。其实，还是酒好。内向者多喝白酒，外向者多饮啤酒，矜持高贵者多啜红酒。有的人，没了酒，像没了气一样，一听到酒字，便会精神焕发，这是中毒成瘾；有的人，几天不喝，便觉轻松，不住地说，我忌酒了。但到桌上，频频喝起而不能自已，直到不辨东西南北，这是若即若离，成为酒伴侣。有真正的酒王，一日三餐，与酒形影不离。酒不分好坏，是酒就行。喝酒不言不语，或纳头便睡，或微眯双眼，行走街头；只有贴近他们说话时，才闻到一股酒香。这样的人自慰为“酒仙”。喝酒就是喝酒，喝得再多，不惹是非。这是饮酒者中最高境界。

在酒文化中，领袖政客往往是把酒临风以酒抒发襟怀，英雄壮士往往是大喝一声“拿酒来!”，以酒壮威武行色；官僚或白领往往以酒做摆设，吃喝讲档次；平民或百姓往往以酒调剂生活，酸甜苦辣尽在酒中。

医生嘱我不能饮酒，而我又恋恋不舍。于是以文字作酒饮，在此存照。

短　信

短信和手机是联系在一起的。但我拥有手机的时间比较长，会发短信的时间比较短。

我先学会的是收看短信。一声好听的提醒铃声，打开画面，是一行行诱人的文字。而且这些非要和你聊天的都是女性，我不知道她们怎么知道我是男的。我一律不回复。并不是我正经，我不会发短信。

特别是春节，各种短信纷至沓来，一一阅读，有的是组合很精巧的套话，读来舒畅；有的是真诚的祝福，令人感动；有的是美丽的段子，不觉捧腹；特别是和春节联系紧密的祝福段子，因为写得工整，含义至深，被广泛使用，无论是有文化还是没有文化的；有层次没层次的，拿起“段子”向你铺天盖地袭来，同样内容的段子十几分钟内要收到十多条。我一边读，一边感激；读了，记在心里，好像欠了人家的账。把手机打过去，想还一还账，全部占线。我这才感到，节日里用短信互相问候是最好的办法。不仅仅是抢不上线，更避免在交流中的啰唆、客套、不准确、没准备或者说错话……短信以深思熟虑的空想和词语准确的完美解决了这个问题。尽管它在亲切的深度和表达的隔膜上还有欠缺，但人们已经认可了它。

我开始学习发短信。学起来也很容易。如果你注意观察一下，网吧里玩得最好的，往往是文化最低的；其实手机发短信也是这样。

学会发短信后，我先发给妻子和女儿。内容十分简单：“回家吃饭。”这是发给妻子的；“考试吗?”这是发给女儿的。有一次出差在火车上，妻子发来两个字“想你”，打开一看，便忙发回去“我也是”。这一切被挨着坐的同事看在眼里，便问“你挺花呀?”这种误解很多。会发短信后，有一段兴奋期，没事就弄一条发出去。词汇是有限的，我就把唐诗宋词中的名句往外发。一位女性有些文化知识，能理解诗词内容，便往深处去理解，返回的信息中多了些柔情。我没理解照发不误。双方谈得愈来愈热烈，竟激起了对方的爱意，李清照的词竟整篇发过来，当我惊叫一声“坏了”时，却不知道如何是好了。短信传书，潜藏危机。

我们场的总部在双山镇，属黑河地区。齐齐哈尔往黑河去，是长途。在双山办事的干部往场里联系找我，就发短信，我再把意见用短信发回去。一条信息一角钱，省了很多话费。最近场里一件事要到北京处理。派去的干部就用短信和我联系。你来我往，各发了几十条，事情处理完毕，那位干部笑眯眯地对我说：“我把手机里你发的短信输到电脑里，到时候出问题好查。”语言被凝固成文字，成为证据。短信的用途越来越广。

我发短信不喜欢用标点，嫌麻烦。现在还不会分行。我常常把一大堆文字打出来，按一下发送键发出去。别人也会把一些好段子发给我，想让笑我一下，我却笑不出来。我也想把一些好笑的段子发出去，又嫌长，懒得往外发。我觉得不能容忍的是，一些人把黄色的短信息故意在女性面前大声地念出来，女性越尴尬，他越得意，带着性骚扰的味道；我觉得不理解的是个别女性面对黄段子听得津津有味，尝试着一种满足；我感到快乐的是在一群男人中，有人说一段有趣的黄段子，并没有异性做靶子，兴奋都在自己的身体里蹿动，仿佛饮了烈酒一样地有回味。

当短信的历史发展得越久，黄的、灰的、乐的、哭的段子越来越枯萎。津津有味地在手机里发段子的人也逐渐变少。短信就越来越成为名副其实的短信。短信，它只是电子时代的一种便捷的沟通。以后会有新的形式取代它。但是，它的存在带给人们的是生活的多彩。

最近，一个朋友笑着问我：我给你发的段子好不好？我说没意思。他说，为什么？我说只有新手才发这种短信。他说，你算说对了，我刚学会发短信。因为这条短信已陈旧得发酸了。

学会舍弃

有一个很古老的故事。一只雕为了帮助弟弟，把他驮到金山上，让他把袋子装满，天亮前必须飞走，否则，太阳出来，就会把人晒化。弟弟面对满山的金子，只捡了够用的，就坐在雕背上飞回来了。哥哥知道后，也让雕驮着他去取金子。他拿了很大的袋子，在金山上装啊装啊，雕告诉他，太阳要出来了，再不走就来不及了。他不听。他想，多装点儿就多点儿财富。雕飞走了，太阳出来，他和金子熔在一起。

雕塑家说，我知道一块石头哪里是多余的，留下的，就是我的作品。

作家说，我和其他人没有区别，只是我知道生活中哪些可以写，哪些不可以写。

一个逃出虎口的胜利者说，我和伙伴跑得一样快，鞋带都跑松了，我把鞋扔掉了，他停下来把鞋带系紧，就这么点儿区别。

不会舍弃，就不能成功；不能舍弃，就不能善待生命。

人的本性，是聚敛，占有，拿到，放起来。于是有了院子，仓库，银行，私有。

人类的历史，就是争夺史，占有史。

古人为了占有，学会了舍弃。如，美人换江山。

今人为了占有，学会了舍弃。如，送礼。

舍弃之不易，我深有感触。家里吃饭，剩菜扔了我不舍得，就吃它；外面吃饭也是如此，一桌子的菜剩了可惜，我就吃多点儿。结果，胖。

在妻子的劝导下，我开始思考。其实剩多和剩少没有区别。自己把自己当泔水缸了。我过去不觉得。妻子和我一起吃饭才发现，说，你怎么吃起来没完，你不怕吃出病来？于是我在外面吃饭，她就发短信，我才收敛。这是一种病态。不舍得扔，结果把自己扔掉了。

同样，在官场上要学会舍弃，能做就做，不能做就不做；在为人上学会舍弃，少占便宜，多照顾别人。

蜥蜴断尾，壮士断臂，领袖抛妻舍子，志士云游，马革裹尸是舍弃。

小鸟依人，和善处事，庄子无为而为，少吃少占，艰苦奋斗是舍弃。

学会舍弃，就学会了做人。

军人情结

军马场要交给地方，变成农场。交接的时间是 2001 年的 9 月，具体日期恰好选在了 13 日。我说恰好，因为这一天蓄含着故事。多少年前，一位叛国者选在这一天出逃。而正是这位出逃者在位时百般关爱军马场，使当时的军马场无比辉煌。且不去问他的政治目的如何，作为百姓，能看到芭蕾舞剧在草原上演出，能看到两县一市出人修了一条渠，把水引入嫩江，从此不受水淹之苦，这人如何，就无人去论。历史的天空又旋转到这个日子，9 月 13 日，军马场将不再是军马场，它的影子在这一天会像日食一样，从共和国的地图上退去。秋阳灿烂，军马场的人心情烦躁。这种巧合，更显得无奈。仿佛一种天意的东西石头似的压在心里。即使农垦从此进入了天堂，即使前来接收的农垦领导热情洋溢，大家那种出嫁的心态，那种留恋，那种此一去不知为何的惆怅，荡漾在马场人的心头。

我要做告别讲话，办公室把讲话稿给了我，但我看着不舒服，没有写透。在交接会上，我讲的东西，要把马场人的心里话说出来，还要让接收方听了高兴，送我们的军人愉快。离我讲话的时间越来越近，我的思绪翻腾着。

我想到了我，我的家人。我的父亲是抗日战争时期入伍，当他摘下军人的标志，就走进了军马场。无论冬夏，他穿的都是军装，我不记得他有其他颜色的衣服。他擦得很亮的皮鞋是在部队买的，皮子已经开裂，他还在穿；一副军人手套，他戴了一生。受他的影响，我们以穿军装为荣。我二姐参加工作正是冬天，她非要棉军帽不可，直到我父亲在军分区买回新式棉军帽，我二姐戴上才去上班。而我更是如此。结婚的前几天，未婚妻用给她买衣服的钱给我买了一套西服，我才结束穿军装的历史。我把军装当作最好的服装穿在身上。我母亲住院看病，非部队医院不住。我的父亲，有病的时候，是军需部的大校来看望，去世的时候，上级部队拍来电报，送来慰问金。去世的日期选在了交接前，他是作为军马场人离开这个世界的。他的灵魂永远是军人。而他的名字却刻在北大荒博物馆的铜板上，和北大荒人同在。

要交接了，大家回忆起来，才发现，在部队的管理下，我们在物资和金钱上得到的很少，因为军费是不可能投入到后期的军马场，相反，部队还需要马场的支持。

既然这样，军队还有什么可留恋的?

我突然想到一种情结，有道是，儿不嫌母丑，狗不嫌家贫。我们对军队的爱正是这样。于是，我在我的讲话里提出了“军人情结”。我直率地说，部队没有给我们什么，但我们为什么还恋恋不舍?我们从马背上走下来，我们又在军号里走进田野。我们身上的黄军装，我们家中的弹药箱，办公室里地方送来的锦旗，都在述说着军人情结。我说得激动，大家听得投入，我讲完的时候，会场上的人都含满了泪水。讲话稿被农垦的办公室主任要走了。我写得很乱，另外，也只有我才能读出那种意境，他拿了去，恐怕也早扔掉了。

最近，移交时的副部长现在提为正师，特意来看我，又回忆起当时的情景，感慨万千，本不喝酒，却都大醉。

他让我带领班子成员向农垦的领导敬酒，以感谢在农垦这些年的关怀。我对农垦的领导和场班子成员说，让我们再回到军马场时代，让我再接受一次部队首长的命令，郑重地敬一杯酒。

起立!

我在心里高喊着，我心潮澎湃。

给某女人的一封信

某某：

你好！

自从我们恋爱分手后，我知道你正急着找新的男朋友。你的心情我十分理解。但是，在选择男人方面，我要提醒你几句，请参考。

一、不要找知识型的男人，特别是文科方面知识比较深的男人。为什么？

1. 脏。

你看他们不是留着长发，就是留着长须，头发胡子里都是土。不爱洗头，怕丢了灵气；不爱洗脚，怕损失元气。如果和这样的人结合，一室不扫，安扫天下？我的一位老师就是这样。冬天自己穿棉袄棉裤戴着皮帽子写作，老妈冻得起不来炕，后来，人们知道他会写书，纷纷有女人跟他。不知有多少女人和他结婚，最后不是被冻跑了，就是被他的脏给吓跑了。女人就是把握不住自己，听说他现在的老婆比他小二十几岁。你可不要图这种虚荣，因为你太爱干净了。我不忍心看到你上了他们的床才知道他们的脏。当然，这种人太干净了，艺术就不雄浑，作品就不深刻，积淀就不厚重。他们会说，美国科学家证明，同是老鼠，养在笼子里的不如野地里的老鼠免疫力强，为什么？脏。

2. 呆。

你在喋喋不休地谈爱，他在想自己的内容。他只会说“我爱你”，任何甜言蜜语都不会。他们走路撞电线杆子的事你也听说过。更可笑的是，和你说一会儿话，忘记你是男是女。你一个亲昵的动作会把他吓一跳。干什么事都是一个动作，一点儿烂漫都没有。还说我那位老师。师母让他剥蒜，剥了半天，师母一看，只剥了一瓣，师母问他，他说他不明白大蒜为什么排列得这么有序，正在琢磨。

3．傻。

用他们自己的话叫正义。他正义，你就是邪恶。你们就不停地斗吧。

他们也有优点：寿命长。

二、不要找做官的男人。

这里我要解释清楚，因为女人的天性就是找当官的做丈夫。你要找当官的男人也可以，但是这样几类不要找。

比如，经理，村长。他们直接和人群打交道，直接管人。和女人接触的机会多。常在河边走，哪有不湿鞋？

比如，县长，厂长/场长。他们是既管人群又有权力，更加危险。

比如，市长。

选择的结果，你一定很清楚了。

最安全的，是你不要着急，再看看，有没有合适的。我的观点是，宁缺毋滥。天下已经不安全，守住自己为最好。

你再仔细考虑吧。

此致

敬礼

夏悦

给某男人的一封信

某某：

我是你的老朋友了，虽然这些年我们相处得很好，但是我对你在心里一直有想法，可是我又不便启齿。终于有一天，我对你的想法冰释了，我才想对你说。

俗话说，劝赌不劝嫖。我知道，你把心思都用在女人身上了，但我不想说，怕说了你恨我一辈子。有人对我说，你怎么拿眼睛勾引女人，你怎么摸女人的屁股；女人反感，你就说对不起，开个玩笑；女人不语，你就进一步采取行动。看到你相貌堂堂、言之凿凿、夫唱妇随、善良有加的样子，我决不相信。别人给你算过，市委机关里的女人你划拉到手一多半。连市领导的老婆你也在惦记。你说市领导的老婆更寂寞，没有关爱，领导忙，基本不顾家。我当时不知道你什么意思。后来你又提拔，我才想到你做了某领导老婆的工作。机关民主测评时，我想，你勾引的女人肯定恨你，把你当流氓品行的典型，不会投你的票。但我又错了。那些女人都投了你优秀的票。你得的是满票。

我以为江河日下，世风不良了。但太阳照常升起，男女们照常愉快地生活。

我十分不理解。我一本正经，女人见了我绕着走，你的身边女人如云。

你刚提拔，你就来气我，说年底还有一步。看我这样子，都可怜起我来了。我说，你要注意点儿，别太过。你说，我注意什么？谁会对我说我注意什么？你反而劝我，人生就几年，光注意这个那个，老了，还干事业吗？我说，对你的反映也不小，你就笑了。

机关的人从你勾引女人的行为中，总结出三条：一要脸皮厚，二要赖皮缠，三要有钱。第三条不是你，你没钱，工资卡还在老婆手里。但随着你地位的上升，你会有钱的。

我写这封信的起因，是你那天气呼呼地对我说，你儿子不好好学习，刚三年级，就把女同学领家去搞对象了。上有所行，下有所效。

过去讲门风，现在讲基因。看来是你的遗传问题了。

我写这封信，也不是劝你。我劝不了你。我只是慢慢理解你了。你把握不住自己，别人也需要你。但是我不愿意听到，你对我说，某某女人和你好。其实，我也很喜欢她们。

你一定要把信看完，我当面和你说，你从来不让我把话说完的。

谢谢。

你的朋友克林顿

我爱老师就像爱米兰

米兰是一种花树，微黄的花朵让人感到一种温暖。我喜欢它散发出的香气，亲切而不妖媚，馥郁而不做作。把米兰和老师联系在一起，很合适。

我做过老师。我喜欢教师这个职业。我愿意和学生们在一起。

如果说天下人谁最无私，我说老师；如果说天下人谁最纯洁，我说学生；如果说天下人谁的人际关系最真挚，我说老师与学生。

我当老师之前做过五年工人，做工人时，我比较麻木。有一天，我穿着黄棉袄黄棉裤站在学生面前的时候，我看到了一双双望着我的眼睛，那么单纯，那么清澈，是草原上玩耍的小动物的眼睛，没有一点儿乌云和风雨。他们知道我是新来的，开始和我开玩笑。早晨，几个女同学找到我，说椅垫没有了。我看教室没有被撬，我就追查昨天谁是值日生，谁最后锁的门。最后把椅垫从水桶里找出来。是一个男同学干的，他把椅垫放在桶里，上面盖上土。这个男同学很害怕，但我没理他，事情就过去了。考试的时候，一个男同学不会做，还说话，我说他几句，他还不服，说有同学抄。刚离开工人岗位，火气大，我走过去，一把把他拽起来，想教训他，他的衣服瞬间就撕开了。衣服开裂的声音提醒了我，我松开了手。在裂口处，我看到了他稚嫩的肩膀圆乎乎的，我有些后悔。他的眼泪哗哗地流下来。后来，他成了我最好的学生。我知道我教的班是慢班，学生不爱学习，还有半年就毕业了。我就给他们讲名著。《悲惨世界》里的冉·阿让、割风老头，他们现在还记得。

新学期开始，我接了个好班，我的劲头很足。每天早晨都早早地到校，在黑板上写一首唐诗宋词，让学生背；学生作文差，我就让他们写日记，后来，我的同事们把写日记保留到现在。我记得一个叫徐东江的同学，写他放鹅的情景，写得很细，描写得很真切，我读着都受感染了，我读给同学们听，同学们纷纷效仿起来，我顺势引导，大家才知道写作文是这么简单，就是自己的事和感受。每次写作文，大家感到难的时候，我就写个范文读给大家。我还写歌词，让音乐老师谱曲，在班级唱。

那时候，每个班级都是自己生炉子冬季取暖。秋天的时候，我领着同学到地里捡茬子，捡木头，冬天引炉子用。我让住宿生天天点炉子，他们住得离学校近，方便，可以起早点炉子，大家来的时候，教室里已经暖融融的了。别的班级都很羡慕。于是同学们就有一种自豪感，班级的气氛很热烈。过年的时候还要搞活动。我生活在学生中间，我愉快，大家都愉快。这让我觉得生活十分有意义。上课的时候，天热，一位女同学把鞋脱了，同桌的男同学就把鞋踢到讲台跟前，我正在写板书，回头发现了一只鞋。我看看那两个同学，他们不好意思地笑了。我看过一部日本电影，学生们和老师处得很愉快，我就讲给学生们听。学生们听得津津有味。我感到和学生们在一起，我找到了最佳位置。我那个年龄正是谈恋爱的时候，我却忘了。和学生们在一起，我又回到了童年。

和学生们在一起，就会产生一种爱意。班级最调皮的学生我见了都不会生气。我也用一种天真的目光看着他们。他们表现出的一切都是合理的，发自内心的。如果他们每一句话，每一个动作都是成熟的，他们就不是中学生了。他们稚嫩，顽皮，打架，争吵，骂人，哭，笑，向老师寻求公平，在老师的训斥中沉默，在老师的放心中惹事，在同学的纵容下显示自己，在学习的竞争中证明自我。你如果熟悉他们的父母，你就会看到他们的孩子像蝉蜕一样模拟着大人的性格；你如果对他们友好，你就把善意的眼神送给他们，他们会幸福地满脸欢笑。

我不理解对学生丑恶的老师，骂他们笨，骂他们贪玩，最不可容忍的是骂他们坏。面对一面清澈的镜子，照出了老师的灵魂。面对一颗幼稚的心灵，看到了他自己成熟后的可怕。很多学生是大有前途的，未来的生活是欢快的。可是由于老师教育的方法不对，出发点不纯，或老师本身性格和品行的缺陷，把学习好的学生扼杀了，把有发展的学生夭折了，把勇敢的学生懦弱了，把内向的学生抑郁了，把真诚的学生误解了，把无私的世界搅浑了。老师的不慎毁坏了学生的一生。老师的武断残害了学生的性格。老师的面子压倒了学生的成长。

不知谁想出的这么好的词语，把爱老师比作爱米兰。老师，应该是一棵米兰。供人观赏，是正人君子；供人尊敬，是学富五车；供人爱戴，是为人师表；供人品味，是大家风范。你的绿色是你不绝地吸收知识，你的芬芳是你人品的影响。学生爱你，是你生长的泥土；学生追寻你，是你生存的空气；学生在你身边，是你滋润的雨露。

做老师的日子里，我的心情是最快乐的。我是领着孩子们在海边捡拾贝壳，我是和学生们在知识的海洋里游泳，我的水性也许不好，但，教学相长，我们共同进步。

当我离开教育行列，当我放下教科书，当我遥望学校的房舍，当我想起教室里孩子们高昂的读书声，当我拍打着身上的粉笔灰满足地走下讲台，我想，我一生最爱的还是老师这个崇高的职业。

在幻想里生活

我在教科书上看到，人与动物的区别，是人能制造工具。正因为如此，人的进化才这么快。

人为什么会制造工具？

因为人有比动物还要聪明的大脑。其实，人与动物的区别，应该在大脑上。

动物的大脑和人的大脑的不同，是人能制造工具。

人的大脑还有很多用处。这些用处有时和动物是交叉的。比如寻求配偶，动物也和人一样地思考，男的找漂亮的，女的找雄壮的。捕猎的时候，找比自己弱的。在天敌面前，也运用孙子兵法的三十六计。我看到猴子和人一样做出种种行为，我想，科学家说人是猴子变的是有道理的。但为什么有的猴子变成人，有的猴子变不成人，科学家没讲明白。至少要给个结论，比如，有的猴子懒没变成人；或者贪玩，或者忘了变人，更或者是上帝留的猴子标本。每个假设都可以，但是没有。

还有一点，人与动物的区别我没有弄明白，就是动物是否和人一样有想象，或者叫幻想。人类常说，我们不要生活在幻想里，要面对现实。其实我是赞成人类活在幻想里的。如果你现实好，有钱有房有很多伴侣，你肯定愿意活在现实里；可是他没吃没喝没伴侣，他如果不再幻想一下，不再想象某一天抓个大奖，碰到个艳遇，吃一顿最好吃的红烧肉，他活得下去？比如曹操的望梅止渴，没有士兵想象的配合，曹操的描述就没用。

我在饥饿的时候就怕闻食品店里的面包的香味。

我想，动物也应该会幻想。饥饿的时候想大餐，荷尔蒙分泌旺盛的时候想和伴侣的亲热。但是，我无法研究。

我只想，人能够快乐，主要是能幻想。想当官的，想有一天会当总统；爱钱的，随时注意会捡到钱包；旅途劳累的想象着一辆车到来的情景；干渴的满脑子哗哗流淌的泉水；喜欢异性的总是把最喜欢的搂在怀里。

幻想，是人活着不可缺少的思维，就像天空不能没有云彩，大地不能没有风雨一样。

相逢一笑

生活中的故事要比书本里精彩；经历过的事情要比想象复杂。

话说当年从农场走出的小金，近日回场。和其妻一同被我邀来吃饭。席间，说起当年在食堂做饭，每天都要挑水，缸也大，路又远，十分辛苦。后到沈阳学厨师，同行的还有一女子，李姓。当时这女子有和他处朋友的意思，他又不想。第二天就要走了，他找领导换了人。那女子并不知道，稀里糊涂地没去上。

事情到这儿，谁也没在意。他的妻子小沺为自己能和小金在一起还很得意。换了学习的人，他们一起到沈阳。无意间谈起小金没对象，一起来的就给介绍了现在的小沺，后来成婚。他们现在在沈阳生活得很幸福。

今天上午碰到了向主任，他问我，中午有时间吗？我说有，他说在一起吃饭吧，我说行，他说喊长江也参加。

中午吃饭前，长江对我说，他本来请了小金和妻子小沺在一起吃饭，小向一安排，都打乱了，凑一桌吧。我并没在意。我进到餐厅，小金和妻子小沺已经坐在餐桌旁，小金早晨喝酒喝得有些多，他说，小向点菜去了。一会儿小李也来。小李是小向的妻子。小金说，刚才我给小李打电话，她还说不来呢。这时小向进来了，说：小李来，我不在乎。要不是你不娶她，我们还不能是一家呢。我还得感谢你呢。小向说着，有些不自然，说完，又出去点菜去了。小金不好意思地说，没想到碰一起了。我这才明白，那天喝酒说的李姓女子是小向的妻子。无巧不成书。我见小金喝酒有些多，真怕酒桌上出事，惹出麻烦。

刚要吃饭，小李来了。坐在桌上，先和我开玩笑。我们是小学同学，还是同桌。她说坐在一个桌的时候，我用胳膊在桌上占地方，她胳膊过来，我就给顶过去。我一下回想起来我们用胳膊肘占地方的事，其实，她也挺厉害。她说我脑袋好使，然后举了一个例子。说放学的时候，大家见到地上一个围巾，不知怎么办。我拿起来就给老师送去了，原来是老师的围巾，老师就对我好了。我说我不记得了，看来我小时候就会溜须。她把话题故意放在我身上，小金不好意思地端起酒杯，对她说，多少年不见面了。她说是，在电话里一听是你，心里咯噔一下，汗就出来了。小李敢说，爽快，还聪明，要比小金的妻子能说，她们都在水利连干过，还不错的。小李还在回忆那时候她都把行李打好了，后来不让去了。不知是谁干的。要是去，我们不都是厨师了？小李现在还不知道是小金不同意和她一起去的。可怜的女人。小向就把话岔开，说你要去，我找谁去。小李说，我是可怜你，才跟你。你当时在部队，把照片邮来是找别人的，别人有了对象，才介绍给我，一看照片挺精神，见面才看出来你腿短。小向说，当领袖的个儿都不高。然后，他们谈起了各自的孩子，孩子们都到了婚嫁的年龄。于是他们又相约，孩子结婚的时候来参加婚礼。

小李喝了很多酒，不知是激动，还是有意用酒麻醉自己。她开着玩笑，说着在食堂做饭的事。她和小金共同回忆起在一起工作的师傅。她努力在笑，但是我看出她内心的苦涩。她爱着的人和别人组成家庭，如今又衣锦还乡，她能是什么心情啊。让我看，她现在的丈夫除了不在大城市外，其他都要强于小金。但，摘不到的果子都是甜的。我是不赞成这种相会的。拿着过去的纯真到年龄大了再玩味，把过去的甜都变成苦的了。

谁的生活里都有着美好的过去，它已经变成幸福的记忆。彼此想念，彼此把对方封存在心里，经历再多事情，都给当年的感情留一方天地在心灵一隅，使感情生活不再孤单，使思绪飘浮着有一种追寻，使快乐有一种寄托。其实，比没有恋爱的坎坷要充实。每个人也许都有这样的一段情，想起来会当作遗憾。这种遗憾酸里面带着甜。没有遗憾的人生是乏味的。

我就是找不到理由告诉我的这位女同学，当年是小金不同意你和他一起去沈阳的。就餐结束的时候，她还对小金说，不让我去的那个人是谁，我现在还在想，是不是在咱吃饭的人里头。小金借着酒劲正要说出真相，但又咽了回去。小李说，我猜了一辈子了。

永恒的时间

今年的气温明显偏高。躲过一场霜冻的袭击，庄稼幸福地生长。可是我注意到，杨树的叶子一部分还是发黄了。庄稼还是落叶纷纷了。黄熟的感觉不仅在大地上，在人们的心里早已经滋生出来了。尽管天气很热，一些人早就开始收割上了。

季节的到来不因为气候的影响而推迟。天气是感觉，季节是规律，规律的东西是抗拒不了的。

过去讲，什么季节吃什么菜。科技的发展，可以反季节种植蔬菜，到市场无论什么时候，想吃什么，就有什么。可是，我的感觉却不一样。冬天吃茄子、西红柿，味道和夏天的绝对不一样，冬天的茄子总煮不烂，西红柿总没有味道。但冬天吃白菜土豆就舒服。所以，时间赋予你的东西不要改变。

人也是如此。该读书的时候就读书，该找配偶的时候找配偶，该生育的时候生育。孩子自立的时候，就是大人结束自己责任的时候。我们常常是永不放弃，一管到底。老了，还在教育孩子穿得不得体，行得不像样。其实，抚育完子女，作为人的功能，就废弃了。如果你长寿，你就是负担；如果你短命，你就是遗憾；如果你想开了，就出家人一样地生活。就像农村的庄稼，你是掰完玉米的玉米秸，垛在那儿等着烧火；你是削完甜菜的甜菜叶子，堆在那儿等着喂猪。我们不服气，不服气的结果，就是挣扎，闹个里外不是人。时间就是这么残酷。时间就是这么公平。

时间让人产生后悔。没和青梅竹马的恋人成为伴侣的，日子过得其实也很好，但是，到了秋季的年龄，回忆就多了，后悔就多了。想弥补的想法就出现了。世界上后悔的事，就是婚姻能挽回来。但想象是美好的，拿到手不一定好吃。再就是工作上的后悔，这是不好挽救的。有能人，真的找回自己喜欢的工作，却发现胜任不了。交朋友的后悔，改变了，再交别人晚了。居住地的后悔，选择起来最容易，可是到了你最喜欢的地方，山清水秀，空气宜人，高高兴兴地住下来，住一个月可以，两个月也行，住到半年的时候，你就寂寞了，无聊了，孤独了。这时，你会想到流放，软禁，你再也待不下去了，你要回到那些熟人中去，哪怕是你看着最不喜欢的人，你见了也舒一口气，叫一声，可回来了。居无芳邻，交无良友，不如破旧的故乡。

时间，给你懵懂的童年，让父母疼爱你；给你烂漫的少年，让父母教育你；给你学习的青年，让性意识朦胧你；给你婚姻的后青年时代，让你为人类做贡献；给你忙碌的中年，让你兼顾老与小；给你成熟的后中年，让你有一个回头看的机会。剩下的时间，你是一片空白。有的人，开始想来世，干什么事或找什么对象；有的人，不服气，想做最后一吼；有的人，仔细盘算一下，时间还够，从头再来。

时间是永恒的，人是活的。

即使冬天的茄子和西红柿不好吃，终究能卖出去。

吃饭的人群

结婚的日子，是喜日子。在这个日子里，家家都要办酒席。很热闹。

不知道从谁家开始，结婚头三天开始吃。慢慢地成为习惯。随礼的送了礼金，就不走了，坐在那里等着吃饭。不是正日子，饭菜比较简单。大家风卷残云，吃饱就走。如果吃的是午饭，晚上还会来。主人家已经习以为常。因为别人家办婚事，他也如此。无论是城市还是乡村，餐厅都聪明起来，上完菜，不给发筷子，人到齐了，或菜上得差不多了，才把筷子发下来。避免了先来的把菜吃了，或菜上得慢，吃光了。但是连吃三天，交点儿钱，全家来吃，是没有办法解决的。喜事，不让谁来吃呀？或者说，吃的人多，说明你家有人缘。散了宴席，不都互相问嘛，谁家摆了多少桌，多的，就傲气十足；少的就找理由解释。最可怕的是摆的桌多了，没人吃，上火。

我常常看到吃饭的人群，仨一群俩一伙的，说着唠着，慢慢地往餐厅走。这些人群的组成，有家属，退休的工人，无业者，有闲暇的人，孩子。我突然想到，如果这些人不去吃饭，基本上是无事可做。无事可做的人吃饭去是应该的。所以，一种风气的形成是有原因的。如果都有工作，就没有时间吃喜宴，没有时间去吃，风气就形不成。

有很多人说这种风气不好，忘记了形成风气的环境。

互相随礼，互相吃，谋得的利益少了，无论怎么办喜事，除了官僚的暴利，老百姓办的结果，基本是收支平衡，略有盈余，闹个忙活。达到这样一种平衡，是不容易的。我们应该从正面去理解，这种婚事办到这种程度，达到了一种境界，是和谐，相容，是一种新型的君子国。

我们从正面去看问题，就能发现积极的一面。人多，不是好事；吃，不是好事。但是相反呢，人多是有人缘，和睦，相亲相爱；吃呢，拉动消费，推动人们发展生产的积极性。我就想，中国如果没有婚丧嫁娶，中国的文化就削减了一大半；中华民族的传统就失去了表现形式。泱泱大国，没有了欢快的唢呐，振奋的鞭炮，又怎么制造接班人呢?

哈哈，吃吧，喝吧，生活是多么美好，人丁是多么兴旺。

人的可塑性

这个词不知道是谁发明的。但这个“塑”字很准确。一个塑，把人的变化，随机应变，适应性都表现出来了。我不知道国外的人用不用这个字，但是，从我们的教育制度和教育方法，社会的管理制度和理念，都体现了一个塑字。把人纳入一定的形式里，让他变成适应形式的人。除了个别的叛逆，基本都会可塑的。正是我们的可塑性，在国外，另一种形式里，塑出来的人，就是所在国最优秀的。

千百年来，封建制度，皇权意识，人们的奴性十足。我们会以为我们的国家会垮掉。但是，共抵外辱的时候，国人揭竿而起，这也是可塑性。国家动乱时，大家手捧红书，天天敬祝，一片安宁；当国家开放，商业大潮风起云涌，看世界，主商业沉浮者，又是国人。这又是可塑性。

美国总统说，我把记者派过去；

我们的领袖说，我把移民给派过来。

美国人不敢了。

有人说，丑陋的中国人。其实，要说丑陋，哪国都有丑陋的一面。只是中国人喜欢自谦，喜欢找自己的缺点。这样，才能进步，才有可塑性。再丑陋，不过是随地吐痰，不拘小节，攀爬雕刻古物雕塑，乱扔垃圾。这些毛病和经济的落后、文化的怪异有关系。比如随地吐痰，当年到处是荒郊野外，哪有供吐痰用的工具。如果像现在这样，自然这恶习会改过来了。比如小节，生活穷，哪来的讲究，现在生活好了，自然就会讲究起来。别忘了国人的可塑性。国人向以出人头地为文化，向以留名为千古，又没有机遇做皇上，只能在古建筑上刻名留念，在雕塑上照相来显示自己的与众不同。你批判他们不行，指责也不行，这是旧文化的沉淀，得让新文化冲刷过后，才能改变。

别忘了我们的可塑性。从旧的到新的，要有一段过程。

辫子不梳了，刚刚多少年。美国二百年建起的社会，我们加民国，才不到百年。塑了几千年，转眼就塑回来，幻想。

但是，我们的可塑性，给我们提供了机遇。谁想到国人会去旅游，现在不玩上了吗？这不是简单的一玩，是文化的清洗和陶冶。知道旅游了，离高尚就不远了。

我十分赞赏国人的可塑性，这正是国家进步的基础。

我们从今天走过

我不知道我今天做什么，但是，今天来了，我能做什么？我要选择。今天是不可预测的，谁也不知道这一天会发生什么，但是都在期待着，今天是什么样子。

没有一本今天早知道，也没有人在今天里就十分有把握地说，我会如何如何。但是，今天来了，正如你想的一样，或平静，或矛盾，谁都摆脱不了。

我们常常讲，要珍惜今天，把握明天。

今天是什么样子，我们都不知道，我们又如何去珍惜呢？更何况明天，又能从何种角度去把握呢？

今天来了，我们只要活着，就要走过。无论多少风险，多少安逸，选择今天，就是选择现实，就是选择认可，就是走自己的路。

我们可以回头望，我们可以对历史说，于是，夸夸其谈者出现了，妄加评论者出现了，蜂拥出多少专家、学者，林立出多少著述著作。哪怕是一个打喷嚏的动作，也供后来者研究多少年，思考多少日。沉淀的历史，养活了多少人。但是，一说起今天，都不语。

今天该怎么走，摸着石头，扶着路标，看着太阳，循着光亮，凭着感觉，相信经验，跟着性格，无论怎样，今天都要过，事情都要做，活下来，就是活今天，是丑是恶，今天都在做。

一天难过，一年不难过。数着日子，是过；醉生梦死，是过；清醒是过，糊涂是过；计算着，过得慢；不细算，过得快；痛苦的时候，慢；高兴的时候，快；枯燥的时候，慢；丰富的时候，快。

一天，是一年的积累；一月，是一生的兑现。

不珍惜一天的人，就不珍惜一年；不在一天做起的人，一年都无收获。不关注一年收获的人，一天都做不好。今天就是一年，一年就是一天。

我们不知道今天要做什么，但是，我们知道我们的良心，我们知道我们为什么生活，我们的路是从一天开始铺就的，我们的未来是今天的许诺。

乡村小调

乡村，夏天是隐蔽在青纱帐里的土屋；冬天是裸露在冰雪里的炊烟。永远是那几只狗在叫；母鸡的悠闲，公鸡的傲慢，大腹便便的猪摇晃在柴草与土墙之间。然后才是人，女人男人，大人小孩儿。

小时候，我喜欢把乡村看成穷的和富的，因为和我在一起玩的孩子有生活好的和不好的。兽医家的医生家的队长书记家的电工家的，富；剩下的都穷。和穷人家的孩子玩，是调皮和淘气，是打鸟，摸鱼，上树，只有想不到的，没有玩不到的。童年的乡村，是孩子的天堂。那时候乡村离我很远，中间还隔着河，绕河而去，要走十几里路，但是我去，他们也来。千万里，隔不断我们走到一起。

成年了，乡村在我的眼里，就显得很破败，乱哄哄的，居住柴草动物垃圾与人，都搅和在一起。人也不一样了，老实的庄稼人和不老实的庄稼人慢慢地区分开了。老实的种地，不老实的当官；不会说的种地，会说的当官；原来，乡村也不平静。老百姓永远不语，当官的还不停地忽悠。老百姓太老实，看不住自己鸡下的蛋，看不住自己娶来的老婆；当官的太会说，有的也说，没的也说，真的也说，假的也说，说得村里人不知道真假。反正酒让当官的喝了，肉让当官的吃了，吃你，喝你，你还高兴。变味的乡村。

乡村开始选干部，选来选去，还是那几个人。这时候他说和你有亲属了，拐了七十七道弯，亲戚连上了，你能不选他吗？选别人，别人不如他会说，这些年他练出来了，脸皮厚得和土墙似的；选了他，村里还是那样。乡村没有能人啊。

无论如何，我喜欢的还是乡村。就是坏，乡村的坏，也坏得可爱；就是乱，也乱得温暖。别看那几个狗，再叫，也是咱乡下的，好歹还有亲戚。

花大姐

瓢虫是学名，我们喜欢叫它花大姐。小的时候，看到的花大姐少，很喜欢。趴在那儿，是半粒黄豆，扣在窗台和墙上，平稳地往前走，没有一点儿声息；高兴了，飞起来，两只盖子打开，盖子里面的黑色的绸缎一样软的翅膀张开，像苍蝇一样飞走了，落下来的时候，爬几步才能把翅膀慢慢收回来。把它叫花大姐，是因为它盖子上的颜色和黑点。颜色是黄、红、粉，偶尔能看到白色的。点，似乎都是黑的。想想，这么漂亮的虫子，谁不喜欢呢?

有一只花大姐向我飞来，落在什么地方，我都要寻找。我喜欢它在我身上轻轻地走过，像拖着长裙的舞女，雍容华贵；像正人君子，不扰不闹；像散步的绅士，不理不睬；它应该是君子，不会咬，不会挠，不会伤害任何人。你要捉它，它会在你手上留下一种气味，很浓，像杀虫剂，有一种说不出的味道，让你恶心，反感，见它而不能拿，爱它而不能动，又气又恨又没有办法，它却不声不响地飞了。这种自卫，是弱者的自卫。真是想说爱你不容易。只要你捉过它一次，你就永远不会忘记它的气味。你也永远解释不清楚这种气味是一种什么味道，而且，带给你的永远是后悔，后悔不该捉它。有很多东西是只能看不能摸的。

花大姐成灾是近几年的事。一到秋天，花大姐就成群结队地向房子里飞，爬满了窗户，爬得满屋到处都是。你正聚精会神地干什么，它就爬到你的脸上来了。你一想到它身上散发的气味，你又不敢动它。你不动它，它不知道，继续爬。你忍无可忍了，抓起来，快速地把它扔出去，听到它落地的啪的一声的时候，你会不由自主地闻一闻手，你以为你那么快速地扔，它是来不及释放出气味的，你错了，你满手都是，你恨不得把它踩碎，踩碎了它身上什么也没有，也许就留在你身上的那点儿味儿。

唉，花大姐。

我不知道它那么硬的躯体，是怎样钻进屋里来的。塑窗是有密封橡胶的。我特意看过，密密麻麻的花大姐在塑窗的槽里蠕动，有的快进到屋里来了。冬天的时候，我有意把窗子打开，想冻死它们，开窗久了，我也受不了。后来用杀虫剂对付它们，死伤一地，哗啦啦扫在撮子里，像扫进半撮子黄豆。

花大姐，少了，是美，多了是灾。

给咱村起个名

我不知道南方的村名是怎么起的，我就寻思我周围的村子，名字叫得很随便，又好记。什么大杨树、小榆树、三棵树、聚宝山、敖宝，要么是植物，要么是幻想。三棵树，不止就三棵树，也许建村时是三棵树。哪三棵树，现在找不到了，谁起的名字，不知道了。我知道村东头地里有棵老榆树。村里人叫它神树，前几年被人伐跑了。老百姓有病有灾的喜欢在上面绑红布条，但是它和三棵树的名字没有关系。

后来，革命形势发生变化，老村名不让用了，村村都有了新村名，叫红旗的、红光的、红海的，叫人民的、奋斗的、创业的，私底下老百姓还是叫老名，就是叫新名，还要给你解释一下，早先叫什么，怕你听不明白。一旦不革命了，就马上改过来，还是老名叫得舒服。

你的村叫前屯，我的村就叫后屯。你的屯子最早有七处房子，叫前七撮，我的和你差不多，就叫后七撮；你的屯在东，叫东里喜，我的屯在西，叫西里喜。随着时代的发展，当初的动机和目的越来越淡薄，就越像村子的名字。张口就来，不痛不痒，不你高我低，土的郑重，俗的大方，千百年了，这就是活人的地方。什么起名斋，叫名寓，费尽了脑子，也起不出咱叫顺口的名。

搞集体承包的村，叫小岗村，一定有岗；兴十四村，是当年山东移民时，排的顺序，从兴一开始排下去的；华西村是全国的农村典型，那么，剩下的村里，还有华东、华南、华北。否则，不会仅仅有华西。我国的国土之大，村名却不复杂，文化再低，自己村的名字是叫得出来的，写得出来的。如果把村名划入文化范畴，它应该是民俗文化。

有的村名就不好简单去分析，也想不明白。比如挨着我们场的村子叫文古达，是个老村，过去的大地图上，除了县，就只有它在地图上标着。早时候还有教堂，说明村子很老，旁边的村子小榆树和三棵树村，老地图上都没有。文古达，从字面上分析不出来意思，我想，它可能是满语或达斡尔族语。据说，有一个传说和这个名字有联系：主人见自己的一匹马天天大汗淋漓，就想弄明白。有一天，主人藏在草丛里，看他的马是怎么回事。只见一只老虎正和他的马争斗。他的马也确实英勇，老虎打不过它，吃不着它。主人暗自高兴。他发现在马和老虎搏斗时，鬃毛飞起，上下翻腾，有些碍事。回到家里，晚上，他把马的鬃毛剪掉了，心想，明天马再和老虎打仗时，鬃毛就不影响了，然后暗自高兴。可是，第二天，他的马出去后就再也没回来，让老虎给吃了。原来，那鬃毛是不能剪的。这件事和村名文古达有什么内在的关系，我不清楚。村名起到这种程度，就不是简单的文化了。

包　养

常常看到这样的句子，某某包养二奶。所谓包养，已经成为他的第二或第三位妻子了。我们常说的旧社会，这样的事，是可以正常地娶回家，所谓三妻四妾，有钱你就养活吧。据考证，一夫多妻，始作俑者正是在中国。科技可以不研究，这些能满足占有欲，玩人的事我们集大成者，天下莫能比。

法律废除了妻以外的妾，包养的做法显然违法。我们对法律的严肃性不在意，对自己的意愿却十分重视。其实，男女的事，是禁锢不了的，追逐异性是人的本能。而且，千难万险，海枯石烂，本性难移。用性学家的观点说，欢乐是共同的，结果是一样的。如果有钱的男人养活没钱的女人，应该视为一种风格，那么你可以嫖娼；如果是一种感情的寄托，可以偷情。我不理解为什么要包起来，养起来，占为己有。还是封建的残余啊。国外可能少一些。如果男女以感情为基础，有情就在一起，无情就分开，会省很多事。一些男人动不动觉得是皇上，把女人和金钱都看成私有财产，在法律不允许的情况下，就要包养。如果按存在就是对的去推理，再恢复一妻多妾制度如何？那时候，泱泱大国，娶亲的鞭炮不断，肥头大耳的胡汉三晃着脑袋“我又回来了”……可怕的假设。

天下有吃不尽的佳肴，至于人，十三亿，即使你富可敌国，你也包养不过来。人心不足蛇吞象。任弱水三千，我只取一瓢饮。世上关不住的是欲望，守不住的是寂寞，看不住的是自己；人间最幸福的是混沌，最可怕的是明白，最危险的是忘记自己半斤八两；生活中得一知己足矣，旅途上有一人相伴幸矣；把私爱的种子撒遍天下，收获的是秕子。

还是说包养。一旦有能力包养并包养了，表面上是成功、得到，实际是你也被包养了，被占有了。如果你以前的婚姻是枷锁，你想通过包养摆脱，恰恰又被重新枷锁住了。解放真是不容易。你看那大千世界，芸芸众生，自由自在，你不包养就是包养，不占有就是占有，投其所好，得其所有，心浩浩荡，意芊芊之，何不美哉？

有志者，应该包养天下。

要说爱你不容易

八月十五刚刚过去，我突然想说说月饼。

中国人喜欢回忆。记得小时候吃的月饼好吃，馅儿是青丝玫瑰和花生，圆圆的，黄黄的，咬一口，软软的，细一嚼，甜丝丝的，还不厚。一斤五块，用包食品的粗纸包好，纸绳系好，拿回家去。如果不当时吃，纸包就透出油来。什么时候吃，都是香甜的。我曾好奇青丝玫瑰，究竟是什么东西，为什么馅儿这么好吃。有人告诉我，是萝卜干做的，我不相信。好吃，就不用问是什么了。

这样好吃的月饼只有八月十五能吃到。所以，过中秋节对我很重要。

八十年代的时候，月饼在市场上就多起来了。我记得到一队去，一个姓姜的人家杀了羊，叫队干部去吃，我正好在，就随着去了。姜家过去生活不好，现在养奶牛，生活不仅好，而且富足了，每月都会在乳品厂背回很多奶资，让全家幸福地满脸欢笑。我在他家的箱子上看到了几包月饼，包月饼的纸上透着油，看了就很诱人。老姜拿出一块吃着，对我说，我就爱吃月饼，过去买不起，现在有钱了，我就天天买着吃。我说吃不够吗，他说吃不够。我看着都馋了。哎，甜甜香香的月饼。

时间让我过糊涂了，我不知道从哪一天起，过去那好吃的月饼没有了，制作高档精美的月饼出现了。我不服气，专找过去那样的月饼买，结果，要么咬不动；要么不好吃。再看那高档月饼，什么馅的都有，海参鲍鱼金银铜铁全放到馅里去了。咬一口，薄薄的皮，厚厚的馅，什么味都没有。有一年流行咸蛋黄的馅，到哪儿买都是咸蛋黄的，不知天下哪儿来的这么些咸鸭蛋。包装盒越来越好。正如买椟还珠的成语说的，盒子比里面的珍珠值钱。背着抱着把月饼拿回家，打开一看，三五块，真不值盒子钱。真是市场经济社会，面子比内容值钱。

这时我才想到，我们民族的传统为什么越来越难保留，是我们自己折腾的。本来月饼就是月饼，是传统节日一个象征性的食品，为人们的欢乐装点气氛的，而我们却把它做绝了，做得商品化了，虚伪化了，形式化了。人情没了，人性没了，人味没了。到这种程度，月饼接近消亡的日子不远了。

民族的才是世界的，民俗的才是永恒的。我们自己玩丢了不少传统文化了，再把民俗的东西玩丢了，真的国将不国了。

晚上举行婚礼

朋友来电话，定于晚上在湖宾饭店举行婚礼。我以为在开玩笑，他说，梅开二度。他见我不信，又让他的领导在电话里向我解释一下。我虽然和这位朋友认识得较早，但是，我不喜欢了解人家的家庭。何况今年五一节的时候，几位朋友带着妻子来玩，其中还有他一个。他还特意向我介绍他的妻子。他好嘻嘻地开玩笑，问我他的老婆漂不漂亮。原来，和这个老婆还没举行婚礼。

晚上五点我来到湖宾饭店，这是本市最古老的饭店，是俄式建筑，宽大、厚重、典雅。当年能在这样的饭店下榻，是身份和荣誉的象征。八十年代初，我作为一名准文学青年，经常在这里开会，食宿，感到一种荣耀。当时文学在国家是一种红火的事业。湖宾的菜肴又是本市之最。特别是扒猪头，场里的厨师专门来学过。现在遍地都是，就是把猪头炖得烂烂的，并没有什么学问。还有一种菜，就是把西瓜香瓜等夏天的水果酸在坛子里，十冬腊月吃，很好吃。只有贵宾来了才能吃到。我的朋友吃过一次，一有机会就说一说。现在，冬天什么水果都有，这种菜没有意义了。随着发展，湖宾的灯火正在暗淡。但人们还是愿意在这里举行各种活动，因为它毕竟当年是城市的皇冠。

彩虹门搭起来了。我的朋友的名字和女人的名字写在上面。走在宾馆内的地毯上，两侧的墙壁都是木板装潢的，感到很庄重。大厅宽大，富丽堂皇。进来的地方搭了台阶，是典礼的地方。一条红地毯铺出十几米，用白纱装饰出一个彩门。结婚夫妇在这里向婚礼台走去。礼花喷出，摄像照相频繁伺候。大家把新郎逗得脸通红，满头是汗。因为是二婚，大家都不兴奋。我身边的人说，她早晨参加了一个婚礼，也是二婚，女的是头婚，就早晨办的。旁边一个当过主持人的男子说，我主持的一个，男的结五次婚了，女的结了四次。这办的什么劲呀！

我坐的桌子上都是新闻界的，对婚姻毫不在意。一个妇女看了我半天，认出我来了，不住地和我说话。她是广播的，也是再婚过的。她现在的丈夫和我很好，我们在一起吃过饭。大家互相问着，谁是下一个。都点着头，“我是，我是”。再婚对于他们，已经是一个幸福的玩笑。

社会的发展让人眼花缭乱。观念的转变令人应接不暇。昨天还是令人吃惊的事，今天就习以为常。所以，出现的事，你不好去评价好坏，人们就接受了。湖南广电局的官员说得好，国家对“超女”的放行，表现了国家的宽容。

想想看，这座宾馆在多少年前，能举行二婚的典礼吗，二婚能有勇气举行婚礼吗？人们越来越把生活看明白了。活着，就活得幸福。

陪你逛一回商场

逛商场是女人的专利，购物是女人的情趣。似乎商场都是给女人设立的。在服装的楼层安排上，知道男人的购物信心不足，设在二楼；知道女人无论千难万险，不看到，不买到就决不罢休，女人的服装要设在三楼以上，或者也考虑了男人为给女人买物品，不惧楼高的心理。反正，女人的用品在高层。也有低层的，也考虑了女人的心理。把减价的，断码的，零碎的，放在一楼。只要有一个人在那儿挑拣，就会聚一堆。随便挑拣满足了女人的心理。自己挑的拣的，自己喜欢。其实这东西挂在柜台里好久了。换一个形式，换一个方法，价格其实没有多大变化，在那儿翻来翻去，就成好东西了。

导购小姐研究明白了购物女性的心理。只要她把服装一穿上，就开始瓦解她的心理。第一句：你穿着正合适；第二句：这颜色正流行；第三句：这是打完折的价。见你有上钩的意思，马上追加几句。第一句：你的身材好，这衣服你能挺起来；第二句：你的皮肤真白，这颜色你穿着协调；第三句：你看上了这件衣服，你真有眼光。见你真要买了，小姐反而不语了。小姐把胜利的喜悦压在心里，平静地对待这个成果。这种大起大落能运用自如，小姐完全可以当将军了。

说得不好的会做。只要选上一件衣服，就给你拿下来，让你穿。拆开包装让你试。累得满头大汗，无怨无悔，让你感动得不得不买。

又能说又能做的导购小姐是最全面的，如果再漂亮些，温柔些，卖起物品来，物品好人也好，没有不发财的。如果细看，你会发现，卖男性服装的导购小姐漂亮的多，卖女性服装的导购小姐年纪大的多。柜台也不一样。名牌货的柜台装饰很随意；牌子货的柜台很丰富；一般货的柜台很乱，就几件好服装，全穿在模特身上了。

有经验的买主先转，转得熟悉了，想买的东西也有数儿了，导购小姐骗不了她。没有经验的见了就想买，买完了，到别的柜台发现更好的或更便宜的，后悔了。导购小姐能看出来。这样的人，不在正道上走，直往柜台里扎。扎进来，导购小姐就抓住不放，降点儿价也卖。导购小姐最喜欢生客，什么料也不知道，什么价也不清楚，三唬两唬，把陈货卖出去了。这样的，导购小姐高兴，买的人也高兴。导购小姐看着买东西的高兴样，心里骂“这傻家伙”。还有导购小姐更喜欢的顾客，就是一男一女，只要把女的忽悠住，多少钱男的都会花。最让导购小姐害怕的是购物妖精，天天转商场，不买；哪个柜台今天添了一件什么衣服，清楚。看准的那件，就是不动。有一天终于掉价了，准被她买去。那件衣服值多少钱，她们心里有数儿，从不多花一分钱。用她们的话说，卖服装的说赔本卖给你，她正好多赚你一件衣服的钱；新服装上市，是赚你三件衣服的钱。我们买的时候，她们照样赚钱。说到这里，购物妖精会得意地笑起来。购物成为这些人的一好，不赚便宜她们一件都不会买，反正也没光着。

逛商场看到的是琳琅满目，适合谁的，也就那么一两件；就像找对象成婚，有缘分的不多，麻烦的是找出哪一个。不同的是，衣服买错了好换，人选错了，换起来可不容易。有经验的是慢慢挑，但年龄不饶人；选急了，又怕不准。商场和人群，其实是一回事。

同志们，努力啊

这是我写给忙着给房子装修的朋友的。

和不知道女人从什么时候开始化妆一样，不知道人们从什么时候开始对自己的楼房进行装修，而且越装修越豪华，越不像居住的住所。楼房的开发商们越来越省事，从简单安装，到不安门，再到毛坯房；住户从铺地砖，到铺地板；从包装暖气，到包装门口；从厨房卫生间的简单易用，到全贴瓷砖，全套厨房设备，热水器。装修的价钱和买楼房的价钱差不多了。

高潮掀起来了，就不会落下去。房子买下来了，就得装上去。都在一个楼，比呀。比是好事，能进步。但是，比起来，忘记了个性，无论花多少钱，费多大力，操多少心，到头来，也就是个和别人不差的装修，有什么意思呢？

我想，装修的人，应该先思考，要装什么样的房子，兜里有多少钱，装修好了是给人看的，因为朋友多；还是自己住的，来往少。即使朋友多，是哪些朋友，档次如何；即使没有朋友，偶尔来个人，得看得过去。买的东西放在什么地方最能发挥效用。比如，最常用的床要买好的，结实的，不能糊弄，半生都在床上度过；洗澡的设备不能少，住楼就是文明，卫生是要讲的。其他就好办了。我想的第一点，是适用和轻重分开。

再就是个性。钱花得不在多少，花在你的喜好上。你讲究舒服，你就装得空阔；你讲究殷实，你就装得烦琐；你喜欢吃，餐厅就大；

你喜欢交友，客厅就大；你喜欢恩爱，卧室就布置得有情调；你虚荣，就挂几幅字画；你喜欢读书，千万不要摆个书架在那儿，没有几本好书摆，好书你还买不起，你就学领袖那样，把书摆在床头，你想看就看，别人看不到；你喜欢艺术，你也不要把艺术品摆得满屋都是，像商场似的；你要懒得擦洗，就少装需要擦洗的。个性是多方面的，你不想办的，也许正是有个性的地方；你勉强办的，正是扼杀你个性的地方；你学了别人，就丢了自己。

最后想告诉装修的朋友，千万别忘了，你买的楼房，是供你住的。装出花来，那里也叫你的家。不忘了家的感觉，什么都好办了。

同志们，努力啊！

秋　　雨

秋雨终于来了。

在漫天黄叶里，在萧瑟秋风里，冷硬的雨丝划过昏暗的天空，跌落在肃杀的大地上。什么也没有了。会飞的，扇动着翅膀走了；会跑的，卷着铺盖逃了。旋风愤怒地卷起残渣落叶横扫过僵硬的地面，降落在房角屋檐下，堆积成坟墓。冷意腾起在水面上敲打着破旧的窗棂。

秋雨箭一样地射下来，刀一样地砍下来，把天地泡在一盆冷水里，天地也如同一件洗不净的衣服，在秋雨里更显得肮脏和陈旧。土路开始泥泞，石头路开始积水。人群躲在屋里，话是热的，心是凉的；烟雾是温暖的，锅灶是清冷的；盼望是急切的，目光是呆滞的。

秋雨落在城市，城市里水淋淋的；水泥堆积起来的房屋和道路，在秋雨里变得冷硬而狰狞。车的呼啸把雨撕扯得如乞丐的衣裳，行人的小心和诡秘在雨雾里更加幻化。秋雨凄凄，城市蒙蒙。秋雨如多情的女子，城市如负心的汉子，两不相容。

我愿意在田野上躲避着秋雨，观赏着秋雨，悲凉着秋雨，诅咒着秋雨，等待着秋雨，吟唱着秋雨。秋雨是田野牧歌中的咏叹调，是雪的姐妹，是冬天的敲门砖。秋雨对收获的庄稼已经没有用途，收获的人们对秋雨的烦恼和憎恨，转眼会化作对春天的憧憬。秋雨里，收获的人们会喝些酒，会玩会儿牌，会睡觉，会闲扯；勤劳的会在屋里做着庄稼的最后工序。田野的拖拉机在秋雨里跑起来，也是轻快的；田野上的人在秋雨里走起来，也是轻松的；就是缩在屋檐下的鸡，也是充满希望的。

秋雨在秋风里飘下来，秋风在秋雨里消失了。

太阳出来的时候，秋雨正扑在田野里，和泥土一起睡着了。

在软卧车厢里

出差。54 次列车 8 车 9 号卧铺。

我刚把东西准备好，卧铺门打开，进来一人，看看我对面铺位，然后把东西往铺位底下塞，东西太大，塞不进去，靠铺位放下。然后寻找被子和枕头。我看着他做着这一切。灯光里，我发现他身材健壮，微胖，方脸生得周正，脸色很暗，不知是红是黑。我判断他是喝酒了，而且喝得很多。他喝了两口水，把剩下的少半瓶矿泉水放到茶桌上，倒头就睡，随手拉着被子，往头上盖。整个过程显得气囊囊的。

这种慢车的软卧价格很便宜，在这里休息，看不出贵贱。我注意一下他放在茶桌上的矿泉水瓶，样子和商标都很熟悉。我在上车的时候，按照习惯，要买一瓶矿泉水，渴了喝，不渴备用。今天上车时喝的豆浆，实在不渴。又怕车上渴，车上的水贵，不如买一瓶。我在候车室的商店里，问有没有最便宜的水，卖水的妇女说有一元钱一瓶的。我就买了一瓶。心想，不喝就扔掉，也不可惜。到车上我琢磨这个牌子，为什么这么便宜，是不是假的。对面这个人的水和我的水都是一样的，一元钱一瓶。

列车员换票，我知道对面的男人到哈尔滨，到站的时间是后半夜一点。列车员很热情，说到站喊他。我没有带身份证，但是坐软卧必须登记，我就把我的情况说了。列车员记下来，很不好意思地解释着。我并没在意。

对面的人一直在睡。偶尔起来喝口水。我也被他惹渴了，喝我那一元钱的矿泉水。等我喝得剩半瓶的时候，他的一元钱的矿泉水已经喝完了，瓶子倒在茶桌上，随着列车的晃动，瓶子来回滚着。我迷迷糊糊地睡着的时候，列车员叫他，哈尔滨快到了，做好准备。

我迷糊着，用感觉审视着他的行动。他拿起桌上的瓶子，捏动塑料的声音特别响，我知道他渴得厉害。但是他的瓶子里没有水了。我在想他能否喝我剩下的半瓶水。他把自己瓶子的瓶盖打开，使劲地喝，他的嘴把瓶子里的空气吸净，瓶子再次发出巨大的响声。我感到十分烦躁，他可能也能感觉出来。我又迷糊着睡着了。突然听到哗哗的声音，感觉他在使劲摇晃着瓶子。我立即明白了。他把暖瓶里的热水倒进了矿泉水瓶里。他的胳膊上下甩动，水在瓶子里发出唰唰的声音。停下来，打开瓶盖，喝一口，热，再甩，唰唰的声音不停地响着。时间那么漫长，声音那么响亮，他晃动得是那么有力气，我感觉他渴得快要崩溃了。终于停下来，他把瓶盖打开，急切地灌了一口，又急忙把瓶盖拧紧，唰唰地甩起来。我想，开水在封禁的瓶子里靠甩动降温是一件不容易的事。我想说喝我的水算了。但是在列车上，谁能相信谁呢？唰唰的声音不停地响着，幸亏他体格健壮，有的是力气。车停了，他拿着装着热水的瓶子，背上挎包，提上提包，挤开门就走，临出门前还看我一眼，那张被酒精烧灼后的脸，我看不出是什么表情。但他没有把门拉上，我很不满意。但是我没有办法。

这时，我看到了他丢在铺上的手机。这是一种滑盖式手机，我到过手机市场，感觉这种手机在三千元左右。我拿起来，手机的灯还在亮着。我又扔回到铺上。看到手机上的绳子很黑，触摸后就有脏的想法。我想，我拿着它，可以送给朋友。同时又有一种可怕的设想，拿着它会把灾难带给自己。我和孩子出门，捡到过几个手机，孩子都毫不犹豫地放弃了。孩子的想法很纯真，别人的东西不能要。这时候我想那个人正走向站台，手里在不停地晃动着热水瓶子。在他检完票之前，是不会发现丢失手机的。如果车开了，我就交给列车员吧。

这时，手机响起来。我把滑盖打开，是那个人的声音。

你是对铺的吧？是。我的手机丢在铺上了。我看到了。我在铁路公安处，你把它给车长吧！我不知道车长在哪儿，给列车员可以吗？行。

上面是我们的对话。细听一下，很有意思。

我往车门走，他还嘱咐我，不要关机。

很巧，列车员身边，站着女车长。我把手机给她，说明情况。列车员在一旁不住地说：“下车的时候，我告诉他把东西拿好。”她把脸冲着我，“我是不说了？”我说“是说了”。看来还挺复杂。丢东西列车员也有责任。我办的好事，对于列车员并不有利，所以在以后的行程中她没给我一点儿好脸色。

这时，手机响了，我让列车长赶快打开。我只听到列车长说，后天下午两点返回，你来拿吧。

芦荡里最后一只野鸭

渐进寒冷，河面结冰。太阳照耀的中午，冰面化出一片清水，一只野鸭在水中漂浮。一会儿纳头钻入水里，一会儿举头四望，不知天气将冷，水冻如石，天冻如铁，风雪如猛虎；不知无处觅食，不知无处做窝，天真自在，生命如歌。

此时，芦花飘飘，沧桑如雪；芦苇簇拥，浩浩与天相接。冷风生于苇丛，荒凉腾起于大漠。一只弱小的水鸟，不为天地惊动，嬉戏于水，镇定自若，大敌当前，大丈夫风度，令人起敬。

这是在初冬里我看到的唯一的一只野鸭。

我不知道它为什么还没有飞走。它肯定是今年新生的野鸭，因为它很瘦小。是父母飞走时它因为玩耍而没有跟上，是因为父母的生命留在了这里它眷恋不舍，还是因为迷失了道路无法起飞？我是无法确定的。看它在水里的样子，胜似闲庭信步，也许正在积蓄力量，在落下第一场雪之前，它会轰然跃起，直冲天空，飘然南去。

太阳在冰面上闪动，在水面上漂动，被照亮的野鸭，黑色的羽毛泛出光泽。在这静悄悄的天地里，它觉得自己成了灵魂，成了唯一的主宰。如果大自然是天堂，它就是天使；如果荒原是个壮汉，它就是跳动的心脏；如果沧海横流，它就是弄潮儿。

我想，它飞不走，冬天来了怎么办？当寒冷的恶魔残酷地撕碎它的梦想，把它击倒在这片它热爱着追恋着的土地上的时候，它会怎么办？我们在芦苇的雪堆里或冰面上捡到一只野鸭的时候，它的被冻硬的身体里一定还有飞翔的梦，还有爱情的梦，生育的梦。它眷恋着这块土地没有错，它献身这块土地没有错，也许错的，是爱得太深，走得太慢，生活太理想。我知道，把它撕成碎片，它的骨子里都是荒原泪。

如果不是眷恋，就是等待。等待它的恋人。我知道，野鸭的爱情是唯一的、忠贞的。它的伴侣不来，它是不会走的。或者是伴侣在别处寻找着它。否则，这样的日子，它是不能忍受着寒冷，还这样兴奋骄傲地在冰水里游动。生命诚可贵，爱情价更高。真正的爱情，会有撼天动地的力量。

我在向野鸭靠近，我想看看它，我敬佩的英雄。我在人类里生存困难的时候，我在被欺骗和愚弄的时候，我感到孤独厌倦无聊心灰意冷的时候，我懒惰凄迷枯竭无所事事的时候，我看着你在冰河里无所畏惧，看着你黑云压城潇洒不羁，看着你荒野大漠自娱自乐。一只野鸭带给我无限遐想。

我走近的时候，它警觉了。是我破坏了它的安静。它把头伸得更长，举得更高，身体拔水面而起，就要奋飞的样子。

我不走了，不想破坏它的生活。

但是，它飞起来了，像黑色的火花，披着金灿灿的太阳，在晴空里飞去。

那只野鸭降落在我的脑海里。

远去的马群

当我写完《远去的马群》这篇小说的时候，我感觉到排山倒海的马群刚刚从我身边走过，我像牧工一样站在尘埃落定的草地上，有几分落寞，有几分惆怅。我的前面是越跑越远的马群，我脚下是一片碧草掩盖下的马蹄零乱的痕迹。很久很久，马身上留下的浓浓的气息包围着我，陶醉着我，使我陷入深深的回忆里不能自拔。

我是跟在父辈的身后，在马厩中玩耍着长大的。我喜欢马儿搓痒痒搓得光亮的木桩；我喜欢马儿在马槽里吃草料的声音；我喜欢值班室里散发出的烤豆饼的香味儿；我喜欢……牧工穿的毡疙瘩你知道吗，暖暖的破旧的羊皮大衣你知道吗，干草散发的气味你知道吗？

军马场，这一独特的部队企业，为军队养马，为邻国养马，它曾是军队的宠儿，它的职工们曾无比骄傲过；它的企业无比辉煌过。

我并不想单纯地记录它的历史。当有一天，部队实现了现代化，军马场成为多余的时候，我们的牧工开始在荒草地上耕种。所以，收入这个集子里的小说，不仅有写放养军马的小说《远去的马群》和《美娥》，还有写耕种的《崩溃》，写政工干部的《圣母》，写修水利的《天意》。但是，作为部队以养马为中心成立的企业，我想告诉人们的还是养马的那段故事，特别是《远去的马群》在报纸上连载后，产生的影响，使我很振奋。人性的东西是不分年代的。

在养育军马的过程中，我耿耿于怀的是让女人放马。当某种职业被套上政治意识的时候，一切都变味了。我们有用不完的男人，但是只有女人出来才能创造奇迹的时候，时代毫不犹豫地选择了她们。

当我参加工作，那些牧马姑娘已经成家。我和她们坐在一起的时候，她们常常按腿，捶腰，不住地说，放马落下病了，阴天就疼。曾经名扬天下的女放牧班，把多少女人摧垮了。

那个时代，妇女能顶半边天。让妇女们承受的又是什么呢？这半边天，她们是用生命和鲜血顶起来的。那是一个妇女地位提高的年代，这种提高，是让女人们做出了更大的牺牲。

性，是生活中不可避免的。我写到了人的性，占有和追求；动物的性，纯真而执着。生育，是男人和女人共同的奋斗。结婚，既是生理的快乐，更是繁衍的需要。当美娥为自己生不出孩子而自责的时候，可以看出女人的高尚。我们人的心里，是看不得别人做坏事。对于自己做坏事，自己没有感觉。甚至对动物的性也横加干预。他们挥动着鞭子，抽打着自由追逐的马儿，凌驾于动物的欢乐之上。人对自己遭到的性压抑，却不去理会，而且还当作一种见不得人的事去对待。人的性欲望在一种扭曲中挣扎存活。要么是为所欲为，要么是望梅止渴，要么是卑鄙下流。我不知道如何对人的性，动物的性，乃至动物与人，人与动物之间的性去评价。人最丑恶的是把不丑恶的东西弄成丑恶，把丑恶的打扮成不丑恶，招摇过市。在这样一种环境下，我只能小心地求证。让别人去悟读。我也企盼着读者在我的故事里找到我们今天生活的宽松，寻觅到当年残留的影子。

我的故事是虚构的，人物也是虚构的。如果你能在他们身上看到一些鲜活的东西，我就会满足。我没有批判精神，我爱我笔下所有的人物。他们都是可爱的。那个时代，把性的不安分叫生活错误。这个叫法很聪明。错误仅仅是错误，可是舆论常常把这种错误放大化，成为一种罪过。这种男女游戏，除了在伦理上说不过去外，似乎一切都是合理的。你们不要因为某人好色而骂他；不要因为某人一本正经而恭维他；不要笑他们那样的进步和对某种想法的固执；

更不要用好人或坏人去划分这些人的行为。他们就这样活着，活得丰富多彩。

我要写这样的故事，是我对军马场的留恋。我是一个没出息的怀旧的人。那浩荡的马群说消失就转眼无影无踪了，马厩也改成了民房。那些大嗓门儿在马群里吼叫的牧工呢，生活得好吗？那遍地庄稼淹没在洪水里，是谁把我们安排在滞洪区里生存，成了漂泊的孤儿？正统成癖，也是毛病吗？想加入组织，成为一个团体中的一员，组织的大门紧闭着。这一切让我感到我有责任把他们留在文字里。但我知道，我写不好他们。在那个时代，他们对马的感情十分浓厚，对事业的追求十分强烈。如果说是一种教育的结果，不如说是他们的善良。我的看法总有不切合实际的地方。要想教育好谁，那是不可能的。人落在地上，就是那个样子。谁能教育好谁呢？所以，你看我的故事，你不要去思考如何受教育的事。你只是打开窗帘，看看生活的一角。

朋友们希望我再写得深刻一点儿，其实，那深刻的一点儿不是我写出来的，是读者自己想出来的。我写了什么已经不重要，读者看出什么非常重要。我不如读者。

女放牧班的姑娘们，以及故事里的男男女女，他们就生活在我的身边。我写的故事不是他们的经历，但他们读了，一定能找到感觉。

我真诚地祝福她们，女放牧班的姑娘们；我也祝福军马场生活着的人们。他们把艰苦留作了美好的回忆，把奋斗当作应尽的责任。当马群远去的时候，他们依然从容地生活，辛苦地劳作。娶亲的鞭炮在草原上幸福地响起来，牧马人的后代开始了自己新的快乐的日子。看着那些骑过马的人，开过康拜因的人，依然穿着部队被服厂缝制的黄衣服，在黑土地上走过，我感到非常亲切。

马群远去了，牧马人还在马群走过的地方站着。

知青们

突如一夜，渔队涌来很多知青。

快入冬的时候，队里着急忙慌地用土坯和芦苇建起一趟房子，搭炕搭锅台的时候，泥土都冻上了，只能用热水和泥。我从来没看见这样的大锅，两个大锅就占满了屋子的一半，烧火的芦苇是一捆一捆地往里添的。一锅是菜，一锅是馒头。知青们好像突然饿得受不了了，用筷子敲着碗。管伙食的更急，对烧火的说，烧木头快。炊事员说，再快也得到时间。

军马场的知青很特别。一部分是各个军马场子弟互相交流；一部分来自地方；还有一部分是部队的干部子弟。不管天南地北，以男女分，两个大宿舍，男知青住的叫男宿舍，女知青住的叫女宿舍。进屋后是南北两铺大炕。每铺炕都有三四个炕洞，晚上知青们用芦苇把炕烧热。没有礼堂，开会就在女宿舍开，因为男宿舍又乱又脏。男人们在飘浮着雪花膏味的女宿舍里开始还不自然，熟了，就有意往炕里坐，直坐到女人的被子上。会议的内容谁也不在意，在意着男人或女人。

来了这么多知青，我有了玩耍的去处。男宿舍里的男人各想着各自的事情。最大的姓赵，他要管大家，大家也不理他，他就看谁不理他就和谁干仗。有个大个儿姓苏，说自己会武术，还和别人比画几下。他讲道，有一人，家门前有一棵小树，师傅指点他每天上学前往树干上踢几脚，二十年过去了，小树成了大树，他踢一脚，大树乱晃，和人比武，对方让他踢两脚，然后对方再打他两拳。只见他退后两步，飞起一脚，脚就从那人的前胸穿到后背。大家听得傻了，不住地追问，后来呢？

至此，宿舍里的人都不敢惹他。姓赵的见他也惧上几分。其实他什么也不会。但是男宿舍的男人们都开始锻炼。宿舍门前是一堆烧炕的柴草，下班后直至天黑，练摔跤的一个接一个，直到把柴草压碎压烂。蒙古法摔跤很讲究，互相抓住对方的腰带后再摔。有力气的会把对方提起来，抡成一圈，然后扔在碎草里。大家都想因为有力气成为宿舍的主人，但是谁也没有做到。

和我友好的一个知青姓孙，长相极丑，酷似北京猿人，且个儿小，他是没结婚的知青中最后一个离开我们场的。记得临走时我还见过他。他很高兴地告诉我，家里给他找了对象，他的关系也要办回去。他新的工作单位是鞭炮厂。看到他瘦小而苍老的样子，我为他高兴。他终于可以和其他知青一样回到家乡，找到媳妇了。

我再一次见到他，他已经是另一种样子了。他的丑变得像雨果笔下的敲钟人。鞭炮厂爆炸，他是在硝烟和烈火中存活下来的唯一一个。他的面部已经扭曲，眼睛近乎失明，生育的部位已荡然无存。幸亏他早有了两个漂亮的女儿。他的妻子是农村出来的健壮黝黑的妇女，领着他到上海治病（最后成为上海滩的女黄豆大王）。在和场里做买卖的时候，场里花了他的钱而不还。他的妻子没有办法，让他这个残疾人来要账。我在场长办公室见到了他。我当时是书记，场长问我认识他吗。说到我的名字，他从沙发上站起来，拉住我的手，十分激动。我望着他没有光泽的眼睛，不知说什么好。他要我帮忙，我帮不了他。我知道场里还账的钱是拿不出来的。后来听说他给场长下跪也没拿到钱。他的妻子当时是全局的典型，还发过言。从发言稿里才知道他们创业的艰难。

从渔队最后走的知青里还有两位女性。一个叫马前进，是部队高干的子女。她到了鱼队就当卫生员。胖胖的圆脸，身体也很胖，但是不影响她的漂亮。梳了一条长辫。又圆又大的屁股，走起路来很显眼。前边说的姓赵的知青惦记过她，她诡秘地笑着，吃着赵送来的东西，突然有一天就远走高飞了，弄得赵哭笑不得。

还有一个女知青姓温，做小学教师。还到马厩里出过板报。因为她长得好看，没有男人配得上她。队里最后就剩下一个姓王的牧工长得还可以，但又矮又胖，大家叫他王胖子。王胖子很会讨好她。她孤独得无奈，就搞上对象了。我们都觉得温老师很可惜。王胖子后来当兵走了。温老师宣布和他断绝恋爱关系，我们才松了一口气。孩子们幼小心灵中的公平就是美的和美的，丑的和丑的。尤其不舍得漂亮的女老师嫁给不好看的男人。王胖子恼羞成怒，邮回一信，信口没封，写尽他们之间的故事，成为当时一笑料。我就想，这样的男人温老师幸亏逃避了，否则，结婚后，得到的幸福一定很狭隘。

不给女人以宽容的男人，不懂得爱；损害爱过的女人的男人，不值得爱；所谓爱得愈深，恨得愈重，那恨，放在心里也可以理解为爱；释放出来，就变成罪恶了。

知青们娶亲嫁人留下的，成了场里的人；走了的，成了城里人，现在，一点儿知青的影子也找不到了。

天国雪莲

雪莲，我只是在画面上见过。一朵莲，不是生活在绿水之中，被热风拥抱，而是开放在冰雪里与酷寒争艳，我不得不敬佩。她不是植物，她是上帝的微笑；她不是生命，是精神的化身。

那么，天国雪莲，带给我的是新的意境。

我是从一位女性朋友那里知道天国雪莲的。

我这位女性朋友是写小说的。她坐在那里，像恬静的淑女，雪莲一样的肌肤，一双亮晶晶的眼睛隐藏着一个天国之梦。然而，她的作品却风雨雷电，春夏秋冬。她是赤着脚在大自然里长大的。她笔下的女性都泼辣得像个天王，凶猛得是个英雄。性格突出，爱憎鲜明。这种性格统治下的男性，只能是天地磨合，顺其自然。我认识她的时候，正是冬天，她用厚厚的棉衣包裹着，小心地张望着，仿佛聊斋里的狐疑的女子。当大家在一本正经地开会的时候，她要讲话，就会开出一个玩笑，让你也跟着笑起来。虽然她也得意地笑起来，面如桃花，但是她的牙齿不整齐，笑得并不好看。也许她知道这个弱点，她就用嘴做出各种表情，极力扮演一个泼妇或粗俗的样子，惹来的却是一阵怜香惜玉。

她不仅小说写得好，散文更是文笔轻熟，意境开阔，情深意切。把女性的品行概括为刹那芬芳；把陈旧的爱放进行囊。正像她的衣着，大红大绿，色彩跳跃；正像她穿衣服的形式，张合自然，随意而去。写小说，她还刻意制造；写散文，她放荡不羁；写小说，她用语言堆积人物；写散文，她用语言抒写激情；小说是她的大脑，散文是她的心。小说里她想掩藏自己，却露了马脚；散文里她想放纵自己，却波澜不惊。我以为她应该专写小说，因为她生活和人物都有积累，又可惜了她的散文；我以为她要把散文写到顶峰，她本人又是一部不可多得的小说。

和她在一起，她是一滴水，有热的时候就沸腾，有风的时候就澎湃，谁也不理她，她会飘起来化为雨露。

不了解她，也不会反感她。她的眼里没有陌生人。所谓不熟悉，是你自己的感觉，她早早地把你看透了。一旦有交流的机会，她会毫不犹豫地开上一个性的玩笑，距离一下子就拉近了。这玩笑不深不浅，既不骚扰又不勾引，玩笑就是玩笑。天哪，这个妖媚的女人！

对于女人，我是小心的。因为在荒原上长大，除了母亲，我接触的女人很少。所以，漂亮的女人，我细细地看；不漂亮的女人，我朦胧地看；比男人还不好看的女人，我想象着看。但是，我最喜欢看的，还是天国雪莲。

摘一朵，放在心里。

第一场雪

这样一个题目，我也感到很俗。往年，都是雨和雪混合着来，要么是先下雨，要么是先下雪，转眼搅和在一起，分不清是雨是雪；或者看着是雪，落下是雨；或者看着是雨，落下是雪，反正地上湿乎乎的。经过这样一个前奏，真正的雪才飘落下来。今年冷得晚，秋天里不见雨水，初冬的时候还很暖和，所以，雪落下来，人们还觉得很突然。

说是 11 月 4 日袭来一股寒流，有降雪过程。这一天只是阴，浓厚的云灰沉沉的，盖满了天空。气象部门的黄色预警也发布了。灰云下边的人，都提着精神，等待着。仿佛那醍醐灌顶的灾难是逃不脱的了。谁有能耐能钻出连边缘都掖得严严实实的乌云呢。傍晚的时候，西边的天空，地与天相衔的地方，渗出一抹淡红，烧烤着发蓝的棉絮一样的云。见此情景，我知道，雪离我们远去了。

我有经验，夕阳是最老辣的。

正把精神放松的时候，6 日的早晨，我看到地上一片白，夜里下雪了。我很失望，我想看看第一场雪的想法落空了。薄薄的一层清雪，钻落在草丛里，撒落在屋檐上，飘落在树枝上，跌落在路沟里。太阳出来后，雪就急急忙忙地准备化掉了。我想，第一场雪就这样在夜里偷偷地来了，又在阳光里匆匆地走了吗？记得小时候的雪，天塌了一样轰鸣下来，埋没了一切，陷到雪里，要爬出来。现在的雪，怎么下，也下不到尺厚，风一吹，还没过春节，就吹没了。

7 日。早晨起了小风，风里舞动着雪粒；雪粒很轻盈，像惊慌的苍蝇乱飞；雪粒很神秘，看你一眼，它自己也没了。灰暗的天空不像有雪的样子。雪粒也许是雨滴的精灵，在冷风里凝固，在热土里消融。

没有想到，苍蝇似的雪粒越飞越多，转眼，地上铺了厚厚的一层。接着，苍蝇变成了蛾，变成了蝶，扇动着肥大的翅膀，在风的滑道上，动作成优美的弧线，然后，栽花一样栽在雪地上。仿佛听到翅膀落地时发出的噗噗的声音和拥挤的吱吱叫声。头上的昏暗被雪线拽扯得越来越低，灰蒙蒙的，就要压在肩膀上了；脚下的雪，软软的，轻轻的，似一缕青烟，如一习清风。沉浸在秋的热恋中的土地，接到了最后一封情书，在铺天盖地的文字里失恋了。

断断续续地，午后雪才停。

冬天开始了。

故里小杨

小杨来自哈尔滨，属于知青。他是农校中专，没毕业就分下来了。只有他做财会工作，在鱼队当出纳员。谁家去买鱼，就到他那里交钱，他给开个小票，拿着，渔船来了的时候，到码头上去，把小票交给打鱼的。打鱼的要是找不到秤，就拿水撮子往鱼堆里一撮，撮得满满的，倒给你。没有人买鱼，他就到码头上监督船卸鱼，记数，算账，打条。平时坐在办公室里，和人们开着玩笑，开得激动了，就拿算盘比画着，要打人的样子。

他的牙有两个是镶的，金光闪闪。并不是因为金牙他才经常张着嘴，而是他喜欢笑，喜欢和人开玩笑，坐不住板凳，像小孩一样顽皮。只有在他对象面前他才老实，但是，装不了一会儿，又闹腾起来。他的对象狠狠地看他一眼，他又会老实一阵。他的对象是老师，和他是同学，学校里他们就好起来了。他的对象并不好看，但是气质很好，高贵的样子。开始学生们还怕她，新鲜的城里来的，身上散发出的气味都不一样。学生们为了下饭，经常吃大蒜和大葱，教室里是一种混沌的味道。她系一条紫色毛线钩的渔网一样的长围脖，大眼镜扣在胖而长满横肉的脸上，牙齿像没有绑紧的篱笆一样东倒西歪。她认真地看着学生，一板一眼地讲着课。学生们却从她的举止里看到了善良，开始气她，直到把她气哭。

小杨知道后不干了。学生就几个，除了女同学，他见到男同学就吓唬，然后照着屁股踢两脚。这些学生都是打惯了的，根本踢不怕。而且报复性地在课堂上气他的对象，他的对象没办法，只得家访，让家长做工作，这才平息下来。小杨见了这些学生，余怒未消，用一种厌恶的眼光看着他们，好像他们夺走了他的老婆。

春节的时候，小杨领着对象回哈尔滨结婚，开学后很长时间才回来。两个人都打扮得很精神，还穿了风衣。小杨脸刮得干干净净，镶金的牙齿更加灿烂。但是他的脸色青虚虚的。这种青中泛亮的脸色烙印在我的脑海里，后来我见到所有新婚的男人，都是这种颜色。小杨一边在青虚虚的脸上滚动起笑容，一边给大家发糖。那种糖果在这里是少见的。学生们捡到包糖果的纸，就高兴地在桌子上抚平，夹到书里。上课的时候，看着糖纸，想象着糖的甜蜜。

他们的新家安在办公室旁边，收拾得很干净。特别是桌子上放的茶盘，茶盘里放着四个茶杯，茶杯上盖着用白线钩的方巾，真是高雅。桌子也用钩织的大方巾盖着，垂下四个角。两个人的照片夹在两片玻璃中间，放在桌子上。这样特殊的新房谁也没有见过。

他老婆又开始上课，这回她厉害多了，结了婚的女人这么大的变化，让学生们很吃惊；更吃惊的是，有一天她在课堂上要呕吐，把学生们都吓坏了。这一回男同学要表现一下，讨好他们一下，在她弓着腰很痛苦的时候，跑到办公室找小杨去了。

小杨正噼里啪啦地算账，见到几个男孩子跑进来，冲着他喊：

“老师病了，你快去看看吧！”

小杨听了，拔腿就跑。进了教室，看到老婆，反而轻松了。学生们疑惑地看着老师，不知道如何是好。

小杨对着男学生说：“都是你们气的，看把我老婆气坏了，我不找你们算！”

说完，他和老婆一起笑了。

学生们下课了，看着小杨和老婆回家去。出门的时候，小杨还骂了一句“这些小傻瓜”。

学生们都被骂糊涂了。

整体和个体

我不喜欢照相，因为我长得丑。但是，我又无法摆脱照相的困扰。如果朋友来参观湿地，我就躲在一边，看着他们照相；看到领导来看湿地，我就让照相的给领导照。如果实在推不掉了，才照相。照的时候很随便，并没有当回事。

照完相，摄影师要选一张给大家洗出来。有的片子很好，但是有一个人的眼睛闭上了，就不能用。有的侧一下头，也不能用。这时候，我才明白，我在照相的时候的举动，将影响到大家。我不好看不要紧，但是我不能出现失误。有时候一个集体照对某个或某些人是很重要的，也许是人生唯一的一次。因为你的原因而给别人造成遗憾，是不负责任的。

生得丑不要紧，认真的人就不显得丑。尤其照相，丑的人能照出特色、照出风采来。这样的话，我又不显得太丑，一张脸，很是平庸。

这要求的是一个心理素质和心理道德。把自己融于大家，忘记自我，尊重整体，干什么都舒畅；想个体多了，处处把自己放在核心位置，就容易失落、不满。

我们的领袖在照相的时候，常常把面容对着相机，对着群众，这就处理好了整体和个体的关系。领袖接见，是工作，是展示自己的工作，大家看不到面容，会遗憾，会反感。只有想着大家的人，才能处理好个体和整体的关系。

我们的毛病是注意个体多，整体少；或者说，嘴里说的是整体，骨子里是个体。因为人的本性就是如此，要改过来，除非不做人。但是，有改过来的，成为人上之人。有个人说：成大器者，无非两种人，一种是把自己的事不当事的人，一种是把别人的事当自己事的人。

醉眼均贫富

人作为高级动物，高级就高级在不公平的时候会造反，所谓的揭竿而起。目的是寻求公平，这个公平的内涵是均贫富。都是人，你脑满肠肥，绫罗绸缎，动辄轿车飞机，别墅美女，我们吃糠咽菜，居无定所，行如攀援，娶无妻妾，繁衍而无后代。这种强烈的对比从量变到质变，最后到推翻政权。

推翻政权之后会怎么样呢？穷人用生命换来均贫富，富的仍然是少数人。结果是新皇帝上任，维系的制度不变。新的贫富差距拉开。过去的赤贫化作了青山忠骨，今日的新富又重蹈覆辙。

天下就那么多财富，看来是均不了。

人就是贪婪的本性，均了不舒服。

不均，又产生新的不平衡。旧的矛盾解决了，新的矛盾产生了。

战争和起义解决不了贫富差距，只是旧富和新富的交替；是贫穷的被利用，被杀戮；不过是几个石头磨过，小儿时节。

贫富差距是永恒的，因为人的差距是永恒的。

假如都是富者，世界也不平衡。人类也不会进步。如果都穷，又是不符合人的本性的，是不可能的。

发达国家富足的时候，劳动力开始匮乏，懒惰开始产生，懒惰到连生育这样一个光荣的任务都完不成。它的富足也不是均的。富的捐款救济穷的。人的智力无非是聪明的，不聪明的，愚蠢的；聪明的有责任照顾愚蠢的，不聪明的有意愿靠近聪明的有义务关怀愚蠢的。在经济发展中寻找到一种平衡，也就是一种公平。这种公平不需要战争，不需要起义，以人的生存为本，以道德为约束，以社会的环境为氛围，以政府的调整为杠杆，以创造最大财富为追求，以法律为准绳。

贫者，以致富为动力，以劳动和智慧为手段；不以贫为气馁，不因贫而堕落，不为贫而被遗弃。公德为贫者呼，积累为贫者助，正义为贫者扶。

富者，以寻求最大利益，因社会而谋财，因慈善而尊贵，以普度众生为己任，以安得广厦千万间，大庇天下寒士尽欢颜为心态。

世界在，贫富差距就在。

道德的办法，是缩小差距。缩小的办法，是使用和平的手段，经济的手段；暴力找不到解决的办法。

中国的历史，就是一部用暴力解决贫富不公平的历史。你方唱罢我登场。五千年没有很好地解决这个问题，凝固了一种仇富心理和反抗情结。

如果有一天真的没有了贫富差距，那么正是地球上的人盼望的。到时候真的家家的生活水准是一样的，人人的地位是平等的，那么人就和养在猪圈里的猪一样，吃一样的饲料，在一起睡觉，无忧无虑。天堂就是这个样子，我想能实现。据说未来的人类是在工厂里生产出来的，这就解决了思维差距问题；庄稼是在工厂里通过配方生产出来的，这就解决了吃的问题。

现在人们争的一个是性，一个是吃，这不都解决了吗？

等着吧。

疾病与制度的碰撞

一种传染疾病，被设定一个纪念日，说明这种传染疾病到了不可遏制的地步。

这种疾病的传染速度之快，难以治愈的程度之高，已引起世界的关注。尤其我国的这种疾病已引起高层的关注。

我特别注意到，我国的这种传染疾病已由主要的血液传染向性传播转移，比例已超过血液传染。

无论任何疾病，只要搭上性这个妖魔，就是搭上了快速列车，转眼就飞遍角角落落。

性的传播，是通过什么途径呢?

据说，非洲人群的性放纵，是这种疾病传播的重要途径。非洲人无拘无束，热爱性，当他们纵欲的时候，把这种疾病流行在男男女女之间。这是可以理解的。

当这种传染性不可治愈性疾病盛行的时候，我们还闭关锁国。我想，我们是安逸的。这种疾病是进不来的。我为我生活在这样的国度里而高兴。

谁也不会找出是哪一天、哪一月、哪一年，这种传染性疾病走了进来。更不会找出哪一人、哪一件事、哪一个制品和这种疾病有联系。但是，它确实来了。它在凶狠地侵害着百姓的健康，使贫者愈贫，弱者愈弱，无力者愈加无力。那些无辜者成了这种疾病的殉葬品。传染的途径是，吸毒、卖血、性。吸毒是罪恶，卖血是无奈，性是在苦中作乐。

上帝真要拿这种疾病来惩罚那些放荡的灵魂，摆平这个社会，但是不要这样对待我们的国人，因为他们刚刚有了幸福的指望，生活的信心。

疾病是无情的，红丝带是可爱的。于是，我们知道了这些疾病的多发区，知道了有一个上蔡。知道了形象代言人。知道了中央的关怀。

当南方某个社区，公开发放避孕套时，人们开始惊讶。我们这样的制度，不允许肮脏的性交易存在，为什么要发放避孕工具？难道是默认吗？社区的人只能以汽车安全带作比喻，还高兴地把这种比喻当作高明的结论。就和当年外国的腐朽的东西进来，用开窗户进来几个苍蝇作比喻一样。后来苍蝇多了，我们自己都成了苍蝇，谁也不去追问了。

但是，这个做法和那个比喻又有不同的地方。我们能允许性交易合理地存在吗？不能。可是这种疾病和性联系十分紧密，我们又去怎样遏制？

一种疾病和一种制度发生了碰撞。要克制这种疾病，制度就要妥协；制度妥协了，就影响制度的建设。不妥协，又要影响人民的健康。而这种制度的根本又是为人民利益而存在的。

性，只分男女，只有男女；性，没有国界，没有阶级；就像米饭，社会主义的人在吃，资本主义的人也在吃。

要开放，苍蝇飞进来，就要有办法捉；又要捉到苍蝇，又不把房子烧了，这就需要好办法。

一种疾病在敲门，能把门打开吗？

愤怒的诗人

人有七情六欲，以愤怒为最。

天子之怒，伏尸百万，天下缟素；布衣之怒，五尺之内，血溅二人；将军之怒，怒发冲冠；文人之怒，横眉冷对。诗人之怒，战争年代，有发出最后的吼声的，有走上街头的；建设时期，有郭小川的“团泊洼”这样沉闷的雷声；有天安门“我哭豺狼笑，扬眉剑出鞘”的呐喊。

最近看到一些诗人的愤怒，才是真正的愤怒。在废话诗遭到批评的时候，奋起反击，我想反击也就是你批我我说你罢了，顶多如鲁迅的年代，跳到桌子上骂。可是我想错了。这些人一边朗诵自己的诗歌，一边脱下自己的衣服，裸体进行抗议。

当我在网上看到我们瘦弱的诗人把可怜的骨肉裸露在舞台上的时候，才知道，这是真正的愤怒。活着，把愤怒发挥到极致，也只有这种办法。再愤怒下去怎么办？已无衣可脱了。其实，这种做法腐朽文化早已有之，并不奇怪。奇怪的是在最有文化的人身上出现，作为诗的国家，看出某些所谓的诗人之走投无路。

我是在诗歌的氛围里长大的。“东方红，太阳升，中国出了个毛泽东。”这是我学的第一首诗。于是，红色的诗歌影响了我的生活。我背诵过贺敬之的“雷锋之歌”：“假如我还没有出生，让我一千次一万次地选择吧，选择你啊，雷锋。”郭小川的林业工人三唱：“财主醉了，因为心黑；懒汉醉了，因为倒霉；咱们醉了，是因为生活太美。”张志民的“秋到葡萄沟，珠宝满地流，慢些走，‘马奶子’刚刚喝醉酒”。美好的诗句让你如醉如痴。写诗的人写得热泪盈眶，读诗的人热血沸腾。生活在诗的王国里，忘记了自己。读唐诗宋词是在后期。任何一个国人，不会写字，也能说诗。“石油工人一声吼，地球也要抖三抖。”工人的诗，多有气魄。“喝令三山五岳开路，我来了！”农民的诗，多么豪迈。“要知松高洁，待到雪化时。”将帅的诗，多么大气。“天高云淡，望断南飞雁。”领袖的诗，多么浪漫。

诗的海洋，淹没了国人的情绪，振奋了国人的精神。愤怒出诗人，诗人在愤怒中写的诗能感染很多人，激励很多人。我也不知道诗歌从哪一天开始萎缩。朦胧诗虽然难懂，但不乏“黑夜给了我黑色的眼睛，我却用黑色的眼睛寻找光明”的句子。诗的彷徨，正是国人的思考，国人的焦灼。共和国没有了诗歌，生活是多么枯燥，仿佛没有了太阳。其实，诗歌仍然在生长着，不在沙龙，不在个人，在需要诗歌的地方开放，在老百姓中生存，在生活燃烧的地方奔流。诗是国人的血肉、灵魂、支柱。

诗言志。

我读过这些废话诗之后，我能够理解。没有生活，没有激情，不写些废话又能写些什么呢？艾青说过，在工地上看到一个普通的通知，分了行，就像诗一样。是说诗的可操作性。废话诗，写上厕所，写亲属，很无聊；使我想起古时的打油诗，张打油的“江上一笼统，井上黑窟窿；黑狗身上白，白狗身上肿”。也算是自然主义描写。但废话诗写的，连主义都划不进去，就是个冲厕所，还叫诗吗？诗歌是所谓的诗人自己把诗弄得狼狈不堪的。自己把自己不当人看，还叫别人去尊重，可能吗？

把袖子捋起来的愤怒，是鲁莽之人的愤怒；脱去上衣的愤怒是匹夫之愤怒；把衣服全脱了，难道是诗人的愤怒吗？

我为这样的“诗人”汗颜。

天涯何处无芳草

据说，海南省有一个叫天涯海角的地方。有没有天涯我不知道，但是我感觉我生活的北大荒就有一种天涯的味道。寒冷的冬天，冰封的夜晚，仿佛伸出手去就摸到了天的边缘、地的峭壁，不小心就会掉进宇宙的洞窟中去。深夜里，冰河上被冻裂的冰面发出的轰鸣声撞击着我们家的土屋，泥土碎屑簌簌地掉落下来。我依偎在妈妈的被窝里，听着爸爸的鼾声，久久不敢入睡。我不想长大，不相信会长大，我想永远在爸爸妈妈的呵护中生活。

我还记得妈妈在油灯下为我缝补着棉裤，在炉火上烘烤着湿透了的棉鞋；我还记得爸爸用自行车带着我去场部时的欢快，领着我到水泡子里游泳的高兴。转眼，他们就化作了这片土地上的一方土，一片云。成为这片天涯的萋萋芳草。我知道，爸爸妈妈的生存信念，那就是，老了，回到家乡那片热土去，寻找他们童年成年的梦，把游荡的沾满了北大荒风尘的一生掩埋在那片黄土里。所以，这里的冷，这里的荒凉，这里的艰苦和艰难，这里的无奈和争斗，这里一切的一切，我的爸爸妈妈都忍受了，接受了，吞咽进他们博大的胸怀，化作两行思乡的清泪，积攒一段灿烂人生。

我愧对我爸爸妈妈的是，当他们老了的时候，我没有陪他们回到故乡去。而是让爸爸妈妈陪着我在这里生活。虽然我要用我的孝顺让他们生活得满意高兴，用我的升迁让他们愉快荣耀，但是，他们毕竟没有实现到这里来时的最终回到家乡的夙愿。妈妈离开的时候，我刚刚有新的任命，望着妈妈沉睡的面容，我想，这种提拔对我，对家，有什么必要？我宁可要妈妈也不要这个提拔。爸爸住院，我抱着他，那时我刚刚有新的职务，我就想，只要爸爸身体好，我可以什么都不要。我开始后悔。这些年的奋斗是一种无聊，职务是一种多余。亲情比什么都重要。我想过，如果我不突飞猛进地工作，爸爸妈妈就不会为我担心，他们的寿命会长，生活会更幸福。

当爸爸妈妈离我而去，我把感情寄托在我周围人的身上。他们从四面八方来到这里，和我父辈们一样，献出了自己的一切。可是他们的生活并不好，我有责任帮助他们。我要为他们努力工作。

如果说这里是天涯，他们就是芳草。

如果说他们是芳草，这里就是天堂。

随着年龄的增长，开始回忆的东西多了，开始思考的事情多了。懂得了工作是漫漫长河，永远也做不完；而人类的亲情是无比的短暂，还没有多少感觉就化作了梦中的回忆。我常常在梦里呼唤着爸爸妈妈，不愿意醒来。我也突然有了爸爸妈妈那种有一天离开这片冻土的感觉，不爱这片土地吗？爱。不理解这片土地吗？理解。这种感觉是围城的感觉。是人在江湖的感觉。可是我能到哪里去呢？我没有了爸爸妈妈，我没有了依靠；我出生在某个都市，但是那里并不需要我；身在天涯，是天涯游子；离开天涯，是大漠孤魂。劝君更尽一杯酒，西出阳关无故人。这时候我才知道，人就是一片落叶，落在哪里，就随风而去。我们站在五千年的落叶上，我们不是最后一片。也许正因为如此，才应该逃避得远远的，在远远的地方，像望着情人一样望着她。

天涯何处无芳草。

在这里生活久了，就忘记这里是天涯。把夏天的风雨当作满天豪情，把冬天的冰雪看作为我而舞。苦恼的是找不到最薄的东西穿在身上，夏天防暑，冬天御寒；焦虑的是遇不见知己常在身边，平时是朋友，关键时刻是战友；高兴的是人在天涯，心在天下。

我想把我的这些话，当作《天涯芳草》的说明。那些寄予了我深深感情的文章，算是生在天涯的一束芳草。那些随意爆出的火花，是芳草的果实。

我想把这束芳草和芳草上的花朵，献给我的妈妈。

图书在版编目(CIP)数据

美女如云／刘海生著. — 北京 ：中国文史出版社，2017.10

（跨度新美文书系）

ISBN 978 - 7 - 5034 - 9375 - 1

Ⅰ. ①美… Ⅱ. ①刘… Ⅲ. ①散文集 - 中国 - 当代 Ⅳ. ①I267

中国版本图书馆 CIP 数据核字(2017)第 150750 号

责任编辑：马合省 薛媛媛

出版发行：**中国文史出版社**

网　　址：http://www.chinawenshi.net

社　　址：北京市西城区太平桥大街 23 号　邮编：100811

电　　话：010 - 66173572　66168268　66192736（发行部）

传　　真：010 - 66192703

印　　装：北京盛彩捷印刷有限公司

经　　销：全国新华书店

开　　本：720 × 1020　1/16

印　　张：20　　字数：239 千字

版　　次：2017 年 10 月第 1 版

印　　次：2018 年 1 月第 1 次印刷

定　　价：52.00 元